戲非戲266

喬家的兒女

（下）

未夕　著

高寶書版集團

目錄

第六章

——這是他少年時嚮往的地方，
他曾牽著弟妹或是獨自一人無數次地在這些小院外徘徊，
想像著院子裡的另一重生活。

1

喬四美終於到了拉薩。

在五天五夜的火車與長途汽車勞頓之後。四美覺得自己活像一張皺紋紙，渾身都是疲憊的褶子，每一道褶子裡都寫著一路的辛苦與不易。

可是，四美的精神卻異常地亢奮，一顆心幾乎要蹦出胸腔。拉薩的天空藍得簡直叫人想流淚，空氣純淨，有無限的透明感，一景一物無不色彩明豔，建築雄偉壯麗。喬四美站在這樣的藍天下，踩著這一片陌生的土地，足足傻了有十分鐘，慢慢地才回過味來，自己，是真的來到了西藏了。

離家幾千里地，便是四美這樣不管不顧，莽莽撞撞的人都生了幾分怕意來。

『不過不要緊的。』四美想，『這裡有戚成鋼。』

那個她一見而鍾情的人，就在這裡的某一個地方，某一個角落。

她離家遠了，可離他卻近了，沒什麼好怕的。

四美找了一間很小的郵局，播了一個長途電話給大哥一成。

那邊好半天才有人接起來，是大哥的聲音。

四美在乍一聽到哥哥的聲音時，不是不慌不怕的，可是出乎她的意料的是，大哥並沒有罵她。半句也沒有罵，大哥聲音裡的倦意從細細的電話線裡傳過來。

一成說：『妳也不必跟我講妳去了哪裡，要幹什麼，我隨妳。』

四美突然心酸起來，眼淚「嘩」的一下鋪了滿臉：「大哥，我對不起你。可是我真的有很重要的事要辦，我辦好了就馬上回去，大哥你放心……」

那一頭喬一成打斷她的話：『我沒有什麼好不放心的，腿長在妳身上，別說我只是妳哥，我就是妳老爹，也只顧得了妳一時，顧不了妳一世。四美，妳大哥也是三十多的人了，青春呀好日子呀，也沒幾年了，他顧不了妳了。妳自己好自為之吧。』

那邊電話「答」的一聲掛了。

四美覺出，自己這一次，真的是傷了大哥的心了。

喬四美又呆了好一會兒，才想起來打一個電話給戚成鋼。

這一次，訊號清楚了很多。

戚成鋼不在，接電話的是他們的連指導員。

喬四美說，自己是戚成鋼同志的未婚妻，這次特地來找他結婚的。

指導員非常感動，說是戚成鋼出外檢修道路，要過些天才能回來，他會派人來接喬四美。

來到拉薩的頭一夜，喬四美住在一個很小的招待所裡，夜裡的寒冷幾乎把她凍得半死。她縮在硬得硌痛她骨頭的床上，把帶來的所有衣服都穿在身上，依然冷得不停地發抖，只得起來倒上一杯熱水暖著手。就那麼坐在黑暗裡，從來沒有那麼孤獨過。

喬四美打小就是沒心沒肺的，神經粗如老樹樁子，可是在這個異鄉的漆黑的夜裡，她的手裡只得一捧水的溫度，這麼一個時刻，她想的卻不是她千里追尋的那個人，而是她的兄姊們，還有他們一起度過的那些日子。

四美捧著杯子嗚嗚地哭起來，一邊哭一邊叫：「大哥，二哥，姊。」

第二天，喬四美便開始出現高原反應，頭疼得像是要裂開。

喬四美後悔了，她想回家了。

第二天一大早，幾乎一夜未睡的喬四美便收拾了東西，付了招待所的費用之後，剩下的錢夠不夠回家她也拿不准。

但是在招待所門口，有人在等她。

兩個穿軍裝的人，風塵僕僕，臉色黝黑疲累，上前來問：「請問妳是不是喬四美同志？」

四美這才明白過來，是那位與自己通過電話的指導員派來的人。

兩個戰士都極其年輕，怕是比四美還要小上三、兩歲，不住地用目光打量著四美，看這個似乎連臉都沒有洗的女孩子，疲憊之下露出的那兩分秀色，在剛才的一剎那，她的眼睛裡湧上的一層薄淚，就好像看見了久別的親人似的神態，讓衣著隨意、神色不安的她顯出一種柔弱無助來。

這兩個年輕的士兵在心裡嘆一聲：『戚成鋼走了什麼狗屎運，有這樣的一個女孩子千里迢迢來尋親。』

他們其中一個熱情地對四美說：「我們指導員叫我們來接妳，車就在外頭，還要有個把小時的路。對了，我們指導員還說，你們剛來西藏的人，會有反應，讓我們先帶妳去這裡的部隊醫院看一下再出發，不急的。」

在醫院檢查了，四美的高原反應還算好，吸了氧之後她便覺得舒服多了。

四美跟著兩個戰士出發了。

越前行便越冷，四美披上了那位稍健談些的小戰士的軍大衣，一路上昏昏欲睡，錯過了路過的所有風景。

終於到了目的地時，四美覺得人清爽了一些。營地很安靜，一個黑臉大漢早迎了出來，自我介紹說是那位指導員。他握住四美的手直說：「不容易啊不容易，現在只聽說我們的士兵被對象甩了的，像妳這樣的好姑娘真是不多見啊，不多見啊！」

快兩點了，指導員帶四美去食堂吃飯，伙食並不好，可看得出來他們已經傾其所有了。四美吃了這幾天以來的第一頓飽飯，睏意便上來了，指導員又安排她在專門接待軍官家屬的宿舍裡休息。說是戚成鋼還在外執行任務，訊號不好也沒聯繫上，好在，明天他們就返回了。

直到第二天的下午，四美才算見到了戚成鋼。

戚成鋼與他的一個戰友在外檢修保養公路，那段路路況還算不錯，只是人煙稀少，幾乎是與世隔絕了幾天，從天而降的喬四美讓他覺得頭頂上正正打了一記響雷。

四美呆望著戚成鋼，在那一瞬間，她覺得她這一路的風塵與辛苦都值了。

戚成鋼比大半年前略黑瘦一些，可是更加挺拔，此時此刻的他有一種在大都市裡待著時沒有的氣勢，他站在那裡，儘管神情驚詫，卻英挺如松，真是劍眉星目，正是男人最好最光鮮的年歲。

四美對著他微笑，繼而無聲地大笑，笑得牙齦都露了出來，這正是她肖想了那麼多年的一個人，這正是她肖想了那麼多年的一個時刻。

然而戚成鋼並沒有如四美想像中的那樣，飛奔而來把她抱入懷中，當著許多的年輕士兵的面緊緊地擁抱她。

他只是呆站著，好像在思考著一個什麼難題，一個超乎他的理解力與接受力的難題。是指導員解的圍，他拍著戚成鋼的肩說：「高興傻了吧？」

四周響起一片笑聲。

那一天的傍晚，來了個部隊上的宣傳幹事，是專門來報導南京姑娘喬四美千里奔波，來嫁邊防軍人的事蹟的。

喬四美不知道的是，戚成鋼與指導員私底下的一番談話。

戚成鋼說：「指導員，我我……我不能跟她結婚。」

指導員大驚：「你說什麼？你這麼快就變心了？你起了什麼花花腸子？」

戚成鋼說：「我、她，我跟她並不是那種關係。我們以前是同學，半年多前只在街上見過一面。」

指導員怒氣沖沖道：「你跟人家通了那麼久的信，還說不是那種關係？」

戚成鋼覺得有一點委屈：「可是我信裡頭什麼出格的話也沒有寫，我以為就是老同學通通信，沒想到她誤會成這樣。」

指導員氣瘋了：「誤會你個頭，我聽說人家還寄了照片給你。」

「我看都沒看就被風吹跑了。」

「我看你還是腦子放清楚一點，現在部隊領導都知道這件事了，要不怎麼連宣傳幹事都來了呢。我實話告訴你，首長要給你們當證婚人呢。」

戚成鋼呆若木雞。

指導員拍拍他的肩膀安慰道：「你不如就將錯就錯，這女娃子也沒什麼不好，有模有樣，身條子也好，人也不傻，上趕著來了，連結婚證明都打好了來，一定可以跟你踏實過日子的。你也不要眼光太高了，你長得是人模狗樣的，可是憑你的水準，軍校是考不上的，現如今，沒有文憑就提不了幹。再幹個兩年，領章、帽徽一摘，回家還是個平頭老百姓，你指望能找個什麼樣的人？現在的小丫頭，精得汗毛孔上都長心眼，口袋裡沒有文憑、沒有錢，哪個肯跟你？你還以為是我們那年代呢？人家正經也是大城市裡的姑娘，叫你像我似的找個農村娘兒們你肯不？」

一番話說得戚成鋼心裡七上八下。

然而事情的發展，也由不得他猶豫不定了。

部隊的首長第二天就來了，要親自給這一對新人證婚，連拉薩電視臺都被驚動了。

喬四美與邊防戰士的婚禮，就這樣，被樹立為典型。

當一切的熱鬧都消停了之後，喬四美才有機會與戚成鋼獨處。

他們對視的一剎那，心裡都有一種恍若夢中的感覺。

兩樣心思，一處閒愁。

喬四美在這裡也不能久待，三天以後，連裡特批了戚成鋼兩天假，讓他送四美回家。

他也只能送她到拉薩。

長途車開動的時候，戚成鋼終於如四美所願往前追跑了兩步，四美「唰」地拉開窗子，伸出半個身子來，對著他大喊：「成鋼！成鋼！」

這是她第一次如此親近地叫他的名字。

她英俊、英姿勃發的白馬王子。

她的愛人。

他挺立的身影一點點地遠了。

四美回到了南京。

風塵僕僕、頭髮蓬亂、皮膚乾燥，人消瘦得如同一把一夜之間失了水分、泛了黃的青菜，臉頰兩塊高原紅，眼睛倒是亮得很，目光灼灼。

成了一個已婚婦人。

軍屬。

七七與鈴子的孩子也出生了。

常星宇終於把事情在電話裡跟齊唯民說了。

齊唯民很快就要回來了。

喬七七聽常星宇說阿哥要回來了，「噗通」一聲就跪了下來，嚇得常星宇一把要把他拉起來，可是她病了許久，沒有力氣了，七七人又一個勁兒地往下跪著，常星宇只得說：

「七七，你起來說話。七七，七七！」

喬七七嗚咽著，像是喘不上來氣：「阿姊，我不能見阿哥。求妳不要讓我見阿哥，我沒臉見他。妳就告訴他……」

常星宇拍著七七的背，這孩子像是要窒息了似的。

七七緩一緩又說：「妳就告訴他，我病死了。我、我這輩子，都沒臉見阿哥了。」

常星宇也哭了，「都是我的錯。」她說。

七七回手擁住常星宇，「阿姊。」他說，「不怪妳，怪我自己。還有，我想，興許這都是命裡註定好的。」

十九歲的喬七七，早早地，認了命。

齊唯民在兩個月以後回來了。

常星宇見到他的第一句話就是：「老齊，我對不起你。」

齊唯民傷心地抱住消瘦得脫了形的妻子，兩人都流了淚。

喬七七躲了起來，沒有在齊家。

齊唯民回來後一直沒有看到過他。

喬七七其實一直在楊鈴子家，白天在鈴子爸開的小工廠裡幫忙，晚上就住在他們家裡。

喬七七那天下班以後，迎面就看見了等在外面的齊唯民。

七七下意識地拔腿就要跑，被齊唯民一抓拉住。

齊唯民叫：「七七。」

喬七七放聲大哭：「饒了我吧阿哥，求你原諒我。」

齊唯民抱著這個嚇壞了的孩子，笑著說：「自然，我是原諒你的。我跟你阿姊都原諒你。不是說了嗎，年輕人犯錯誤，上帝都會原諒的。」

齊唯民想，上帝原諒你，是因為你年輕。

我原諒你，是因為你是我兄弟。

這是一九九六年年底。《大話西遊》這部電影從大陸紅回了香港，周星馳成了星爺。在二〇〇三版的《射雕英雄傳》中，他演了兩個小角色，一個是宋兵乙，有兩句耀武揚威的臺詞，另一個是囚犯，出場不到兩分鐘，被梅超風的九陰白骨爪拍死。

這一年，一個叫H．O．T的韓國團體風靡中國。他們穿著褲管異常肥大的超級「水桶褲」，戴著亮閃閃的首飾，耳朵上掛著耳環，少年們無一不爭相模仿，滿大街晃悠的都是這副打扮的年輕人。

時間一晃，就到了一九九七年。

2

一九九七年年初，一成對大妹妹三麗說：「要不，妳跟一丁把婚事辦了吧。你們也處了這麼些年了，有比較深的感情基礎，一丁那個人我看很誠懇，值得託終身。」

三麗想一想說：「最近家裡出了這麼多的事，而且，爸還在外面。」

一成說：「就是因為有這麼多事，妳看四美的婚事，叫人看著就懸。還有二強跟孫小茉，也說不明白他們在黏糊個什麼勁。妳還是把婚結了吧，咱們家兄弟姊妹幾個，就妳跟一丁的感情是正常的，哥相信你們將來必定也好。結吧、結吧，沖沖家裡頭這股子邪勁也好。」

三麗還有一點猶豫：「大哥，那爸，咱們通知他一下吧。託人帶個信過去？」

一成揮揮手：「不要提那個人。這麼許多年，有他沒他，有區別嗎？」

三麗終於和一丁結婚了。

按照一早說好的，他們沒有辦酒，只兩家人在一起吃頓飯，等一丁拿了假，他們兩個去旅行一趟。

一丁說了，這兩年在公司這邊做得不錯，也存了些錢，可以走得遠一點了，去深圳吧。聽說那裡現在建得可好了，隔著海能看到對岸的香港。

可是三麗說，她想去北京。

一丁豪爽地說：「先去北京再去深圳！」

三麗笑道：「你瘋了，一南一北隔好幾千里路呢，那得花多少錢？」

一丁說：「三麗，我掙的錢花在妳身上是花得最值的了。」

三麗笑了，笨笨的人講起情話來，老實裡頭帶了三分硬邦邦，可是聽起來格外暖，熨斗似的從心上燙過。

三麗到底是比一成要會做人些，這一次，她順帶著請了二姨一家子，加上一丁的一家子，也團團坐了整兩桌。

一成那天單位臨時有急事，急得他簡直頭上要冒出火苗來，還好，終於沒遲太多，到餐館時，迎面就看見了三麗站在大門口張望著，看見他，直撲了過來。

一成略略把她推開一點看看，三麗今天穿了大紅的羊毛套裙，化了新娘妝，頭髮高高地盤起，簪著兩朵玫瑰骨朵，平時裡有些黃黃的面色全不見了，臉被照亮了似的，非常漂亮。

一成笑起來說：「這套衣服果然比前兩年找裁縫做的那套洋氣多了。」

三麗笑起來，親親熱熱地挽著一成的胳膊，抓得緊緊的。

一成跟著三麗一起上到三樓，快要進包廂的時候，三麗突然停下腳步，有一點怯怯地說：「大哥，嗯，先別進去，先來見個人。」

說著拉了一成拐上樓梯，一丁租了間客房今晚要住這的。

三麗打開門，兄妹兩個進了屋。

一成一眼看見那個坐在小茶几邊的沙發上的人。

三麗看看一成的面色，勸道：「大哥、大哥，你可別生我的氣。」

一丁也走了進來：「大哥，是我的主意。我跟三麗，我們一輩子的大事，還是想有爸在場。是我託人去通知爸的。」

喬祖望站起來，慢慢地走過來。

他老了不少，兩鬢花白了，顯得又可憐又有一點髒相，這幾年他在鄉下的日子也不好過。

走得近的時候，喬一成看到他的臉上有一絲絲慚慚的神情一閃而過。

一成對三麗和一丁說：「不早了，還不趕快開席？走吧。」

三麗鬆了口氣，跟一丁一人一邊攙著喬祖望，一起回到包廂裡。

喬祖望在大女兒喬三麗的結婚家宴上，坐了主桌。

那一天的家宴，氣氛一直還算不錯。

就只是，有個叫人想不到的人，喝得多了一點。

孫小茉。

二強自然是要把小茉送回家去的，不知為什麼二強心裡有些惴惴的，這樣子的小茉叫他感到很陌生。

送了小茉回去時，小茉還有些糊塗。

小茉媽說，你要照顧照顧她，喝醉的人都死沉死沉的，我可弄不動她，你們也是領了證的夫妻了，說起來也不要緊。

二強給她擦了臉，讓她脫了外衣睡下。小茉突然伸過手拉著二強，把一張熱撲撲的臉全埋進去，便一動也不動了。

二強不知她怎麼了，也不敢動，站到腿都痠了的時候，小茉才說：「二強，你不要走。」

三麗跟一丁本來打算是結婚後單過的，一丁媽老早放出話來，家裡的房子是有，可是，是給二兒子結婚用的，老大要有老大的樣子，謙讓一些。

誰知道一丁的弟弟自找了一個條件不錯的女朋友之後，對對方巴結得了不得，那女孩子在來過王家一次之後，就挑明瞭說，以後是絕對不會在這裡結婚的，連抽水馬桶也沒有，怎麼過日子？而且她也不能在披屋裡燒菜做飯，染一身油煙、蹭一身老灰。於是一丁弟弟自訂婚之後就搬去了女方家裡，差不多就是一個倒插門了，一丁媽氣得仰倒，卻沒奈何。

一丁爸說，那就把家裡的房子給了一丁吧。一丁媽起先不答應，說還有個女兒呢。一丁爸說，就算妳女兒肯住在家裡，妳未來的女婿也不一定肯，不是每個男娃都跟妳兒子似的，上趕著做倒插門。

三麗想著，在外租房也是一筆大開銷，也就跟一丁商量了，把新房安在了王家。從此兩個女人開始了漫長、艱苦而卓絕的鬥爭。

等他們倆旅行回來的第二天，一丁媽在晚上三麗下班時，便舒服地坐在堂屋的一張扶手椅上，說：「唉，這下子可好了，媳婦熬成了婆，我也可以吃吃現成飯，享享兒子媳婦的福了。」

三麗明白她是叫自己去做飯，略略有些為難，還是繫了圍裙往披屋子裡去了，出去時對一丁丟了一個眼風，一丁也就跟了出去。

三麗把水開大，在嘩嘩的水聲裡跟一丁竊竊私語：「你媽說做糖醋排骨，叫不要做得水嘰嘰的，炒出糖色來，怎麼個弄法呀？」

一丁笑著也不答，自顧就做了起來，三麗看他動作嫻熟，笑著啃一個番茄在一旁看，又把番茄遞過去叫一丁啃一口。

菜飯都上了桌，一丁媽卻笑說：「喲，想吃媳婦的飯，吃的還是兒子做的。」

三麗臉一紅，賠笑說：「我是不大會做飯。」

一丁媽便說：「哪有天生就會做飯的人，誰又是二十四個月養下來的。」聲音裡全是緊巴巴的怨氣，聽得三麗心裡不高興，這還是她的新婚裡頭呢，到底還是看著一丁的面子沒有作聲。

一丁媽看三麗沒出聲，像是一方挑戰的沒得到對手的回應，叫那鼓著的氣勢白白地散了實在不甘心，便堆了笑出來問：「三麗啊，原先妳在家裡不做飯的啊？真好命哦！」

三麗垂了眼微笑答：「哎，我們家都是男的做飯，我大哥、我二哥。」

第一頓飯就吃得哽在心口，一丁媽背了人老大的不高興，跟老伴嘀咕：「又不是大幹部家出來的，又或者是世代書香家的小姐也就罷了，不過是跟我一樣的平民丫頭，擺個什麼架子！」

一丁爸乾咳兩聲止住她的嘮叨，沒有理她的話頭。她自己訕訕地說：「算了吧，王一丁要做老婆奴也由他吧，反正他也……」

下面的話，被一丁爸大力的一聲咳嗽給壓得吞回了肚裡。

喬祖望回到了老屋。

事情已過去了幾年，原先的那些債主也灰了心，而且也漸漸想通了，喬祖望也的確沒有在裡面撈到多少油水，而且也一把年紀的人了，再過來鬧的話，萬一他出了什麼事，豈不是要弄出人命官司來。

喬祖望在家裡深居簡出了一段日子，見一切風平浪靜，慢慢地，也恢復了往日的神色來。

他先是叫二強把家裡釘死的那些窗子全打開，三麗和四美一起把屋裡屋外好好地打掃了一番，添了些新東西。

四美又住回了老屋這邊。

喬家老屋裡終於裝上了電話，喬一成出的錢。

喬老頭對這個新玩意產生了濃厚的興趣，就像當年對電視那樣，時不時地要打兩個電話到兒子、女兒單位去，叫喬一成後悔得要死，不該在家裡添這麼個東西。

喬老頭慢慢地走出家門，開始與舊日的牌友們恢復了往來，又開始常聚在一處打牌了。

他自從出了那回事以後，原先的工廠裡便把他給開除了，過去是「停薪」，現在連「職」也留不住了。現在他想要買斷工齡也找不到門路，原先的廠長也退了，家也搬了，老工友一個也找不到了，喬祖望氣得大罵社會主義要餓死人了。

喬老頭於一個春天的傍晚召開了一次家庭會議，把兒子、女兒通通叫到身邊來，提出，現在各人都結婚成了家了，條件也好了，可是眼看著老爹爹卻潦倒成這個樣子了，要他們每個人每月貼自己一些錢過日子。

喬一成先冷「哼」了一聲，弄得三麗也不好開口了。

倒是喬二強先開了口：「你要我們每個月貼你多少？」

喬祖望說：「那要看你們的良心了。」

喬一成打斷他的話：「不要提這兩個字，你給個數，我們也斟酌一下。」

喬祖望心裡其實早想好了一個數字，自己暗地裡算過，老大的薪水不算低，老二差一點，三麗沒什麼錢，可是她男人公司是不錯的，好像王一丁新晉升了什麼主管，想必也不差，四美的餐館上了四星，應該也不差，四份加起來，可以讓他過上很舒服的日子。

可是，看著大兒子臉上的神色，不知不覺地，喬祖望就有些膽怯，自動地把心裡頭各個人要攤的數目減了些說出來。

喬一成聽了，笑了一笑：「好好好！是吃了一塹、長了一智，現在終於明白做人不要太貪心了。好吧，我給你這個數。」

喬一成說的數比喬祖望說的又少了些，不容得喬祖望開口，喬一成說：「要就要，不要，就算了。」

喬祖望被兒子話裡連著的三個好字震得不敢吱聲了。

結果，弟弟、妹妹們要給的數當然也一樣少了些，喬祖望在心裡飛快地算了一算，這一次真吃了虧了！

四美突然說：「對了，說起來，咱們家，應該是兄弟姊妹五個的，那個小的，他也成了家了，女方家是獨女，聽說還做了一點生意，他不要也算上一份嗎？」

一成打斷她的話：「算了吧，不要算上他。」

那個孩子，一成想，那個孩子啊，那份倉皇的日子。

一成接著說：「錢我們會按月按時給你，一分不會少，我可以替弟妹們保證。但是，你要是拿去賭輸了，我們可不給二回，這個，也要先說下，誰要偷著給你還賭債，以後你的生活費用全由他一個人承擔！」

一番話，丁是丁、卯是卯的，喬祖望被大兒子的氣勢給震倒，只剩下聽著的份了。

過了不久，三麗便懷上了孩子，一丁高興得跟什麼似的，忙完了公司的事，回到家更是把三麗侍候得直手直腳，一丁媽更氣了。

過了五月，一成的單位開始大忙起來，為了迎接即將到來的香港回歸。

喬一成也在採訪中結識了某區宣傳部部長，年輕的女幹部，項南方。

3

一九九七年，是電視臺大忙的一年。

這一年，臺裡在人員安排上來了次改革，開始實施搭檔制。

算起來，喬一成也是資深記者了，這幾年在臺裡，他雖不是樣樣拔尖，可走的是穩紮穩打的路子，倒也有了不錯的口碑。

搭檔制一開始實行，有人忙不迭地詢問是否可以自由組合，比較處得來的人在一起工作也順心些，可是喬一成因為平時跟同事們比較泛泛，所以反倒沒有那麼急惶惶的，安心地等著領導分配。

正式組合那一天，喬一成正巧外出採訪一個突發新聞，回來的時候，聽說人員已經安排定了。有人告訴他，他的搭檔在食堂吃飯呢。是個新進的攝影，年紀不大，可是聽說厲害得很，原先是電影廠拍電影的，姓宋。

喬一成想，既然將來要一起工作，總得有個好開始，便往食堂走去，要會會這位新搭檔，打個招呼。

迎面，卻看見一個熟悉的身影。

瘦削了許多，可是身姿挺拔優美，面容姣好，一頭鬈曲的長髮，竟是常星宇。

喬一成隱隱聽說新聞部從報社挖來個文字記者，原來竟然是常星宇。

常星宇目不斜視，打喬一成身邊經過。說起來也是親戚，可是常星宇一直不大看得上喬一成，自七七的那件事之後，對他的意見更大。

喬一成在心裡苦笑半聲，想：『行，不理就不理。妳命好會投胎，投個教授做老爹，若妳有我這樣的命，妳清高得起來再說吧。』

一走進食堂，便聽見有人高聲談笑，聲震四野，氣勢浩然。

那人一把好聽的亮嗓子，一口略帶東北口音的普通話：「你看，看我這邊側臉，人家都說像年輕時的寇振海，再看，看我這邊的側臉，像誰？像不像那個歌星林依輪？你再看我的嘴這部分，像誰？像不像電視上經常看到的那位領導？我跟你說，我將來老了，越老會越像。」

喬一成朝天花板翻翻白眼，我的天。

正說得熱鬧，有人叫：「宋清遠，你搭檔來了，喬一成，這邊。」

宋清遠一站起來，便帶出一派氣宇軒昂來，襯得南方人喬一成又縮小了一輪。

宋清遠用手在短得恨不得貼在頭皮上的頭髮上用力一擦，伸過來與喬一成極短促地一握。

從此，喬一成便與宋清遠開始了數年的搭檔生涯。

處了一段日子，喬一成發現，宋清遠此人，的確如他人所傳言的，自視甚高，不過他也有資本，這人技術一流，身大而腹不空，頗有一點靈氣，到底是拍過電影的人，畫面感特別好，做了幾檔專題節目，一下子就把人震住了。雖說有時言語誇張些，人倒實在，敬業得很，有兩次，喬一成看著他一身舊衣，為取一個好的拍攝角度，隨地就跪下、趴下甚至仰面躺下，不由得生兩分欣賞的心。

宋清遠起初卻是一萬個看不上喬一成，嫌他黏糊，不爽快，看到喬一成錢包裡的錢都是按票面大小齊齊整整地排著，早從鼻子裡撲了一大陣子涼氣。

讓宋清遠對喬一成看法有所改善的，是不久之後的一些事。

新聞部搞改革，說是各欄目的人員不應該固定，應該大家輪著製作不同欄目的節目，比如早新聞、八點新聞、時政報導、專題節目、投訴類節目等，以期歷練眾人，培養一批全才。

喬一成與宋清遠搭檔的第二個月，就被派去拍一個月的投訴類節目，叫「熱線700」，宋清遠一聽就大聲嘲笑：「我呸，還007咧！我一個拍電影的淪落到搞電視也就罷了，還他娘的家長里短起來！老娘們打架咱是拍還是不拍？」

喬一成倒只笑笑，什麼也沒有說，照樣幹活。

有一次，他們倆一起去採訪一個製假水泥的窩點，裝成水泥販子，被一個線人領著，去找造假者買水泥。

去了以後才發現，那是一個像西北窯洞似的地方，往裡走了約莫一百公尺才看見人，四壁上點著一、兩根火把，火光搖曳，把人的影子拉得長而扭曲地投在地面與石壁上。

宋清遠的手拎包裡裝了個針孔式的偷拍機。

直到暗訪結束，喬一成他們走出老遠了，才發現，那線人的後背衣服全濕了。

怕的。

兩個人這才後怕起來，那製假者面目可怖，身材高大，身旁還站著兩個同樣高大的男人，若是一個不小心叫他們發現身分，說不定把喬一成他們殺了，就地埋了也沒有人知道。

還有一次，喬一成跟宋清遠去暗訪賣黃色光碟一條街，結果就露了餡，被人追出去老遠，起先宋清遠還不肯跑，氣勢十足地說要跟他們幹上一仗，被喬一成死拉活拖地，才跑了。

那領頭追的人，邊追邊從懷裡摸出一柄明晃晃的東西，可不就是一柄西瓜刀！兩個人直跑了有半里地才甩開那夥人。

喬一成喘得不行，驚恐地搖著手，半天才說出話來：「老宋，你你……你這個人……

樣子……樣子……實在……實在太正，架子太足，恨不得……恨不得腦門子上嵌上幾個金光……金光閃閃的大字，實在，不適合做暗訪。」

宋清遠笑問哪幾個字，喬一成恢復了正常呼吸，面無表情地說：「我是臥底。」

宋清遠放聲大笑。

宋清遠慢慢覺得，喬一成這個人，雖然有一點小男人，但倒是能屈能伸，衣著規整地採訪市長時，言談得體，穿上件半舊的夾克，腋下夾一個人造革小包，活脫脫一個私企小業主。

有一次去暗訪一家所謂的「男科醫院」，他穿了件有黃漬的襯衫，紮了條皺巴巴的領帶，外罩一件過時西裝，竟然真有三分猥瑣，也難怪那庸醫診斷他有「二期淋病」。

按宋清遠做電影的專業評價，他自己是偶像派加實力派，而喬一成就是那演技派。

在瞭解了喬一成離過一次婚時，宋清遠說，有些好茶，那頭一道水，是要倒掉的。

喬一成對他的態度心存感激，同時也有些奇怪，宋清遠雖說面相比較成熟，其實不過二十五、六，比自己小著好幾歲，怎麼就這麼成熟呢？慢慢地才知道，那不過是假象，就像小孩子偷穿大人衣服，裝得再像，也免不了要露一點馬腳。

有一次喬一成開玩笑地問宋清遠想找什麼樣的愛人，宋清遠沒有正面回答，而是說：「我半生的理想，是在郊外蓋一座小小的二層樓房，有落地大窗。我的愛人來看我，走到花園時便抬頭，正好看到立在窗邊等待的我，仰起的臉上，天真與喜悅交織啊。」

喬一成「噗」的一聲把口裡的一口熱茶噴出去，說：「老宋，你真是偉岸身軀玲瓏心。」

從此明白一個真理，所謂成熟，的確是與年齡有關係的，沒到該熟的年齡就熟和到了該熟的年齡還不熟一樣是變態，而非常態。

兩個性格天差地別的人，倒認真地做起朋友來，說起來，喬一成的第二段婚姻還是宋清遠成全的。

隨著七月的來臨，電視臺越發地忙碌起來。

那一天，宋清遠跟喬一成去本市某大區採訪，接待他們的是該區新任的宣傳部長，一個三十歲左右的女子，那就是項南方。

喬一成的兩個妹妹多少也算有些姿容，前妻葉小朗也有可人的地方，他的表嫂常星宇更是大美女，電視臺上上下下漂亮的女孩子也多，所以在他看來，南方長相頗為平凡，眼小而嘴闊，膚色也暗。可是，一成卻承認，南方是他見過氣質最端正的女子，俐落而大方，很是能幹的樣子卻又懂得收斂鋒芒，言語得當又無官腔，使得採訪十分順利。

讓喬一成驚訝的是，南方與宋清遠十分熟悉，見了面，南方便叫「小遠」，一成以為她在叫別人，卻不料叫的就是宋清遠，宋清遠還張開雙臂開玩笑地問南方要不要擁抱一下。

之後喬一成問起這件事，宋清遠說，兩家的父母原本就是認識的，一成見宋清遠沒有明說，便也沒再問，他聽說宋清遠家好像是有一點名望的，想必南方家也一樣是幹部。

那天採訪工作結束後正是午飯時候，南方提出請一成他們吃午飯，一成以為還是那種公家的請吃，不料卻是南方私人請客，還特地問喬一成能不能吃辣。

南方帶他們去的是一家小小的風味館子，她說這裡雖小，但是川菜是極正宗的，吃飯時，南方還幫一成他們布菜，顯得溫靜而體貼，並且請一成不要叫她「項部長」，像宋清遠一樣，叫「南方」就行了。

一成對這個年輕的女幹部的印象好極了，不由得便在宋清遠面前多讚了南方幾句，宋清遠朗聲笑，然後說：「哎，很少聽你這麼誇一個女孩子，怎麼樣，追追看？」

一成一下子紅了臉，連連說自己絕沒有那種心，不過是看給人這樣好印象的年輕女幹部比較少才多誇了兩句，沒有別的意思，再說這是再也不可能的事。要追吧也是你去追才合適。

宋清遠說：「沒有可能，她比我還大幾歲，不過關鍵不是這個問題。」

喬一成問：「那關鍵是什麼呢？」

宋清遠嘆一聲說：「太熟啦！」又說：「南方現在還沒有男朋友，三十了，家裡也急。我說老喬，你真可以試試，你們兩個，個頭也挺配。」

喬一成連連擺手，說：「一領蘆席一片天，怎麼可能聯繫到一處？」

宋清遠不以為然地冷哼一聲，說：「老喬，你這人就是這點最不可愛。」

不過，喬一成說的也是真心話，他真的是一點也沒有往那方面想，叫宋清遠這麼一說，倒彷彿心裡藏了一點鬼似的。

南方所在的，是全市第一大區，是電視臺經常要採訪的地方，所以喬一成與南方在工作中見面的機會就多起來，常常在工作結束後三個人一同去吃飯，偶爾南方到電視臺來的時候，也總順便看看喬一成和宋清遠。

喬一成覺得，與宋清遠項南方相處著，自己倒開朗了些，自嘲地想，與年輕人接觸多了，自己便也多了兩分青春朝氣。

有個週四，四美吃壞了東西鬧肚子，又懶得動彈不肯上醫院，喬一成便替她去市級機關醫院用自己的名字開一點藥，才拿了藥出門，就看見南方了。

南方臉色黃黃的，像是不大舒服，自注射室裡走出來。

喬一成忍不住出聲叫她，南方回過頭來看見喬一成，瞇了眼笑。

一成說：「臉色這麼差，怎麼了？」

南方說：「沒事，就是累了一點，發了兩天燒。你呢？也病了？」

一成把手中的藥對她晃晃：「是給我妹開一點藥。忽地想起，用的是公費來拿藥，也算是占了公家的便宜，多少有一點不好意思。」

一成看南方像是撐不住的樣子，說：「看妳這樣，自己怎麼能回去，有車接妳嗎？」

南方略一停頓答：「沒有。」

一成看看陰得像要落下來似的天空，說：「乾脆我送妳吧，看這天。」

南方點點頭，報了個位址，一成知道那是市級機關宿舍。

南方說，家裡是舒服多了，可是宿舍離單位近，平時她多半住這邊，週末會回去的。

一成果然送南方回去，他不知道，其實南方是坐了車來的，南方自己也不知道為什麼寧可喬一成來送她。

一成送南方回了宿舍，發現她這一小套房舒服整潔，到處齊整地碼了書報，很少女孩子的小玩意擺設。南方周到地請他不必換鞋，一成還是小心地換了雙鞋，這地板真是太乾淨了，讓一成不忍心就那麼踩兩個鞋印上去。

廚房裡冷鍋冷灶的，一成想，總得吃一點什麼才好讓病人睡覺，便快手做了一碗熱湯麵，淋了一點麻油，不至於太油膩，看南方吃了麵和藥才走。

南方躺在床上，裹了被，回想著。

喬一成不英俊，但是五官搭配舒服，氣質也溫和，想必脾氣不錯，能力也不錯，幾回的報導寫得極為精彩，那些新聞套語俗話下面，總有一點他自己的東西滲透出來，不激烈，但是很執著堅定，有滴水穿石一般的韌性，這讓南方相當欣賞。

『而且……』南方微笑起來，『做飯的手藝還真不錯。』

藥性上來了，南方漸漸睡著了。

4

七七與鈴子的孩子一歲多了。

是個小姑娘，叫喬韻芝。

喬七七也算是結了婚有了小家的人了，也不好再住在阿哥家裡。齊唯民一直不放心，看著突然空出來那七七的床鋪，很長一段時間裡無法接受七七已離開的現實。

七七還有許多東西丟在阿哥家裡，他的衣服、他喜歡的漫畫、他從小到大的小物什，七七從來沒有提起要把東西拿走。起初常星宇怕他用得著，想著替他收拾收拾送過去，可是被齊唯民攔下了，寧可買新的衣物送過去。

常星宇嘆一口氣，也明白齊唯民的心，好像東西沒送走，也就等於七七沒有走。

鈴子生女兒的那一天，是一個極晴朗的五月天。

預產期過了二十天，可楊鈴子還沒有生，楊家人把楊鈴子送進了婦產醫院，孩子還沒有動靜，一家子急得不得了。

說來也怪，進了醫院的當天下午，鈴子就要生了。

齊唯民和常星宇陪著喬七七和楊家人一起送鈴子進了產房，一干人在外面等著。

原本，齊唯民看喬七七臉色刷白的樣子，簡直捨不得他去婦產醫院。可是常星宇說，得讓他去，自己做的事情，後果也要自己去面對，誰也替不了。

七七說：「阿哥，我很怕，可是阿姊說得對，我還是要去的，怕也沒有用是不是？」

因為胎兒的位置不大好，楊家人挺擔心，巧的是常星宇認識這家醫院宣傳科的一個幹部，連忙找了她來，請她一定要關照一下。

她進產房交代了一下，出來說，接生的是一個很有經驗的老助產士，一家子這才稍稍放下心來。

三個多鐘頭以後，楊鈴子順產，生了一個七斤二兩重的小女娃。

鈴子被推了出來，睡得很沉，頭髮蓬亂地落在枕上。那個小小的嬰兒被助產士抱著，鈴子的媽媽衝上去小心地抱在手中，一個勁兒地說：「是漂亮娃。」又招呼喬七七：「過來，看看你女兒。」

七七覺得，自己的魂魄好像慢慢地從自己身體裡抽離了出來，悠悠地飛到半空，俯視著肉身的自己。

他慢慢地走過去，從鈴子媽的手裡接過小嬰兒，用一種古怪彆扭的姿勢抱著。

七七看著手裡的小娃娃，那小娃娃的眼睛閉得緊緊的，鼻子、小嘴都皺在一起，腦袋是一個奇怪的形狀，像是一隻醬油瓶子。

七七說：「頭。」

鈴子媽倒是懂他的意思，笑說：「不要緊，才生下來的孩子頭都是這樣，過一夜就好了。」

七七又說：「血。」

鈴子媽用手中紗布口罩做成的小塊抹布輕輕地抹去小娃娃額角一小塊凝住的血漬，看七七抱得實在彆扭，忍不住又笑：「得了得了，我抱吧。」

齊唯民走上來攬住七七的肩，七七說：「好小。」

齊唯民笑起來：「你剛生下來的時候，比她還小，我第一次去看你，我嚇了一跳，跟媽說，小弟弟是真的還是假的，你看起來就跟我妹玩的洋娃娃差不多大。」

七七忽地反手抓住了齊唯民的手，一手的冷汗。

鈴子自然是在母親這裡坐月子，那小嬰兒自然也是由鈴子的媽媽帶。

那段日子，每天中午，鈴子媽總要歇一個午覺，這段時間，就是七七在看著孩子。

小娃娃睡在一個木頭搖籃床裡，這搖籃可真是有年頭的東西了，睡過楊鈴子自己，還有她的幾個表弟表妹們，是鈴子媽當年陪嫁的一張木床改的，那扶手已磨得水滑溫潤，竟然有了皮膚的質感，床板上依稀可見一段紅字——毛主席語錄：世界是你們的，也是我們的，但歸根到底是你們的。

七七一直都不大敢接近這搖籃，可是這一天，天氣極好，是春天的陽光燦爛午後，四周又是這樣的靜悄悄，滋長著人心底裡所有微小的、隱藏或覆蓋著的迷夢。

七七踮著腳走過去，歪著頭看著那個小娃娃，她被緊緊密密地包在一個蠟燭包裡，臉上的五官已舒展開來，可是七七還是看不出來她到底像誰。她睡得正香，一頭濃密的黑髮，倒是像足了鈴子，髮絲掃到臉上，可能讓她癢癢，她微微地扭了扭頭，皺一皺鼻子。

七七小心地伸一個手指頭替她撥開那碎髮，她翕了翕鼻翼。

忽然，小娃娃睜開了眼睛，七七下意識地往後一縮頭。

他不知道，這個時候的小娃娃，其實視力還不能看清他的臉。他就是覺得她在看著他，審視著他，慢慢地擰起了眉頭，似乎對這個小爸爸極不滿意，張大了嘴，奮力地打了一個哈欠，又睡了。

七七把她從搖籃裡抱出來，對著陽光認真地看，試著把她貼在懷裡，她被小爸爸折騰得發出細微模糊的哼聲，七七嚇得又把她放了回去。

到底年輕，鈴子的身體恢復很快，胃口極好，能吃能睡，不出幾日便養得飽滿粉嫩如一顆蜜桃，穿了那樣肥大的棉衣也不顯醜怪。

她完全不肯聽母親的話，早趁著母親不在的時候偷偷地洗了頭、洗了澡，還威脅七七絕不可以告訴媽，不然就不理他。

有一天，三麗和四美來看小娃娃，還送了個紅包。三麗在一成二強和四美面前說，不管怎麼樣，七七也是我們家的老小，這種時候，是該上門去看看的，一成也沒說什麼，就塞了一點錢給三麗，二強、三麗、四美他們也添了些，一併交到楊鈴子的手裡。

鈴子挺高興的，紅撲撲的臉，嘴裡起勁地嚼著泡泡糖。今天她沒有穿大棉襖，大約是知道大姑子、小姑子要來，成心要顯一顯她的鮮豔與飽滿似的，穿了件粉色的兔毛毛衣，整個人像一團甜蜜軟和的棉花糖，興高采烈，熱騰騰的。

七七奇怪地看她一眼，又看一眼，不由得紅了臉，露出了這許多日子以來第一個微笑。

這時候的三麗也懷了孩子，剛剛驗出來，一丁高興得簡直暈了頭，按一丁媽的話，好像懷的是龍胎，要把三麗捧到天上去了。

三麗看到那粉嫩的娃娃不由得喜歡起來，抱在手裡捨不得丟下，用嘴唇去碰那水豆腐一樣的小臉。

四美倒是不怎麼上心，想著自己的心事。

原本，四美是打算再去西藏探一次親的。戚成鋼的連隊調回了拉薩，應該比上次方便得多了，戚成鋼又剛升了排長。可是，戚成鋼卻一口就拒絕了四美。

『不要來。』他在電話裡和信裡都這樣說，『妳當我一個芝麻大的小排長家屬說來就可以來嗎？上次？上次不過是他們想要弄一個噱頭，我們被人家當木偶耍了一道了。』

戚成鋼對他們婚姻的這番評論讓四美不大舒服，她覺得她自己可是對這段經歷貼心貼肺的，珍惜得不知怎麼是好呢。

戚成鋼似乎很沮喪，說反正自己再也升不上去了，現在這個位子，是他在外頭執行任務，差一點把命搭上回不來了才賞他的，也許很快就轉業回地方了，到時候，有的是見面的日子。

一九九七年，二強與小茉也終於結婚了，小茉家辦了酒席，請了許多的親朋。婚後，二強與小茉還是住在小茉家裡。

小茉媽說，小茉的身體不好，要過兩年再生孩子，並且冷不防地加上了一句：「我們小茉這病是絕不遺傳的，二強你也不必存心病，想著我們孫家高攀了你，其實誰又高攀了誰呢。只要你們兩人安安生生過日子，其他的，誰都不要計較。」

小茉家人的態度叫二強迷糊又有一點不舒服。小茉背了人對二強說，不要理他們，生小孩的事，咱們順其自然吧。

二強與小茉的婚禮過不多久，三麗生了一個兒子。

一丁的工作一直挺順，這一有了大頭兒子，更是高興得不知怎麼是好，他覺得自己是世界上最走運的男人，人家說，狗屎運、狗屎運的，他王一丁可不就是走了狗屎運。

一丁的大頭兒子叫王若軒，喬一成取的名字。

喬家的幾個孩子都過了平穩的一段日子，他們的大哥喬一成也迎來了他的第二春。

這一年，忙完了香港回歸的報導，南京開始狠抓素質教育，打壓課外輔導班，也不知是什麼原因，電視臺那些有孩子的記者們都對教師與學校抱有一種恨意，提起老師來便牙癢癢似的，一聽要去幫課外補習班曝光，一個個跟打了雞血似的，就只喬一成和宋清遠抱著無所謂的態度，偏偏這年八月份，輪到他們做熱線欄目，第一檔片子就是去一所小學採訪關於暑期補課的事。

雖是放假的日子，天又熱得著了火似的，可是學校門口還真是一點不冷清，全是等孩子下課的家長，一夥夥地聚在樹蔭裡頭，男人抽菸，女人則閒話家常。

宋清遠原本想採訪幾個家長，可是喬一成拉了他一把，說：「算了、算了，人家當爸媽的也不容易，這麼熱的天。」

宋清遠嘲笑喬一成：「老喬，你可真是婦人之仁，他們不容易，我們這麼熱的天，就容易了？我看這什麼破班是該取締，我小時候，沒補過一天課，不是照樣成才？還很優秀咧！現在的小孩子，恨不得生下來就聰明得長出山羊鬍子來！」

喬一成也笑，道：「這話一聽就是沒做父母的人說出來的！」

宋清遠大笑：「難道你拖兒帶女的啦？」

喬一成嘆道：「沒有，其實也差不多嘍。」

結果兩人徑直去了校長室，校長一看宋清遠扛著的「大炮筒」一下子臉上就變了顏色，被喬一成的幾個問題一追問，簡直有些磕巴起來。

喬一成正打算見好就收，便在提問時故意地露個破綻，給了那校長一個臺階下，校長也機靈，一下子接過喬一成的話頭，那話題正往風平浪靜上去的時候，半路突然殺出個程咬金來。

是一個來訪的家長，在一旁聽了個零零落落，一下子就衝上來，大聲道：「我頂犯嫌你們這些記者，狗腿子樣！你憑什麼不讓學校辦補習班？學校不辦補習班，我兒子到哪去補習？找家教？你貼我錢啊？」

宋清遠也大聲「哧」笑一聲：「我貼妳錢？妳長得漂亮咋的？」

那女人火了：「老娘長得漂不漂亮關你屁事？」

宋清遠放下攝影機，對擦著蒲扇似的大手掌：「妳是誰老娘？想做我老娘？妳不撒泡尿照照妳自個兒？」

那女人暴怒起來，上來便要搶放在校長辦公桌上的攝影機。

宋清遠是最恨人家動他的機器的，一個肘拐把那女人拐到一邊，喬一成趕緊拉住他。

「打人啦！」女人大叫起來。

「誰打妳了？我告訴妳，妳動這機器，六十多萬妳賠得起不？」

「機器動不得，人動得！」那胖大女人撩起裙子，一腳朝宋清遠踢過去。踢偏了，正踢在勸架的喬一成的要害處。

喬一成一下子就矮下去半截。

喬一成採訪中被強悍婦人踢進了醫院，也算是工傷，醫療費自然是臺裡包了。

宋清遠來看他的時候，竟然塞給他一個鼓鼓的大信封，喬一成一看，一疊錢，吃了一驚。

宋清遠說：「別怕，收著、收著。是那打人的老娘們賠的。」

一成結巴起來：「賠……賠的？」

宋清遠得意揚揚的：「我去找了派出所，她這可算是民事傷害了，叫她賠錢是便宜她，了得了，敢打政府喉舌？」

喬一成摸摸那遝錢：「這也太多了吧，我看那女的，也不像是有錢人。」

宋清遠摸摸頭：「也是，要不，咱還一半回去？」

結果，宋清遠果真託員警又還回去一半。

宋清遠跟喬一成開玩笑說：「都不容易啊！還好沒踢壞，真踢壞了，才三十來歲，這輩子怎麼過？」

兩個人正說笑著，有人來看喬一成了。是項南方。

5

這一年過了十月，天就冷起來。巷口那幾棵有了年紀的老白楊經秋風一吹便嘩嘩地掉葉子，一陣又一陣的枯葉雨，襯著碧天窄巷，灰牆青瓦，一派深秋景致，引人一脈愁腸。

這一天喬一成回家去醃菜。

現在他住的地方太小，沒地方放那口大水缸，所以他還是按多年的老規矩回家醃菜，醃好了，兄妹幾個誰家要吃就回老屋來拿，三麗與四美給他打下手。

一成有輕微的潔癖，入口的東西總要洗上好多遍才放心。三麗說：「大哥，現在醃醃菜的人真是越來越少了呢。你看隔壁，以前他們家一醃就是兩百斤，現在只醃三十斤。」

四美往手上呵氣說：「好冷。大哥呀，現在還有誰自己醃菜吃？想吃醃菜排骨湯就去菜場買上兩顆。自己醃多麻煩，凍得人手生疼的，一點不划算。」

三麗白她一眼：「妳懂什麼！妳看大哥的手，三十幾歲的人的手，糙得像個老頭子，還不是為了咱們能吃上自家醃的菜。大哥十二歲就學會醃菜了，不是大哥操勞，妳跟我兩個平民丫頭能養得小姐似的，連飯都做不好？快閉上妳那嘴！」

一成笑道：「行了、行了，別說她了，人能糊塗快樂一輩子也算是福氣。」

一成用大青石把菜壓實，兄妹們把缸移到堂屋裡去。

屋子裡散著濕漉漉微鹹的味道。這味道裡，唰的一下，就過去了那麼多年。

三麗忽然笑咪咪地問一成：「大哥，上一次你住院，就是夏天那次，來看你的那個女的，是哪個？」

一成一愣，還沒等他回答，四美接上來說：「哪個女的？噢，我想起來了，來看過大哥兩次的那個，氣質還好，長得不怎麼樣，皮黑眼睛小。」

三麗啐了她一口：「妳知道什麼？妳看什麼人都只關心一張臉，總有一天叫妳在這上頭栽個大跟頭。大哥不要理她，就說說她是誰？一看就是很規矩、很有教養的人，是不是你的女朋友？」

一成說：「這可不敢說，人家條件好得很。」

三麗說：「那有什麼？大哥你本人條件也不差的，樣子也配得起她。」

一成不習慣與妹妹談論自己感情上的事情，有些尷尬，沒有答話。

隔了一小會兒，三麗突然低聲說：「大哥，實在是我們拖累了你。」

一成小聲溫和地說：「說這些沒頭沒腦的話做什麼？」

一成出院之後，找過南方幾次，給自己找的藉口是，人家還探過傷，回謝一下也是應該的。一成說，想請南方吃個飯，南方答也應得挺爽快。

那是他們倆第一次單獨吃飯。

一成見了南方便說：「我原做好了準備是碰一個釘子的，知道你們都忙得要命。」

南方笑笑說：「再忙，吃飯的時間總是有的。再說，」南方低而飛快地說，「要是想出來，總歸是能找到時間的。」

『可不是。』一成心想。他想起少年時讀過的一本書，上面說，如果一個女孩子跟你說「對不起，我晚上不能跟你出來，媽媽叫我早早回家」，那不是原因，那不過是個藉口。

一成心情不由得好起來，口氣裡便帶了兩分寵來：「想吃什麼自己點，這裡是湘菜館，也是妳喜歡的辣口味。」

南方抬起眼來看看他，以往喬一成跟她講話都很和氣有禮，可是總覺得隔著一點什麼，這一次大不相同。

南方為這一點不相同，心情也沒來由地好起來。

沒隔兩天，宋清遠嬉皮笑臉地來探問：「聽說你跟人家單獨吃飯來著，總算知道把我這個大燈泡甩開了，啊？」

一成笑道：「好靈通的消息。」

宋清遠得意地晃晃大腦袋：「我就說你們倆有戲，我第一次就有這種感覺，你別說，人的第六感還是挺準的。」

一成擺手道：「八字沒有一撇，我現在還發著懵呢。」

宋清遠說：「你這個人就是缺乏行動力，有感覺就上，先下手為強，老娘兒們似的猶豫什麼？」

看喬一成沒答，他又說：「我聽說你以前愛過一個美女，就是我們臺裡的。你不會還惦記著那位吧？」

一成笑出來：「有這回事？我自己都不記得了——這可是句真話。」

「那就上吧，向著新的未來。」宋清遠開玩笑地說：「我可以保證，南方是個好姑娘啊。人是長得磕磣一點，可架不住人家心靈美。」

一成連連說：「老宋你可真是。」

南方與一成都是大忙人，可是，就像南方說的，只要想，總會有時間。

兩個人這之後倒像像樣樣地約會起來，有時南方晚上開會，一成也會在區委辦公樓底下等她，帶她去吃夜宵，再送她回家，不過短短十來分鐘的路，兩個人來來回回地，足能走上五趟。

南方與一成都不是多話的人，但是在這樣的來回裡並不覺無話的焦躁，反而有一脈平靜，兩個人都挺滿足的。

一成一直以為南方是一個簡潔明瞭，不那麼小女兒氣的人，加上她工作的性質，難免會有一些少年老成的樣子，一直也不太敢莽撞地跟她說過於私密的話。

有一次，兩個人週末到南京博物館看展覽，彼此這才發現，都是對博物館感興趣的人。

那是一個清代家具展。

一成隨口說：「比較起來，我還是更喜歡明代的家具風格，比較簡潔，清代的式樣太複雜了，一張床弄得像小房子一樣。」

那時候他們正站在一架清代南方人常用的拔步床跟前。

南方卻說，她更喜歡清代的，比如這樣的一張床。

南方說：「我父親是軍人出身，從小家裡就好像軍營一樣，女孩子跟男孩子一樣睡硬木板床，用軍被，一點裝飾品也不讓放，天天早上要到院子裡去跑步，老大、老二、老三、老四排成一隊，我大姊直到結婚的前一天還跟我們一起跑步。那時候我就想，什麼時候，有一點私密的空間，就要那種什麼都可以放進去的床，就像大房子裡套個小房子。真正像個女孩子的樣子，也穿穿花裙子和有花邊的衣服，吃吃零食，睡睡懶覺，看看言情小說什麼的。說起來你可能不信，我從未看過完整的一本瓊瑤小說，那時候班上的同學看瘋了，我借過一回，只看了半本就被爸扔出窗去了，叫什麼《聚散兩依依》的。」

一成看著南方臉上的那一點點遺憾與落寞，不由得伸出手去牽住她的手，輕聲說：

「這也不是難事，現在也是可以做的。」

南方微嘆了一口氣：「我不小了，也不大好意思像小姑娘那樣了。」

一成安慰她：「我們這裡的規矩，只要沒結婚，都是孩子。」

南方祖籍河北，她提過家裡一直還過不慣南方的習俗。

之後一成便送了南方兩件特別女性化的衣服，顏色柔嫩，樣子卻不太搶眼，約會時南方會穿出來，果然與平時大不一樣。

兩個人看電影時，一成買了大捧的零食，再後來居然送了南方整套新版的瓊瑤小說，笑說：「給妳補補課。不過我是不大喜歡，酸得咧。」

南方笑了。

兩個人算是正式地確立了戀愛關係。

不久之後南方回家，母親趁著父親不在場，問南方，是不是在跟一個電視臺的記者約會。

南方大方地承認了。

母親尚未說什麼，南方的哥哥項北方在一旁開口了：「是認真的嗎？我可是聽說，那個人家庭條件不大好，而且，還離過一次婚的。呵呵，當然現今離婚也不算什麼，不過，說出來到底是不大好聽。妳雖然年紀不小了，可條件擺在這，怎麼著也可以放手挑一挑的。」

南方不高興地說：「他人很好，學問工作也都不錯。我覺得這個很重要。」

母親介入說：「這倒也是，人好是很要緊的。出身低一點也沒什麼，只是這離婚的事……」

南方打斷母親：「媽，我有分寸的。」

項家的孩子，婚姻一向自主，南方異母的大哥與大姊找的也都是平常人家的孩子，就是南方同母的這個哥哥項北方，兩年前結婚，也是找省裡的一個幹部的小女兒。

母親說：「妳心裡有準是好的，妳從小就有分寸，自己拿捏好了再做最後決定。這種事，也不急。」

項北方在一旁哼笑了一聲。

又過了兩天，喬一成去攝影科找宋清遠一起出新聞，忽聽得有人提及自己的名字，便住了腳聽。

樓梯間裡兩個男人在小聲地說話，其中一個是宋清遠，另一個的聲音很陌生，聽了不出三句，喬一成便明白，這是南方的哥哥。

項北方說：「其實呢，最可怕的是那些苦大仇深，混得高不成、低不就的男人，他們從小到大的一切都要苦苦打拚才能到手，還有太多的可望不可即以及太多的欲望，得到了時時擔心失去，處心積慮，精打細算，『吃相』難看得很。」

宋清遠撲了一鼻子冷氣，說：「俗話說了，不到深圳不知道錢多，不到北京不知道官大。你家是一塊肥肉不錯，可是也肥不到哪裡去。喬一成這個人還有兩分骨氣，在我們臺是資深記者，新聞中心的臺柱子，這麼多年也見過些市面，不至於那麼窮凶極惡。再說了，英雄不問出處，項伯伯還不是農民出身？小時候我們不是常聽他憶苦思甜，說他十來歲上窮得連鞋也沒有，大冬天的光著腳，跟在牛屁股後頭，看見老牛拉了一泡屎就趕緊把腳伸進去借那熱呼氣兒暖和一下？」

項北方聲音裡帶笑不笑地：「得得得，打住、打住，誰不知道你平民意識重，你沒有階級觀念。我也是多操心，南方跟這個什麼喬一成，也不知能成不能成呢，我就是路過這裡找你瞭解瞭解情況，你說這麼一大通理論。」

喬一成閃身進了宋清遠的辦公室，約莫等了五分鐘，宋清遠一個人進來了，看見喬一成，嘿嘿一笑：「你剛才聽見了吧？」

一成也不否認。

宋清遠說：「甭理他。我跟你說，項家一家子，人都好得不得了，老爺子前一位夫人去世後，後娶了一位，就是南方跟項北方的媽。老太太人也挺好，和氣善良，那上面的那兩個哥姊人也好，比南方大得多，人特別質樸。就只這個項北方，媽的，羊群裡跑出這麼個駱駝來！在中央黨校混了張文憑，娶了個省委常委家的姑娘，得瑟得不知道自己是誰了！派頭架子足得很！身上的泥巴味才去掉幾天？他奶奶的，我家老子才是正經的資產階級後代，家族裡的小少爺，我爺爺當年可是偽滿洲國商會會長，我都沒擺架子，他倒擺起來了……」

一成開口打斷他的滔滔不絕：「老宋你是好人。其實這位項北方先生也並沒有錯，我想……」

宋清遠大力搖手：「你不用想，你想什麼我也知道。只要南方沒有這種想法，就夠了，你再磨磨嘰嘰就不像男人了！」

有宋清遠從中鼓勵，喬一成才會在南方邀請他去自己家裡見見家人時，頭腦一激動，答應了下來。

那是個星期天，一成跟著南方上門了。

一成沒買什麼東西，拿了一幅頗有名氣的畫家的水墨畫，是有一次他採訪國畫院時那位畫家送他的，老僧入定圖。他送出去好好裱了一下，南方說過，他父親很喜歡國畫。

一成想，南方家自然會有這位畫家的畫，可是，這位畫家從不畫同樣的畫幅，這樣的禮，總還是得體的，不塌了面子，也不至於太傖俗。

可是，當進了南方家院門，站在那大樹與藤蔓掩映的三層小樓前時，喬一成的腦子還是「嗡」了一下子。

6

喬一成上南方家的第二天，宋清遠就興致勃勃地來問他：「怎麼樣？你們南方人怎麼說的，毛腳女婿，第一次上門感覺如何？」

喬一成喏喏。

宋清遠依然好興致：「我說的沒錯吧，項家人都好得不得了。老頭子的臉是嚇人了一點，可是不礙事的，他頂疼南方。」宋清遠忽地孩子似的咧了嘴傻笑兩聲：「他們家的紅燒肘子不錯。」

喬一成又乾笑了一下，宋清遠終於發現問題：「喂，別是碰到項北方了吧？不跟你說了嗎，你別理他。」

喬一成連忙說：「不是不是。項北方不在。項家人，是很好。」

「那不就成了。」宋清遠大力地拍在他肩上，「好事近、好事近啊。」

喬一成整個人顯得特別沒有精神，拖泥帶水的腔調說：「老宋，你跟我說過南方她家是幹部，可是你沒有告訴我是那麼大的一個幹部。」

「哪麼大的幹部？」宋清遠不以為意，「你是沒見過真正的大幹部。」

「對我們這種小老百姓而言，南方家已然是太大了。太大了。」

「你啥意思？」宋清遠瞪起銅鈴般的大眼。

「你知道她家住哪吧？你當然知道。」喬一成說，「可是你知不知道，我小的時候，沒事就帶著弟妹跑到那條街去，看那小洋房。對我們來說，那是另一個世界。」

宋清遠對喬一成的話顯見地不屑：「沒人不待見你的出身，你犯不著自個兒老是提起！大家還不都是一樣，幹部家的咋的？多長兩個鼻子眼？」

一成勉強笑道：「老宋，你跟南方這麼熟，想必你們家的官也小不了。」

宋清遠大眼白丟過來，道：「我家官大官小與你有何相干？你又不娶我！」

喬一成心情再不好，也給他逗樂了。

這之後，喬一成下意識地，遠了南方。

南方心頭明鏡似的，可是，她也不知道怎麼去跟喬一成說明白。

南方想，自己怎麼給喬一成一個保證，保證她以及她家人沒有階級觀念？保證日後永不會嫌棄他？這算什麼？如果喬一成是這麼怯懦的人，也就罷了，這世上，多的是擦身而過的男女，只怪他們緣分不夠。

喬一成其實也捨不得南方，撇開兩人之間出身的那道鴻溝不說，南方是個好女孩，難得的不瑣碎、不計較，本分又溫柔，工作能力也強。

這兩個人，正應了那句話——欲近還遠，卻藕斷絲連。

打破這種僵局的，是件極偶然的事情。

那天喬一成本來跟宋清遠要去採訪市裡頭的一位領導，可是那領導臨時有事，兩人想著偷得浮生半日閒，商量著去洗一個桑拿，還未出電視臺的門，新聞中心的主任就叫他們去搶一個新聞，兩人匆匆地去了。

原來是採訪一對年輕男女，那男的雙腿殘疾，自學成才，書法、繪畫都不錯，開了一爿[1]小小的工藝品店，那女孩子倒是十分娟秀，家庭條件也好，父母拚死反對女兒嫁給一個殘疾，女孩子逃了出來，死活要嫁。現在女方家跟她脫離了關係，這一天，正是兩個年輕人結婚的日子。

喬一成看著新娘年輕美麗，平靜而幸福的臉，突然地，覺出自個兒的膽小與狹隘來。

忽地覺得，也許一切，也沒有那樣可怕，沒有那樣困難。

宋清遠說：「你看，這世上的事就是這樣，怕就不要愛，愛了就不要怕。小姑娘都不怕，你怕個屁！」

宋清遠忽地很狡猾地笑了：「老喬，你以為，皇帝的女兒她就不愁嫁嗎？我告訴你句實話吧，也難！學歷啦、工作啦、相貌啦、地位啦什麼都容易，不容易的是，人家公主的心裡要進得去。你當每個幹部家庭都拿子女的婚姻做交易哪？老喬你是書讀多了，人倒糊塗了！」

喬一成這一次算是真笑出來了，那雲也開了霧也散了似的。

『不過，誰知道呢？』喬一成想。

也許人一輩子，總要有腦子一熱，覺得人生一片光明的時候。

那一天，項南方結束了一天的工作之後，走出區政府大樓時，看見喬一成站在路燈下，看見她出來，笑著卻沒走上來。

項南方是第一次看見喬一成笑得這麼天真，這麼熱情。

一成跟南方平靜而快活地相處的這段日子，三麗卻過得極不順。

原因還在她那個婆婆身上。

那天南方跟一成約會，半途接到王一丁的電話。

三麗受了傷進了醫院。

三麗有了孩子之後，跟婆婆的關係越發地彆扭起來。

三麗的孩子一直是她和一丁自己帶的，婆婆早在她懷孕的時候就宣布她身體也不大好，還要做一大家子的飯，是不能帶的。孩子生下來後一丁請了個保姆，孩子兩歲後保姆再也不肯幹了，想出去打工。三麗和一丁忙了家裡、忙單位，著實苦了一陣子。

三麗從來不是遲鈍的人，早看出婆婆並不稀罕孫子，過年連個紅包也沒有，只給孩子買了頂小瓜皮帽。

一丁生怕三麗生氣，三麗說：「我們原本就沒有指望她對孩子怎麼好，看她對你就知道了。我也就奇了怪了，人家都說大兒子小孫子，老太太的命根子，怎麼在你們家就完全不是那麼回事？」

一丁抓抓頭說：「我怎麼記得那話說的是小兒子大孫子，老太太的命根子？」

三麗也笑了：「是嗎？是我記錯啦？反正順過來倒過去放在你媽身上都不對。」

一丁咧開嘴笑了一笑說：「我記得我小的時候，那幾年，她待我是真的好。那時候家裡那樣缺錢，她手裡略有一點毛票就帶我出去吃小籠包子，一兩四個，全給我一個人，自己就用筷子蘸一點醋咂一咂，那年月小籠包子多貴啊。」

三麗聽了也不言語了。

一丁是個傻子，三麗想，為了那麼遠的日子裡那麼一點好，就什麼都不要緊了。

三麗的主意是，凡事多忍一忍，他們總歸是要搬出去住的。

三麗想，到時候我們搬得遠遠的。

可是，一丁媽卻不領三麗的情。

一丁的爸是個鄰里間出了名的閒散人，家裡油瓶子倒了都是要邁過去的。天天早上拎了鳥籠子出去遛鳥，晚飯後捧了茶壺出去遛人，一把宜興的小紫砂茶壺養得水光潤滑的；遇上個雨雪天氣出不了門，便躺在床上唉聲嘆氣。

一丁媽年輕的時候為了這個跟他吵過也鬧過，全無一點用處，便也認了命。現在他有了孫子，脾性依然不改，倒是比一丁媽看起來要喜歡小孫子，可是事也還是不會幫著做的，連口水都沒餵過孩子，做得最多的無非是用手指頭戳戳孫子軟軟的小臉。

可是一丁與他爸是完全兩個樣子，公司裡的工作再累，回到家便幫著三麗做事，兩個人有說有笑地做飯。家裡雖有洗衣機，一丁媽總認為那個東西沒辦法把床單洗乾淨，一丁便讓三麗把床單被面全留到星期天由他來洗。

三麗單位的效益越來越不好，一丁說，乾脆別幹了，也指望不了那麼一點勞保，退下來待在家裡專門照顧小孩，再好的保姆也比不上自己媽媽盡心。

三麗也心動過，可是實在是怕天天待在家裡面對著婆婆，這件事也就算了。一丁就更加覺得三麗不容易，平時也就更疼她一些。

一丁媽冷眼看著，心似絞汁的青梅，免不了閒言碎語地敲打兒子。

有一天，又是星期天。一丁一大早起來便出去買菜，買完了菜又回來泡了一大木盆的床單準備洗。雖是做事，還是輕手輕腳地，怕吵了三麗睡覺。

快到十點時，一丁媽看三麗還沒起身，便「哐」地把洗菜的鋁盆摜在水池裡，好大的一聲響。

三麗蓬了頭髮從房裡出來，急急地去洗漱。一丁媽用肩膀把三麗撞開，氣叨叨地：「人家說懶婆娘、懶婆娘，也沒見懶成這個樣子的，太陽都曬屁股了，還睡在床上。公公、婆婆倒成了小二了，忙前忙後，侍候完老的小的還要倒過來侍候媳婦，不是笑話嗎？」

一丁趕緊過來賠笑道：「不是的、媽，三麗昨天著了一點涼，吃了感冒藥，那種藥一吃就犯睏。」

一丁媽越發地沒好氣：「我還沒說兩句呢，你就護在前頭，你老婆連說都說不得了。」

三麗也「哐」地摜了一下臉盆，板著臉說：「就睡一會兒懶覺又怎麼樣？我享我男人的福，又沒礙著別人。」

一句話生生戳到了一丁媽的痛處，立刻跳腳罵起來。

這一頓吵，婆媳倆足有兩個月互不搭理。後來還是三麗藉著兒子說：「我們表演一個兒歌給奶奶看，算是給婆婆賠了個禮。」

婆媳兩人不對盤，平日裡小吵、小磕碰不斷，可是也沒有說到真正衝突得很厲害。然而，三麗受傷的這一次，可真是鬧得大了。

事情起因卻也不大，一丁的兒子跟在奶奶身後要糖吃，一丁媽給了他兩粒，小孩子一口氣塞到嘴裡，流著黏黏糊糊的口水跟在她身後還要，攪得一丁媽手裡的針線活全塌了針，一丁媽一氣，推了小孩子一下。誰知就那麼巧，孩子沒站穩，「咚」地摔了，大約是摔得重了，愣了一下才拉長了聲音哭起來。

偏又那麼不巧，三麗在一旁看了個正著，過來抱起孩子，一個巴掌甩到兒子的小臉上，說：「不爭氣，叫你不識相。」那眼淚就下來了。

一丁媽看孩子跌了其實也嚇了一跳，原本也要來抱，卻被三麗揮手擋了一下，又聽到三麗的話，也動了氣：「誰也不是有心的，說這種話做什麼？」

三麗把淚漬麻花的臉轉過來叫：「不是有心的推這麼重？」

一丁媽拍著大腿賭咒：「誰要是有心的誰出門就讓汽車撞死。」

三麗說：「少來這套。」

就這麼，你來我往地，雙方都上了火動了真氣，結果，不僅吵，還動了手。

三麗的頭在牆角處磕破了，血一下子就塗了一臉。

一成接到一丁的電話，跟南方道一聲對不起。

南方說：「乾脆我陪你一起去看看你妹妹吧。」

到醫院時，三麗頭上的傷已經縫了針，包好了。一看到一成，原本不哭了的三麗又抽搭起來，一成也不大好意思當著人面哄妹妹，只由得三麗扯了他衣襟嗚嗚地哭。

倒是南方上前來把三麗勸開了，還說：「我問過醫生了，他說傷口縫合得很好，不會留疤的，可是不能哭，哭了傷口不是更痛？」

一成與南方送了三麗回家，一成忽地攥緊了南方的手。

南方的手暖和乾燥，食指指腹間有小小的硬繭，是長期寫字留下的。

一成說：「我這個妹妹，從小受過苦，她不容易……」突然就說不下去了。

南方小聲地說：「你也不容易。」

喬一成在以後的幾年裡一直記得南方的這句話，他想，無論如何，無論如何，他都會為南方的這句話而感激她。

三麗和一丁這一次算是徹底下決心要找房子搬出去另過了。

說起來，這兩年他們多少也存了些錢，不過，一丁打算以後自己開一家修理鋪，所以那筆錢兩個人一直不敢動，這一次，也是沒有辦法了。

可沒想到，人算不如天算，就在他們到處找房子的時候，一丁爸出了一點事。

那天晚上他照常出門去逛，老馬本識途，可是偏偏老馬被一個擺得不平的窨井蓋子[2]給絆倒了。

這一下摔得著實不輕，一丁爸人斜著飛了出去，躺在地上動彈不得。有路過的女人馬上上來要扶，卻被同伴攔住了，說是這種年紀的人摔了，女人是萬萬扶不得的，一定要個年輕力壯的男人來扶。好心的鄰居馬上飛奔去找來了自己的兒子，一丁爸早已站不了了，被眾人抬回了家，一丁媽嚇得立馬哭了起來。

一丁一邊忙著叫救護車，一邊安撫媽媽，一丁爸滿面是血地躺著，那邊三麗趕緊又找紅紙封了個紅包給扶起一丁爸的小夥子。

人一送到醫院就住下走不了了，老頭的腿裡打了鋼釘。

一丁跟三麗商量，現在這種情況，妹妹嫁到外地，弟弟是倒插門，也顧不了家裡多少，他們一時半會兒是不可能搬出去了。

三麗也同意了。

可是她沒想到，這一耽擱，就是好多年。

此時的四美也下定了決心，再去一趟拉薩。

這一次，她沒有再打電話詢問戚成鋼可不可以探親，直接收拾好行李，買好了車票。

正當她要踏上行程的時候，戚成鋼回來了。

沒了領章、帽徽，重新成了一介平頭百姓，灰溜溜地回南京來了。

7

戚成鋼是被部隊開除的。

他在拉薩，與駐地附近的一個藏族姑娘談起了戀愛，被部隊發現了。這裡頭還牽扯到國家的少數民族政策，原本是要軍法處置的，考慮到他曾立過一次功，再加上那女孩子跳出來，把所有的責任都攬到了自己身上，拚死拚活地護著戚成鋼，說若是處置他，自己也要跟著一起死。

戚成鋼算是死裡逃生，可是部隊待不下去了，當了五年的兵，別說轉業，連復員也沒機會，捲了鋪蓋，趁著夜色，連夜離開了拉薩。

那藏族女孩子在軍營外苦守了一夜，沒有見著戚成鋼最後一面。

戚成鋼這一走，逃也似的，倉皇如鼠。一半是逃離了部隊，逃離了恥辱之地，一半，是逃開了那段露水情緣。

他實在是被那叫達娃央宗的藏族小姑娘給嚇壞了。

戚成鋼記得自己第一次見到她，是一個週日，正值休息，他去集市，在她的攤子上買了一把藏刀。

達娃的漢語說得不錯，挺流利，可發音多少還有些古怪，配著她那清脆的聲音，有一種熱辣喜慶的趣致，戚成鋼不由得對著她笑了起來。

達娃的皮膚與當地人一樣，黝黑而略有些粗糙，頰上兩塊紅，目光卻灼灼閃動，彷彿眼睛裡藏著兩輪小小的太陽。達娃額頭寬闊，骨架勻稱，濃密的頭髮油光烏亮。她看著面前對著她笑的年輕軍人，高大英俊，比康巴漢子還漂亮，笑得越發熱烈起來。

第二個週日，戚成鋼沒有出營地，到第三個週日時，他又遇到了達娃。

達娃說：「我好久沒有看見你啦！」語氣熱絡，彷彿他們已認識了很久。她帶來了熱滾滾的酥油茶，一定要戚成鋼喝。

戚成鋼想，自己可以算是被達娃誘惑了的。

達娃主動邀約戚成鋼，每逢週日集市，達娃把攤子交給嫂子，便拉著戚成鋼飛跑到一片無人的草地上。

他們在這裡擁抱著打滾，熱烈地接吻，達娃用力地扯住戚成鋼的頭髮，狠咬在他的唇上，然後呵呵地笑，攤手攤腳地躺著，裹了一頭的草屑。

戚成鋼可以感覺出她其實對男女情事十分生疏，可是她那一種急切放肆像是天生的，它潛伏在她豐滿的身體深處，一旦覺醒，便成燎原之勢，無可阻擋。

達娃抓住戚成鋼的手，塞到自己的藏袍裡。

達娃的胸厚實溫膩，極有彈性，戚成鋼的手略一動作便能聞到她身上很重的體味，戚成鋼並不喜歡那味道，然而，那味道與那觸感混合在一處，好像一把火，轟的一聲，與他自己心裡的那把火燒在了一處。

達娃就像是某種軟和多汁而鮮嫩的食物，這麼豐厚肥美，惹得人忍不住一口咬下去，那一剎那，戚成鋼不由得想到了四美。

與達娃相比，四美要清瘦得多，小姑娘似的小而緊的乳。

戚成鋼想著他們匆匆的、忸怩的、彆扭的那麼幾次，戚成鋼忽地對遠在千里之外的那個叫四美的女人生了氣，她就那麼任性地勉強他與她做了夫妻，難道他欠她的不成？不然，他大可以摟著眼前這個女孩子更加盡情地翻滾，在享受她肉體時不必有微妙的愧意，這感覺像螞蟻似的啃著他的心，不大痛，可是總叫他不舒服的。

忽地有一天達娃說：「我們結婚。」

彼時天那樣藍，讓人非得做一點什麼才能不負這一片聖潔的藍色，戚成鋼不假思索地開口說：「好！」

戚成鋼很快忘記了自己的這一個「好」字，可是達娃卻認了真，在又一次的幽會時，一定要戚成鋼去她家裡提親，戚成鋼這才發現事情的嚴重性，吞吐著告訴達娃，自己是已經結了婚有家室的人，是不可能跟她結婚的。

達娃勃然大怒，當天就告了戚成鋼，說戚成鋼強姦她。

戚成鋼立刻就被關押了起來。因為事情牽涉到民族政策，戚成鋼是很有可能被判死刑的。

達娃幾乎一下子就後悔了，她沒有想到事情會有這麼嚴重，又跳出來，說不是那麼回事，是自己願意的，要死要活地保護戚成鋼。

這件事足足調查了一個多月，最後，戚成鋼被部隊開除了。

戚成鋼先是坐長途車，後來坐上了開往內地的一列慢車。剛出了西藏他便病了，燒得頭目昏沉，嘴上起了一溜燎泡，一天一夜，只喝了一點冷水，戚成鋼很怕，怕自己死在路上。

還好，燒退了，然而火車上的飯並不適合一個病人吃，戚成鋼覺得自己似乎在行進的列車上待了一輩子了，可車窗外，還是延綿不絕的北方景致，一片一片收割過的高粱地，單調得叫人生了絕望的心。

當列車終於到站，戚成鋼踏上家鄉的土地時，他打了一下趔趄。秋天的南京依然燠熱，戚成鋼的棉衣在一群輕衣薄衫的人中間顯得突兀怪異，許多人回頭看他。

戚成鋼在生活了二十年的家鄉成了一個異鄉人，宛若這個城市的額頭上突然長出來的一顆熱癤子[3]。

他就是這一副樣子出現在了四美的面前，四美有一瞬間幾乎不認得這個瘦得麻稈一樣，滿面病容的年輕男人，待回過神來以後，「哇」的一聲撲到戚成鋼身上，抽泣個不停。

戚成鋼推開她，扔下背上的包，一頭栽倒在床上，一下子就睡了過去。

四美滿心疑惑得不到解答，又捨不得叫醒戚成鋼，便燒了大壺的水灌進四個水瓶裡備著，又去翻揀戚成鋼帶回來的包，想找兩件乾淨的替換內衣，卻沒有找到。

戚成鋼離開拉薩時扔掉了大部分的東西，現在這包裡的幾件衣服，無不散著一股怪味，四美沒法，出門去現買了兩套衣服。

戚成鋼一氣睡到晚上九點鐘，醒來後痛快地洗了一個澡，埋頭吃了兩大碗公的小煮麵，四美並不善做飯，麵條糊了，豬肝也硬得像小石子，戚成鋼依然覺得無比美味。

從回來到此刻，他一句話也沒有說過。

四美實在沉不住氣了，問：「你這次回來，是探親吧？有多長時間的假？」

戚成鋼不答。

四美從來不是一個靈光的人，可是這情形太詭異，她還是嗅出一點不太對的味道來。

四美又問：「你、你怎麼啦？」

戚成鋼說：「我不回去了。」

「不回部隊了？」

「一輩子都不會回去了。」

「那、那你回來，部隊上幫你安排了什麼工作嗎？你、你不是排長嗎？是算復員還是轉業？該算是轉業吧？那應該能分到一個好一點的單位。」四美絮絮地說。

「我沒有工作。」戚成鋼打斷她的話。

四美的腦子裡「轟」地響了一聲。

「怎麼會沒有工作？啊？怎麼會？你、你到底怎麼啦？說話呀！」四美看戚成鋼不說，撲上去搖撼著他。

戚成鋼被她晃得渾身骨頭咯吱作響，甩了肩膀把她的手晃開：「我犯了錯誤。」

「什麼錯誤？什麼錯誤？你怎麼會犯錯誤的啊？啊？不是以前還立過功嗎？咱們還上過電視……」

「不許提上電視的事，不許妳提！」戚成鋼爆發了。

「那、那你跟我說，你犯的是什麼錯啊？那麼，你這算是……算是被開除了嗎？什麼樣的錯誤要開除？」

因為四美一直是住在自家的老房子裡，戚成鋼這次回來，也是先回到這邊，他知道喬老頭在另一側的臥室裡，他下巴繃得緊緊的，從牙縫裡擠出四個字：「作風問題。」

四美一腔子的話全被嚇回了肚子裡。

隔了半天，四美說：「他們冤枉你了吧？是吧，是吧？」

不像是問著戚成鋼，倒像是在說服她自己。

「不是。」戚成鋼說，「不是。沒冤枉。」

一時間，四美用心體會到了一個詞：悲痛欲絕。

四美覺得自己是悲痛欲絕的，連哭都忘記了，然後又想著，不能哭，別給人聽見了。下意識地，她就想替他蓋住這件事，他與她是一條船上的，她若讓別人知道了他不好，就等於說她自己有眼無珠。

而且，她愛他。

喬四美看著戚成鋼略顯憔悴但是依然英俊的臉，她是愛著他的，這毋庸置疑，愛到，在聽到他犯錯的最初，就已經打算原諒他了。

喬四美還是傷了許多天的心，傷心讓她變得跟戚成鋼一樣的憔悴。

戚成鋼說：「妳要是，不能原諒我，我也是沒有辦法的。」

四美問他：「是不是再也不回拉薩了？」

「我不回去了，我死都不會再回去了。」

「那個人，她在拉薩吧？」四美小聲地終於問出了幾天以來一直想問的話。

「嗯。」

戚成鋼想起達娃飽滿黝黑的面孔，那面孔無限放大，朝著他壓過來。

「我是真的不會回去的。」

過了兩天，鄰居們問戚成鋼：「馬上要到哪個單位去報到？」

戚成鋼沒有答，倒是喬四美答了：「倒是安排了個單位，可是我們還沒決定要不要去呢。現在這社會，還是自己給自己打工最划算。」

戚成鋼看四美一眼。

她原諒他了，戚成鋼知道。

戚成鋼病好了之後，去找了他以前的一個朋友，那人在開出租車，正巧想找個二駕。

戚成鋼開始開計程車。

他們還住在喬家的老屋裡，戚成鋼家裡住房緊窄。他答應每月付給喬老頭房租，喬老頭說了，這錢是他該拿的，他養女兒到這麼大，而且，若是不給房租，將來戚成鋼和四美若是在喬家老屋裡有了孩子，那是要搶掉喬家子孫的聰明和福氣的。

喬四美替戚成鋼蓋住了所有的事情，人前人後，總是碎碎地、一遍一遍地說著，戚成鋼不要安排好的工作，是為了自己做事，多掙一點錢。

「自己開車，一個月能掙這個數。」四美細長的手指比一個數字，在朋友與小姊妹們面前晃著。

說得多了，連她自己都快要相信的確是這麼回事了。

而且，似乎連戚成鋼發生在遙遠的拉薩的那一場風花雪月的事，也不存在了。

南方與喬一成終於決定結婚了。

項家因為是最小的女兒出嫁，把婚禮辦得挺隆重。

喬老頭在得知親家的身分後，被巨大的驚訝與喜悅衝擊得目瞪口呆。他簡直想不到，大兒子會取得這樣了不得的成功，讓他也跟著尊貴起來，夜裡睡覺的時候，他幾乎聽到自己骨節裡嘎嘣嘎嘣高的聲響。

婚禮上，喬老頭竟然十分莊重，穿著新買的中山裝，看見親家公穿著一件羊毛衫外套、一件夾克十分詫異，在他的概念裡，幹部都穿中山裝。

他在中山裝的包裹下，語言也莊重起來，在婚禮上當著一眾來賓發言，說感謝政府、感謝黨，自然有人在下面微笑。

喬老頭兒的表現有些捉襟見肘，一個角落裡生存的市井小民面對高官時的畏懼，如同裝在麻袋裡的菱角，藏不住形的。

然而，也就不容易了。

項媽媽捨不得小女兒出去住，收拾了自家小樓二樓朝南的一間大臥室給他們小夫妻做了新房。

喬一成拎了一只皮箱跨進這座小院。

冬天的皂莢樹落光了葉子，枝丫直戳向灰藍色的天空，小樓牆上的爬山虎此時也枯著，春天想必又是一層新綠。

屋頂依然有煙囪，小時候喬一成總以為那是廚房的煙囪，其實不是。是壁爐。

這是他少年時嚮往的地方，他曾牽著弟妹或是獨自一人無數次地在這些小院外徘徊，想像著院子裡的另一種生活。

現在，他竟然進到了這院裡來了，他往後的日子居然能與這院內的生活相重疊，這是他作夢也沒有想過的事。

喬一成心裡百感交集。

1 一爿：江蘇方言，意同一間、一家。
2 窨井蓋子：即人孔蓋。
3 癤子：皮膚疾病引起的紅腫硬塊。

第七章

——重生的哪吒在蓮花裡睜開眼，看見師父太乙真人，撲過去叫：「師——傅，師——傅。」

1

一九九八年年底，喬一成與項南方結了婚。

小洋樓裡自然是極舒適的，家裡還有一個用老了的保姆孫姨，做得一手好菜，洗衣收拾又很俐落，喬一成竟然過上了飯來張口、衣來伸手的日子，他過得多少有一點誠惶誠恐。人享了一點福，氣色便也好起來，喬一成的面色有了從未有過的滋潤，五官都明朗了起來，穿著舒服妥帖，看起來是一個英俊的男人了，引得宋清遠高聲豔羨，說喬一成是個有福之人。喬一成很感激他沒有說自己從糠籮跳到了米籮，宋清遠外粗內細，是個好人。

喬家的其他幾個孩子就沒大哥這麼好了。

喬七七和楊鈴子兩個半大孩子，原先有鈴子媽媽幫忙，小日子倒還算順，漸漸地，鈴子便又恢復到了做小姑娘時候的脾性，玩心重，時不時地要跑出去玩，一去，不到半夜兩、三點不回家。

孩子的奶是早就斷了的，鈴子媽原本打算讓孩子吃到四歲再斷，話才出口就把鈴子嚇得尖聲叫喚起來：「餵到那時候我不成了老婦女了？」堅決不肯，好不容易餵到孩子七個月大時，鈴子堅決地把她的奶斷了。

鈴子媽把她好一頓罵，說，我不是把妳餵到五歲才斷的奶？要不妳能長這麼好？

鈴子說媽媽是老古董，想法真嚇人，簡直是要把她帶回到舊社會，把她當奶媽使。

生過孩子的鈴子越加地如同一顆鮮豔飽滿的果實，她成了她那群玩伴裡的小女王。她最愛引起男孩子獻殷勤，然後一甩長髮說：「有沒有搞錯哦，我女兒快會打醬油嘍。」那一刻，看著男孩子紫脹了面皮，一臉的不能置信，鈴子心情便無限地充脹而快活。

她並不真正在意或喜歡這些男孩子們中的任何一個，在她看來，他們沒有一個能有七七那樣的好相貌，也沒有七七那樣軟如橡皮泥任她搓圓捏扁的好性子。

鈴子常想，她是愛著七七的吧。七七身上總是有一種恍惚，這使得他老有一點迷迷瞪瞪的，彷彿待在某個鈴子不知道的空間裡，這讓鈴子覺得沒著沒落的，越發認為自己愛他，愛他愛得心酸意痛的。

然而這悠閒的日子忽地有一天過不成了。

鈴子她媽一直以來關節都不大好，她說是年輕時插隊落下的毛病。孩子大一些了，能走了，會跑了，她的腿也不能動了。

這一躺倒，可真是不得了，鈴子與七七，大孩子帶著個小孩子，就已經手忙腳亂，一團糟糕，再加上一個半癱的老人，真是雪上加霜了。

那晚，七七的小女兒不知為什麼哭鬧得特別厲害，抱著哄著都不行，摸著也不熱，就只說肚子痛。

鈴子媽躺在裡屋實在是急得不行，喚了好幾聲，七七抱著女兒韻芝進來了。小姑娘看見奶奶倒不哭了，撲到鈴子媽懷裡，掀起自己衣服，把奶奶的手塞進去貼著自己的肚皮。

鈴子媽問：「這樣就好些嗎？」

小姑娘滿面的淚還沒乾，點點頭。

鈴子媽問七七：「鈴子呢？」

七七說：「出去玩了。」

鈴子媽氣得抬高了聲音，拍著床板道：「真是沒心沒肺啊。」

七七看著鈴子媽氣得臉上顏色都變了，回身倒了杯茶遞過來，簡短地說：「別氣，媽。」

這一聲媽叫得這樣清晰、這樣自然，鈴子媽忽地心痛起來。

在結婚後很長一段時間裡，七七都不習慣叫她媽，總是錯叫成阿姨，叫錯了，這孩子的臉上就有一點慚慚的，可是下次依舊改不過來。

鈴子媽緩緩地說：「七七，你過來，我跟你說個事。我想，下個禮拜就搬到你小姨媽家裡去住，她家的兒子出國念書去了，你姨父去世得早，現在家裡就她一個人，鈴子爸爸也長年在外跑來跑去地做生意，我跟你小姨媽兩個人都孤著，我過去住，她可以照應我些，順便我也陪陪她。拜託你，這兩天有空時替我把我的東西收拾收拾，你小姨媽會來接我的。」

七七安安靜靜地聽著鈴子媽說，突然伸手摸摸她的胳膊。

「妳別走呀。」七七說。

鈴子媽與他玩笑著說：「不走你養著我呀？」

七七略一想，答：「好！」

鈴子媽柔聲說：「不要擔心，是你小姨媽自己提出來叫我過去的，我也不白住白吃，也給生活費的。」

七七把女兒抱過來，慢慢地說了句：「總歸是在人家家。」

鈴子媽還是留下了。

楊鈴子還是常常在晚上出去玩，她習慣了那樣輕鬆的生活，只覺得家裡老的老、小的小，讓她透不過氣來，只有七七，是她生活裡的一點點明媚，然而，這是遠遠不夠的。

楊鈴子是一條大鯨魚，喬七七不過是一池淺水。

七七的女兒還是病了，肚子痛得厲害。

快十一點了，鈴子還沒有回來，鈴子媽掙扎著說：「你叩她一下吧。」

七七打完電話，發現床頭櫃裡的呼叫器嘟嘟地響。

鈴子沒有帶走。

七七一個人抱著女兒，半夜也叫不到車，一路往前走。

入冬的天氣，孩子不能再受冷，包得像個小棉球，越往前走，抱在手裡就越重，小孩子已經哭不動了，趴在七七肩頭，小貓似的唔唔地哼。

七七錯覺中覺得，這路好像一輩子也走不完了似的，心裡頭好像有把大蒲扇，一下一下啪啪地，掀了一陣又一陣的涼風，心都縮成一團。

路過一家深夜還開著的小店，櫃前有一臺公用電話。

七七一步一步過去，把女兒往上托一托，打了個電話給齊唯民。

齊唯民和常星宇雙雙趕到醫院，七七抬頭望著他們，大眼睛裡全是水光，到底還是沒掉下來，說：「阿姊為什麼也來，小咚嗆不要人看嗎？」

齊唯民在頭一年裡也得了個兒子，叫齊咚嗆，是個白胖小子，肉呼呼的，七七很喜歡他。

常星宇說：「丟在外婆、外公家呢。大姨和小舅舅玩他玩得上癮，不肯還回來呢。」

七七看著常星宇煥發的容顏，想：『她真幸福啊，多好，她一點也不糊塗。』

常星宇過來坐在他身邊，齊唯民趕著問：「小姑娘怎麼樣？」

七七說：「醫生說是腸炎呢，要打點滴，還要留院觀察。」

齊唯民摸摸七七的頭：「你自己這一身的汗，會著涼的七七。你去我家吧，洗一下先睡，我替你看著孩子。」

七七搖搖頭，不肯。

等著孩子病平穩下來後，齊唯民和常星宇把他們接回自己的家。

齊唯民問起七七，以後有什麼打算，是不是一直在楊鈴子家的小工廠裡幫忙。

七七說他也不知道，沒想過。

七七說話不肯抬頭，只給哥哥一個頭頂，一頭軟的黑髮。

齊唯民嘆一口氣：「不要緊，慢慢來想辦法。」

過後，齊唯民跟常星宇商量：「這兩年，我也存了一點錢，我想……」

常星宇打斷他的話：「你不用說了，我知道，你想拿來投資，讓小七做一點什麼。我是沒有意見，咱們又不等著錢用，只是，你看給他做一點什麼呢？這孩子，做什麼都好像要受人家欺負似的，再說，我說句實話，他也沒什麼技能。」

齊唯民苦笑一下：「這話也沒錯，想起來，妳當年說得沒錯，七七現在這個樣子，不能不說我有相當大的責任，小時候，我太寵著他，生怕他受委屈，反而弄得他依賴性很強。但是這孩子的本質是好的，我想著，現在遊戲廳的生意不錯，我們湊一點錢，幫他開一個遊戲室，也不必太大，我有朋友在工商局，幫他儘快辦一個執照，我家有個遠親的孩子也待業在家，那孩子機靈，可以叫他過來幫幫七七。」

常星宇說：「這說得好好的話你自我檢討做什麼？其實我也挺疼七七的，從小沒媽媽的孩子自然是可憐的。再說，」常星宇笑起來，「你這個弟弟呀，也是天生受女孩子氣的命！換了是我，早把那個楊鈴子給治得服服帖帖的了！」

夫妻兩人果然在幾個月後就幫著喬七七弄了一個小遊戲室，鈴子媽也很贊成，說自家的那個倒楣小工廠也是不大景氣，鈴子爸爸年紀也大了，過了這一年也打算不做了。這樣，七七帶著鈴子也多一條過日子的路。老太太還偷著投了些私房，小遊戲室挑了個好日子正式開張了。

七七對這個行當相當地好奇，開張前的那一天他自己先這臺機子、那臺機子地玩了大半天。

齊唯民說：「七七，咱們做生意可要規規矩矩，千萬不能讓小孩子進來玩。」

七七認真地點頭：「我知道的阿哥，我小的時候就沒好好念書，我絕不會害人家小孩子也念不成書的。」

七七原本自己弄了張硬卡紙，寫上「小孩子免進的」，一不小心寫成了「兔進」，而且自己看看字跡難看，塗了塗扔了，還是請常星宇幫忙寫了一塊告示牌，白底上面漂亮的顏真卿體。

喬二強又失業了。

這件事來得可太突然了，原本二強就是託了關係進那個外企公司做勤務的，可公司上層一改組，從上到下換了一批人，二強這樣原本就無足輕重的，是第一批被請走的。

南方私下跟一成說，可以幫二強安排一個相對好一點的工作，可是喬一成堅決拒絕了，他早在跟南方結婚前就跟弟弟、妹妹們開了個會，叫他們盡可能少在項家的小院子裡出現，若有事，只跟他說，別跟南方說。

「別讓人家看低了我們。」一成說。

當時四美就掛下了臉，沒好氣地說：「曉得了、曉得了，你是怕我們讓你丟人現眼。你放心好了大哥，我們將來就是窮到餓飯也不上你的小洋樓那塊地面去要！」

一成大驚：「妳怎麼誤會到這種地步？」

三麗也罵四美：「真是不懂事，大哥根本不是那個意思！」

四美更不高興了：「你們兩個從小穿一條褲子，姊妳當然不會誤會，妳有什麼事大哥總會站出來替妳扛著，他當然不是說妳，他就是說我跟二哥，我們兩個都是不上檔次的，最會丟大哥的臉！」

半天沒開口的二強突然插話：「我不會丟臉的。我也沒誤會大哥。」

四美摔了門就走了。

姊妹們鬧了個不愉快，四美險些都沒去吃一成的喜酒。一成婚後，她不僅沒去過項家小院，連電話也不打了。

後來，還是一成自己託人，把二強安排到郵局去做了臨時工。

這一年快到清明的時候，項家的保姆倒是接了一個喬老頭子打過來的電話，說是他們家要去給一成的媽上墳，想麻煩「項領導」安排輛車。

這件事一成不知道，保姆是老人了，自然也不會嚼舌根，直到上墳的那一天，一成看到項家派來的一輛依維柯車才明白是怎麼回事。

一成塞給司機一條菸，麻煩他把車開回去，自掏腰包叫了兩輛出租車，把一家人帶到了母親的墳上。

喬四美一個勁地對大哥丟著白眼，一成只裝沒看見。

說起來，喬家已經有許多年沒有一家人一起來給母親上墳了。每年，兄弟姊妹們各有各的事，也難約到一起，一成多半喜歡一個人來。

喬老頭看著那小小的一個土丘，說：「也該給你們媽重修墳頭，立個石碑了。」

喬一成覺得多年以來這老頭子第一次講了句像樣的話。

大家湊了一點錢，一成拿的大頭。

一成說：「要不乾脆也別修了，好好給媽買塊墓地吧。」

喬老頭有一天晚上，老晚了，打個電話給喬一成，說：「要是買地，就買個雙穴的吧，把我的名字也給刻上，將來，我總歸是要跟你媽埋在一起的。」

喬一成掛上電話，一個人在黑呼呼的陽臺上站了半天。

給母親遷墳那天，四美終於在隔了幾個月之後跟大哥說話了。

那個時候，戚成鋼已經回南京來了。

一成用毛筆一筆一筆地把雪白石碑上母親的名字描黑。

其實母親的骨灰盒早就朽得收掇不起來了，喬一成用紅布連土帶著朽掉的盒子一同捧了出來，另買了好的骨灰盒裝進去，這件事他沒跟弟妹們說。

在回家的路上，二強跟一成偷偷地說：「我看四美臉色不好，她不是有什麼事吧？」

一成猶疑了一下，答：「可能還在跟我賭氣。」

二強張張口，還是沒說出什麼來。

這件事做完了之後，弟妹們真的很少跟一成接觸，一成偶爾也回去看看，可是，還是覺得，他們之間，是遠了一點了。

2

一九九九年夏天，項南方被派往某縣城當縣長，這是市裡一項培養年輕女幹部的工程，也就是讓這些女幹部有些實績，以便回來提拔的意思。

偏巧電視臺新聞中心有記者去採訪這件事，回來便笑著叫喬一成請客，說喬老師簡直是紅運當頭。

喬一成說：「我愛人是下鄉鍛鍊，還是挺艱苦的。」

於是有人便說：「先苦後甜、先苦後甜，喬老師你不也是一樣嗎？」

一成現在已不再是普通的記者了，一九九九年伊始，電視臺改革，透過競聘提拔了一批基層資深記者做製片人，喬一成通過了競選，當了某九點檔新聞專題欄目的執行製片。像他這樣的也頗有幾個，可是大家還是會暗地裡笑說「果然是朝裡有人好做官」，想不到喬一成離婚之後竟然有如此成就，看來男人還是要離一次婚，離離婚，轉轉運。

一成當上了執行製片，不用天天外出了，但需要坐班，反而不像過去，可以自由地支配時間。他跟宋清遠也拆了夥，宋清遠另有了新的搭檔，竟然就是喬一成的表嫂常星宇。

常星宇一直對喬一成不冷不熱的，卻與宋清遠極對脾氣，剛開始時喬一成看他們倆在一起便馬勺碰鍋沿的，以為他們必合作不長久的，慢慢地看出來，原來這兩個人相處的模式就是那種吵鬧知己，一邊驚奇，一邊也有一點不是滋味，笑對宋清遠說，這麼快就「另尋新歡」。

宋清遠朗聲大笑，說衣不如新、人不如故，老朋友還是好的。

喬一成也跟他開玩笑說：「我的這位表嫂是位大美人，你不要迷上才好。」

宋清遠說：「她是大美人沒錯，然玫瑰多刺，內心比男人還強悍，我還是愛天真溫婉的那一類。」

誰都看出來宋清遠對常星宇是另眼相看，極為照顧的，可說來也怪，在電視臺這種口舌是非之地，竟無人傳二人的任何閒言碎語。喬一成私下想，怕是這兩個人的氣場都太正了的緣故。

他自己就沒有這樣的好運氣。喬一成常想，以自己這樣平凡、毫無背景的人，走到如今這一步，是活該要叫人說的。

漸漸地，大家說些酸意十足的話時也不背著喬一成了。有一天，幾個人吃中飯時在一起閒聊，有人說：「哎哎哎，現在有一句話大家聽說過沒有？成功的男人背後，都有一個成功的女人，成功的女人背後都有一個哀傷的男人。」

又有人接過話頭說：「是這樣嗎？怎麼我聽到的是另一個版本，說，成功的男人背後，都有一個成功的女人，成功的女人背後都有一群成功的男人。」

還沒等喬一成有任何表情言論，宋清遠先大聲哧笑起來，那人便轉過來問宋清遠：「宋老師笑了，宋老師想必有什麼高見。」

宋清遠爽脆地說：「你奶奶個腿兒，這是什麼狗屁話！」

哦，大家於是說：「宋老師是一個極其尊重女性的好人。」

宋清遠又大聲哧笑一聲道：「我為啥要不尊重女性？只要女性不把長頭髮掉得到處都是，我就尊重她們。你奶奶個腿兒的，長頭髮真讓人煩，掉在地上撿都撿不起來。」

常星宇說：「不是說男人都愛女人長頭髮嗎？」

宋清遠老氣橫秋地拍拍她的腦袋說：「不錯、不錯，我就很愛妳的長頭髮。」

常星宇面無表情地說：「你奶奶個腿兒的，宋清遠！咱們這裡有些人就合該挨這句罵！」

說著就與宋清遠昂首挺胸地走出飯廳，採訪去了。

喬一成在一旁聽了，想，就為了常星宇這句話，她對自己怎麼冷臉子都沒關係了。

這些話聽得多了，喬一成每每要生一場悶氣。

有時靜下心來，喬一成知道自己是過於小家子氣而心窄了，然而沒法子，他學不來宋清遠那樣的灑脫，宋清遠是那種穿一條皺巴巴的舊軍褲也氣勢十足的人，他卻做不來，他活到這樣大，每踏出一步，無不小心謹慎，不敢錯了半步路。

喬一成一個人留在了項家小院裡，實在是有些不自在，南方怕是要一、兩年才能回來，喬一成動了平時出來住，週末再回去的心思。

喬四美懷孕了。

一開始四美完全沒有感覺，不嘔吐、不頭暈也不懶得動，只是胃口出奇地好，再粗淡的菜色也要吞下去三碗飯才算完。

直到肚子裡的孩子快四個月時，她才突然醒悟過來，有可能是懷孕了。到醫院一查，醫生都好笑，怎麼有這樣糊塗的人，懷了四個月的身孕竟然不曉得。

那醫生是一位面目挺和善的大姊，拍拍四美的肚皮說：「這是個沒心沒肺的小娃娃啊。」

醫生的話叫四美一愣，她的小孩子，跟她一樣沒心沒肺。

在這一瞬間，四美覺得跟肚子裡的這一塊血肉有了某種深切的，難以言表的感情。他讓她禁不住地疼惜起來，憐愛起來，四美溫柔地摸著自己的肚子，覺出一種與世隔絕的幸福來。

四美懷孕後，迅速地胖起來，活像猛一口氣吹飽起來的氣球。

戚成鋼的媽媽倒是個老實人，因為家裡地方窄小而只能讓兒子、媳婦住在喬家老屋，本來就有一點過意不去，現在就更是殷勤周到，天天做了好吃好喝的大老遠地送來，還包攬了喬家所有家務，越發養得四美白胖起來，惹得三麗笑說，四美是傻人有傻福，攤上個好婆婆。

三麗早早地把自己兒子小時候的小衣服、小鞋襪找了出來，包了一大包送了過來，說小孩子穿舊衣容易養活，不過到真用時一定要洗了燙了，還送給四美大包的舊棉毛衫褲，將來好做尿布。

四美說：「我聽我們餐館的人說了，人家外國有一種紙做的尿布，用完了就扔，根本不用洗。」

三麗斜她一眼，說她不會過日子，還說，尿布又不用妳洗，叫戚成鋼洗，我們家都是王一丁洗的。

戚成鋼這一年多來完全恢復了過去的樣子，回到家鄉，水土適宜，他的膚色完全褪去了暗淡黝黑，變得紅潤起來。髮型剪成了時下流行的樣式，夾克與牛仔褲襯得他身形修長，比例十分漂亮。

到底是當過幾年兵的，身姿十分挺拔，正像他過去曾吹過的，當年，原本是選了他入國旗班的，臨了名額叫有門路人家的孩子給占了去了。他與四美同年，竟然顯得比四美年輕不少，猛一看去，簡直就是一個剛過二十的小後生。

他全然已經忘記了當初的落魄與倉皇。

喬四美說，我們家戚成鋼不要部隊安排的工作，我們戚成鋼只想自己做自己的主，自由自在地掙錢。

喬四美說，我們家戚成鋼啊，在部隊上可是個人才，是有正經「才貌」的，人家部隊死活要留著他不讓轉業呢。可是現在這個年代，誰還要在部隊上待一輩子啊，早回來掙錢要緊。

喬四美說，我們家戚成鋼啊，真黏人，一天幾個電話，煩死人了。天天先開車送我上班再去掙錢，活像尾巴似的。

喬四美說，我們家戚成鋼，我都不高興跟他走在一起，活活把我襯得老了，都以為我是他大姊，真是的。

說謊話的是喬四美，可真正信的卻是戚成鋼。

他覺得自己是一株在新土裡重新發新葉、長新芽的植物，茁壯飽滿，迎著陽光，不停地拔高向上，大把的好日子與好享受在前方等著他。

戚成鋼覺得自己如初生的孩子，有的時候，竟然會忘記了妻子、忘記了老父老母，忘記了周遭的一切，只想向那更暖更漂亮更自由的地方去。

喬四美是在懷孕七個月的時候發現戚成鋼外面又有了人的。

喬四美從小愛看言情小說，愛情電影，可是她心裡頭卻總是覺得，書上與電影裡的事，好的是可能在生活中出現的，那不好的，一定不會。

她從來都這樣相信著，一直到那個晚上，她在離家不遠的街口看見一個女人摟著戚成鋼的脖子，依依惜別。

那個時候四美的身子已經相當笨重了，班是不上了，早早地請了假在家裡待產。那兩年，開出租還算是挺掙錢的行業，戚成鋼也算是個勤快人，又年輕，精神頭好，每月錢沒有少掙。

四美成天待在家裡，老屋的光線不大好，她對著烏禿禿的四壁，看電視看得眼珠子都快掉出來了，撐了腰在屋裡屋外走來走去，自己都覺得自己笨得像隻胖大的母鵝。

那天也不知怎麼了，到了七點多，家裡怎麼也待不住，喬老頭在客廳看電視，一邊一個勁兒地打著盹，半張著口，拖了口水，四美實在是悶得受不住，想出去逛逛。

戚成鋼一般這個點會回來，他那朋友最近失戀，晚上睡不好，跟他交換了晚班。

四美挪到巷口，發現戚成鋼的車就停在不遠處。

戚成鋼總是把車擦得乾乾淨淨，開車時他還要戴一副細紗手套，是個乾淨人。從車裡先鑽出來的，是一個女人，四美以為是戚成鋼的客人。那女人年紀似乎比四美與戚成鋼都大著幾歲，一頭捲髮，高高盤在頭上，是那種理髮店裡盤了，可以幾天不洗的樣式。

女人身材豐滿高大，屁股挺翹，身子鼓脹結實得像隨時會從緊繃的衣服裡蹦出來。女人趴在車窗邊，與戚成鋼說著話，神情愉悅，有些輕佻，讓四美有種怪怪的感覺，說不上來哪裡不對。

接著，女人把手伸進車窗，拉著戚成鋼的手，退後一步，笑著，那意思是要拉戚成鋼出來。

戚成鋼大約是別著手，也丟不開女人的手，只得開了車門出來，那女人勁不小，一把把戚成鋼拉向自己。

四美像被孫猴子施了定身法，站在原地，想動，可是手腳不聽使喚，眼見著那女人與戚成鋼緊緊地貼在一起，女人在戚成鋼身上蹭著，像是要把自己擠進他的身體裡去。

他們躲在一棵高大的梧桐後面，戚成鋼靠在樹上。

『他的新夾克上一定蹭上樹上的青苔了。』四美心裡突地冒出這麼個念頭。

戚成鋼在那女人胸前摸了一把，活像個頑皮的孩子，那女人發出低低的興奮而短促的叫聲，佯裝推開戚成鋼，戚成鋼順勢推開她，跟她一同走出樹的陰影。

兩人似乎是道了個別，戚成鋼走在女人身後，忽地在女人的屁股上用力地拍了一巴掌。

即便是做這樣猥瑣的動作，他還是姿態漂亮的，好像他不過是個孩子，孩子是可以這樣無賴的。

喬四美撐著腰，覺得這腰真的是快要斷了，重新一搖一擺、遮遮掩掩地挪回家去。

當晚，四美睡得不好，半夜時，突然，她覺得，肚子裡的孩子好像不動了。

四美盯著暗黑的天花板，好半天，突然驚恐地大叫起來。

3

戚成鋼把喬四美送到了醫院。

到了醫院，醫生說要留院觀察，可病床很緊，要住的話只能加一張床，條件嘛可能是要差一些，不過也沒辦法了。

直弄到快天亮，四美才得以在病床上躺下來。

望著天花板上斑駁的水漬，四美覺得無比地燠熱，滿心燒著一團火似的。戚成鋼幫她蓋上被單卻被她忽地掀了去，全堆在床腳，她用腳一下一下地踢著那裹成一團的床單，踢得床欄咯噔咯噔地響。

戚成鋼問：「妳怎麼啦？是哪裡不舒服嗎？」

四美不答，過了一會兒叫：「戚成鋼你過來一點，我問你句話。」

戚成鋼坐到四美床邊來，在漸漸亮起的晨曦中，四美牢牢地看著戚成鋼。

戚成鋼看她半天沒問出話來，心想或許她也沒什麼要緊的話，只是使一點小性子，懷了小孩子的女人總有一點怪裡怪氣的，她們面目浮腫，胃口大得嚇壞人，時不時地要耍一點性子，得了不講道理的特權似的。不過也難怪，那肚子裡塞了一個那麼重的東西，睡都睡不踏實，走路也累，脾氣壞也是挺正常的吧。

戚成鋼想著，就對四美微笑起來，問她：「要不要喝豆漿？多多地放糖，再加四根油條？現在早點有了吧，我去買。」

四美覺得那些爭先恐後要衝出喉嚨的話一點點地在往肚子裡退縮，她喬四美又不是宰相，肚子裡怎麼能裝得下這口氣去？然而，為什麼看著戚成鋼的笑臉，她就又生了把氣吞下去的心呢？

喬四美簡直覺得自己果真是個二百五。

到了這一天的上午十點多鐘，四美的肚子裡突地動了一下，四美驚喜地大叫：「醫生醫生，快來。」

醫生說四美的孩子沒事了，不過看產期也近了，也要多加小心。

戚成鋼說乾脆妳就住在這裡等小孩出生吧，四美不肯，堅持要回家。

她受不了病房裡那股味道，每天到了下半天，有護士進來幫產婦們沖洗下身，那種全無遮攔的醜陋叫四美幾乎要尖叫出來，她知道自己不久也要過這一關，然而少看一眼還是好的。

不過半個月的工夫，喬四美就真的要生了。

那天她就蹲下去撿了個東西，肚子便開始痛起來。家裡只得喬老頭子一個人，四美分別打了個電話給戚成鋼和三麗。

四美到了醫院就立馬被送進了產房，醫生說都開了十指了，要早產了。

四美被抬到活動床上往產房裡送。

她忽地一手死死地拉住戚成鋼的手，一手把他的頭也往下拉，嘴巴湊上去，咬牙切齒地說：「你要稱心了吧，要稱心了吧！我就要死了，我告訴你，我過不了這關的，我媽就是生小孩死的！」

戚成鋼被她低而絕望的聲音嚇壞了。「不會、不會！」他只懂得說這兩個字。

四美繼續咬著牙說：「你要再娶的話，要等到我骨頭冷了以後，別等不及！你別等不及！戚成鋼，我……」

來不及再說了，四美已被推進了一扇門裡，戚成鋼只得丟開手，他看著四美張開的手對著他，聽見她悽楚的哭叫聲：「成鋼，成鋼。」

在戚成鋼的生命裡，常常有對著女人腦子轟地一熱的時候，這熱燙熱濃的剎那裡，他相信，對那個女人的感情真的是真的。然而哪一次，都沒有這一次真。

儘管喬四美以一個極其悲壯的姿態被送進產房，然而她生產的過程順利得叫人難以想像，前後不過一個半小時，孩子就落了地。

那一股子激痛忽的一下從身體裡流出去了，五臟六腑都鬆快了，四美還傻呼呼地問：

「醫生，生下來了吧？」

助產士因為這一次工作的輕鬆而心情大好，跟四美開玩笑：「妳說呢，傻丫頭？」

四美生了個女兒，叫人頗感安慰的是，戚成鋼雖是獨子，他爸媽對這小姑娘的來臨卻是無比歡迎，打心眼裡高興。

戚成鋼媽說：「我們鋼子的小娃娃，哪會不漂亮？」

那可真是一個漂亮極了的小東西，出了月便眉目清晰，雪白的、粉粉的，烏髮紅唇，眼睛是一味的黑，瞳仁外隱隱一圈碧藍，竟然是天生的一頭捲髮，這點像她奶奶，便格外贏得了祖母的寵愛。

四美打心眼裡驚奇著，自己居然能生出這樣漂亮的小孩，白雪公主似的，這一團的快活使得她幾乎要忘記了前些日子裡看到的令她痛到絕望的情景。

直到有一天，中午，戚成鋼接了個呼叫。

四美好像有某種奇異的本能，那嗶嗶嗶的聲音響起來，戚成鋼還沒來得及把呼叫器拿出來看，她就預感是那個女人打來的。

喬四美劈手從戚成鋼手裡搶過那臺漢顯的呼叫器，上面一行字：『好長時間沒見你了，出來嗎？老地方？』

四美用盡全身的力氣把機子往戚成鋼腦袋上砸過去，「咚」的一聲，戚成鋼立刻捂住了額頭。

四美撲跌在床上，大聲地哭叫起來：「啊，你安生一點吧安生一點吧安生一點吧！」

戚成鋼一下子被打得懵了，他並沒有看到呼叫器上的字，暈頭轉向的，只拿手捂著額，那裡火辣辣地痛。

外面堂屋裡的三麗與戚成鋼媽都跑了進來。

事情是裹不住了。

戚成鋼被他媽惡罵了一場，三麗冷著臉把兩人請了出去。

戚成鋼他媽還是一天三頓地送飯來給四美，幫小嬰兒洗澡餵奶。

四美只仰躺在床上，動也不動，眼淚順著眼角往下流到耳窩裡，微微地癢。

戚成鋼媽媽擰了熱手巾來替她敷眼睛，一邊和氣地勸著，叫她千萬不要哭壞了眼睛，眼睛壞了是一輩子的事情。

她慢慢地跟四美說著話：「我們家鋼子小時候挺老實的，可過了十八歲，人長開了，就開始招女孩子了，我也是氣得不得了，打過、罵過也勸過，後來他年紀大了些，我也不好再說了。上一次在部隊上的事，他後來一五一十地都告訴我了，他從小就是這樣，做錯了什麼都會靦著個臉說出來，也不怕丟人現眼。他沒什麼壞心的，委屈妳了，我叫他跟妳認錯，賠個罪，如今你們有了孩子，還是好好地過吧。我也不怕丟臉，告訴妳說，鋼子他爸爸，年輕時也是這個毛病，老了老了就好了，收心了。」

四美嗚咽著說：「我怕我等不到他老了收心的那一天。」

戚成鋼媽俯下身來，理著四美亂蓬蓬的頭髮：「不要緊的，我跟妳說呀，我給我們鋼子算過命，那算命的瞎子說，他人是規矩的，就是命不規矩。會好的，有一天會好的。」

第二天戚成鋼就過來跟四美賠罪了。他蹲在床邊，如一條溫順的可憐的大狗，說著對不起，可神情裡卻有一些委屈，就像在大人的威逼下不得不認錯的小孩。

他說：「我根本不喜歡她。」

天知道，戚成鋼這話是真的，對達娃，他還腦子熱過一熱，這一次他不過是，被那個女人引誘了一回。戚成鋼滿心委屈，真是的，那女人，跟頭發了情的母豹子似的，還比他大上那麼多。

戚成鋼看四美半天沒理他，自己站起身來，抱過小女兒。小女孩子剛醒，戚成鋼鐵抱著她在窗邊踱著步，孩子睡得臉紅是紅、白是白，眼睛落進一片金色的陽光，揮舞著小手一下一下地拍著父親剛剛刮過鬍茬的臉頰。戚成鋼目不轉睛地盯著女兒的臉，那種專注的神情在四美的眼裡顯得極其動人。四美想，有一天這漂亮的父女二人會比肩地站在自己的面前，他們全是她的，全是的。

在喬一成終於知道了戚成鋼的事，跑過來找四美的時候，四美已經原諒了戚成鋼。

四美看著喬一成暴怒的樣子，心裡頗有一點怪三麗為什麼要告訴大哥這件事。

喬一成搧了戚成鋼一耳光，「啪」地好響亮的一聲，戚成鋼的臉上立刻文起五條指痕。

四美叫：「大哥，大哥。」

一成瞪著四美，四美心虛，絮叨地說：「大哥，他改了，他答應了他改，他會改的。」

一成伸出一根手指點了四美的鼻子，說：「喬四美，我真是多管妳的閒事！」

喬四美撲過去，抱著一成的腰，不讓一成走。戚成鋼灰溜溜地挨著門邊走出去，還替他們帶上了門。

四美也不哭也不說，就只抱著一成的腰。

小床上的小嬰兒哭起來，一成掙開四美的手走過去抱起她。

小姑娘一經人抱起馬上止住了哭聲，密密的睫毛沾了淚水，越發顯得黑長，洋娃娃似的，粉粉的小舌頭伸出來一下一下舔著大舅舅的手指。

一成嘆一口氣：「四美，戚成鋼這個人也許是天生的不安分，妳多長個心眼，給自己留個後路。別一個猛子紮進感情的旋渦裡，到時候爬不上岸來，淹死了自己。」

四美喏喏地說：「他保證會改的，我們算過命的，他人是規矩的，就是命不規矩。」

一成從鼻孔裡大聲地「哧」了一聲。

四美貼過來，頭枕在一成的肩上。

從小她就覺得他喜歡三麗多過喜歡自己，總覺得他是偏心的。然而這一刻，四美想，到底他還是自己的親哥，這種時候也只有靠他，也只有他會跳出來替自己說一句公道話。

三麗私下問一成：「大哥，戚成鋼的事，就讓他那麼算了？」

一成沒好氣：「不算怎麼辦？四美死心塌地地愛他，叫我們怎麼辦？」

三麗顯得憂心忡忡的，一成勸她：「隨她去吧。日子總要往下過，生活總在不斷地前行。喬四美啊，一向就糊塗，總歸會有變聰明的一天。糊塗過的人，一旦醒悟了，比誰都聰明。」

這話傳到四美耳朵裡，叫她愣了半晌。

二強在郵局裡的工作不是送信，是搬運郵包，挺累人的，還好二強吃得苦。

不過他的日子有一點不大順心。

孫小茉在書店的工作一直挺穩定，書店這種地方，這些年的效益一直不錯，聽說很快店面還要擴大，擴成書局。小茉所在的櫃檯是賣教材與教輔的，這年頭做家長的都望子成龍，各種參考書、習題冊進多少貨就賣出多少，那些做爸媽的都一疊一疊地給孩子抱回家，跟不要錢似的。孫小茉一個月的薪水比二強要多好幾倍。

孫家人看著二強逐漸走低，頗有一點瞧不上他，話裡話外，有一點後悔把小茉配給了他，言語行動間不免頤指氣使起來，連小茉都受了她媽的影響，跟二強說話都有一點沒好氣。

二強心裡有說不出來的委屈，然而家裡一件事接著一件事，亂哄哄的，他能跟誰說去。大哥管他自己的事還要顧著妹妹們，還要替他操心找工作，二強覺得自己要識相一點，吞了所有的氣。

這一天，二強按習慣去菜場買了菜回家，小茉媽掂了袋子裡的豆腐說：「這種豆腐水嘰嘰的，還沒下鍋就全爛了，一點豆子味也沒有，叫你不要買這種你總是記不得。重買吧。」

二強問：「哪家的好？」

小茉媽說：「轉兩個街口，新開了一家豆製品店，做的北方老豆腐特別好吃，你去買幾塊來，動作快一點，我等著燒湯。」

二強拿著小鋁鍋轉了兩條街總算找到那間門面很小的店。櫃上有大圓匾，蓋著洗得雪白的薄紗布。

二強說：「師傅，妳給拿四塊老豆腐。」

有人聞聲從櫃檯下面抬起頭來，伸過手來接二強遞過去的小鍋。

剎那間喬二強想起了少年時看的那部動畫片。

《哪吒鬧海》。

重生的哪吒在蓮花裡睜開眼，看見師父太乙真人，撲過去叫：「師——傅、師——傅。」

喬二強熱淚盈眶。

4

那天二強買豆腐足買了一個多小時，回到家的時候，小茉媽的臉色極不好看，足足把二強數落了一晚上，說他不懂正事不足，連買塊豆腐這樣的小事也做不好，叫他買兩塊，竟然買了這麼一鍋，不會掙錢也不會省錢。

罵到後來，連當年他跟小茉分手的事都牽扯出來說了。說早知道二強是這麼沒用的人，當初分了也就分了，再怎麼也不至於把女兒嫁這麼個人，讓小茉跟著他吃苦。

怪的是，二強似乎完全沒有把她的話聽進耳朵裡去，神情裡卻有一些平日裡沒有的不屑與鄙夷。小茉媽不愛看他的這副樣子，越發高聲地罵起來。最後不高興的，是孫小茉，她大聲地叫她媽不要再說了，母女倆也拌了嘴。

晚上睡下，二強想起小茉剛才氣得眉眼變了色，便勸了兩句。小茉沉了個臉，沉默半天突然說：「我媽也沒說錯，要不是你這麼沒用，也累不到我受這份氣！」

說著，用力翻了個身，給了二強一個脊背。

夜深了，小茉睡熟了，二強卻不能睡。

馬素芹原來還在南京，原來她一直沒有離開，這太好了，至少她還一直在他身邊，她在，他就好像什麼都可以忍，什麼都不怕了似的。二強想。

馬素芹終究還是跟她男人離了，是那男人主動提出來的，那個時候，他已經敗光了家裡最後的一點積蓄，連兒子的學費也搭進去了。孩子足停了一年的學，等馬素芹終於借到了錢把兒子重又送回到學校時，十三歲的兒子跟小他近兩歲的孩子們一起坐在六年級教室裡，那孩子足比其他人高出一個頭去，小同學們已經學會了用輕蔑的眼光看待異己的人了。

馬素芹的男人知道兒子恨毒了他，他的身體也垮了，當他再一次對老婆舉起拳頭時，兒子也不再是躲在媽媽身後的小可憐了。他梗著脖子站在他面前，額角的青筋暴出，拳頭捏得死緊，似乎只要他敢動一動，他便要撲上來跟他拚個你死我活，眼神像小豹子一樣。

馬素芹的男人是在第二年的春節過後向馬素芹提出離婚的，兒子跟了馬素芹，那個男人很快離開了這座城市，回東北老家去了，聽說跟他同走的還有一個東北女人。

馬素芹也沒有想到會在這樣一個極平常的日子裡與喬二強重逢。

那一天，兩個人面對面足愣了有五分鐘。

二強先開口叫了一聲：「師傅！」

馬素芹看著眼前的人，他長大了，臉上不再有當年那一團孩子氣，也拔高了不少，肩膀寬了，人結實了。

他不再是一個孩子，只是眼睛裡還有當初那種孩子一般的渴望，叫人忍不住想要拍拍他的頭。他還是像以前一樣的老實，老實得有一點傻，就只會一聲一聲地叫著「師傅師傅」，其他的話，半句也說不出來。

馬素芹問：「二強你還好吧？」

二強說：「師傅……」

馬素芹笑了一笑：「我挺好的，現在有了這個店，生意還不錯。」

喬二強還是說：「師傅。」

馬素芹突然覺得滿腔的苦水全湧上來，然而，也是說不得的。

她回身給他盛了滿滿一鍋豆腐，遞了過去。

二強把鍋子接過來。

馬素芹說：「你快回去吧，這都快吃晚飯了，你還沒吃吧。回去吧，啊？」

二強應了一聲：「噢。」端了鍋子傻子似的轉過身要走，突地又打了個轉回過頭來，一口氣地說：「師傅妳去哪了？我哪都找不著妳，我找了好多家菜場，他們告訴我妳在菜場賣菜，南京菜場那麼多，我都要跑遍了也沒找到妳，妳怎麼不告訴我妳去哪了呢師傅？師傅我好想妳。」

二強像小孩子似的哭了滿臉的眼淚鼻涕，全被他蹭在袖子上。

馬素芹解下圍裙遞過去叫他擦一擦，說：「怎麼還像小時候那樣不愛乾淨？」

馬素芹問：「二強，成家了吧？有孩子了嗎？」

二強點點頭又搖搖頭。

馬素芹說：「回去吧。」

二強老實地應：「噢！」

走了兩步又回頭：「師傅，我還來，行不行？」

馬素芹點點頭，二強快活地去了。

第二天一大早，馬素芹騎了三輪拉著起早做好的豆腐來開店，就看到店門口蹲著喬二強，那縮成一團的樣子還像從前一樣。

喬二強抬起頭，快活地說：「師傅，妳來了？」

喬二強突然覺得日子明亮起來，快樂起來，像大冬天裡出了好太陽，曬得人渾身暖烘烘的，暖得叫人想叫出來。

二強就真的叫了出來，騎著三輪，看前後無人，雙手脫了把，直身起來，「噢噢」地叫喚著，彷彿被年少的自己附身，那個時候的他，真是快活啊，滿心滿眼只想跟那個女人在一起，想不到未來、過去，眼睛裡就只有一天一天跟她在一起的日子。

二強每天一有空就來幫馬素芹做事。

馬素芹上午賣一個早市，發現有的雙職工早上來不及買菜，她又開始賣晚市，是比以前更加辛苦，但卻使得她的小店生意越來越好。喬二強工作的郵局恰巧與馬素芹的小店相去不遠，一天裡，只要有一點空，二強便會過來幫她做事，中午也帶了飯來與師傅湊在一起吃。

馬素芹看到他的飯盒裡總是些不大新鮮的菜色，看起來是頭天晚上的剩菜，就每天多帶一點家常的菜來。二強吃著師傅特地為他準備的紅燒肉，抬頭看著師傅笑，嘴巴吃得油光光，嘟起來，時光彷彿倒流。

二強在孫家不再感到氣悶，不時地，在做著家事的時候，翹起嘴角笑起來，笑得小茉媽疑疑惑惑的，背了人跟小茉講：「喬二強最近有一點不對勁，別是有什麼毛病了吧？」

小茉媽覺得二強的樣子太奇怪了，竟然忘記「有毛病」三個字是小茉心頭的那一點疼痛，提不得的。小茉恨恨地把手裡的杯子往桌子上一放，說：「我哪裡知道他，他不是從來都是傻呼呼的嗎？有毛病也不是一天、兩天的事，當初我們這兩個有毛病的人為什麼就湊合到一起了呢？」

那一天下了這一夏最大的一場雨，那簡直就不像一場雨，像從天上傾倒下大盆大盆的水。

喬二強與馬素芹一起被阻在了小店裡，馬素芹急得了不得，怕兒子一個人在家，店裡又沒個電話，二強說他出去找個小店打個電話叫小孩子先睡，關好門窗不要怕。馬素芹一個沒拉住，二強真的跑出去了，劈淋淋的大雨一下子就把他的身影給吞了。

過了好一會兒二強回來了，淋了個透濕，渾身上下滴滴答答地往下淌著水，連睫毛都被雨珠給糊住了。

二強用力地眨巴著眼睛，冷得牙齒咯咯地，聲音裡卻透著快活：「打過電話了，我敲開人家店門打的，那小老闆還真是好人，我也打了個電話回家。」

馬素芹叫他趕緊脫了濕衣服，店裡也沒換的，就只好拿了平時墊在竹匾下的一塊粗氈子讓二強裹在身上。

馬素芹用毛巾幫二強擦著頭髮，二強像一隻乖乖的大狗似的蹲在她跟前，低了腦袋由著她搬弄著擦拭。

馬素芹扳起他的頭，看見二強的一張笑臉。

馬素芹說：「你怎麼還像個小孩子似的，笑得傻不傻？」

二強緊緊身上的氈子，那粗粗的氈子蹭著他的皮膚，癢嗦嗦的。

二強把雙手放在馬素芹的膝上，仰起頭來看著她，說：「師傅，我想跟妳一起過。」

馬素芹愣住了。好半天才回過神，摸摸二強依舊濕呼呼的頭髮：「你現在成家了，成了家的人要好好地過日子，你別跟師傅學，把日子過得一團糟。你該好好地過。」

二強索性把腦袋也貼在馬素芹的膝上：「可我想跟師傅過，咱們倆湊成一家子，我覺得我才能好好地過呢。」

天空突地炸了個響雷，那雷就像從他們的頭頂上滾過，一直轟轟地滾出去老遠老遠。

馬素芹捂了臉說：「這不成的，這不成。當年鬧了那麼一場，你連工作都丟了，現在再來一場，你還得要遭什麼罪？」

二強說：「師傅，我什麼也不怕。」

喬二強覺得他這一輩子都沒有這麼勇敢過。

二強向孫小茉提出要離婚時，孫小茉呆愣愣地看著他，好像不認識他了似的。

尖叫著衝過來在他身上拍打的，是小茉媽。

「你什麼意思？」她沒頭沒腦地撲打著二強，「就憑你也敢說離婚？就憑你？」

「就憑我！」二強也叫，「就憑我，就是要離！」

「那麼你就滾！光身子出戶，我們孫家的便宜，你半一點也別想占到！」

二強從孫家搬回了喬家老屋。

喬一成趕回家去，斥問他為什麼突然提出這件事，腦子壞掉了不成？

二強說他腦子沒有壞。

二強說他的腦子比什麼時候都聰明。

聰明著呢！

喬老頭衝上來一巴掌轟到二強的頭臉上：「你聰明！你是吃屎糊住了心竅！你要離了你老婆跟那個老女人過去，我告訴你，門都沒有！」

一成衝過去擋住喬老頭兒再一次落下的巴掌：「你不是一向不管兒女事的嗎？什麼時候看見你這樣對兒子、女兒負責起來了？我告訴你，他們幾個可都是我一個個拉著扯著養大的，要打要管，我比你更有資格。」

喬老頭一口濃痰吐在地上：「呸呸呸！你問他，他自己說的，他要離，要跟他那個師傅結婚。我今天把話說死在這裡，我不許她進門，我是一輩子也不會把一個外姓的人算作是喬家的孫子的，喬家就是斷了香火也輪不到一個外姓的野種來充當孫兒！」

一成問二強：「他說的是不是真的？你什麼時候找到你那個師傅的？」

二強直著脖子，堅決地說：「我就是找著她了，我就是要跟她結婚！誰也攔不住的，大哥！」

喬老頭跳起腳面來，罵了兩句極髒的話，又說：「你休想，門兒都沒有，門兒都沒有！」

二強擦擦嘴角的一線血漬，居然笑了，從來沒有地幽默了一把：「門兒都沒有也不要緊，門沒有我走窗戶好了！我就喜歡撿個現成的爹來當怎麼著？」

「呸呸呸！」喬老頭在自己的臉上啪啪地打著耳光：「好不要臉！」

二強又笑：「用不著你替我害羞，你自己背著我大哥幹的那些不光彩的事才是不要臉，把我們喬家的人丟光了。我就是打算自己為自己活一回，不丟人！」

二強終於還是離了婚，這裡頭不能不說孫小茉的媽起了極大的促進作用，她幾乎不讓女兒開口，一迭連聲地叫著：「離離離，離了這個窩囊廢，還怕找不著比他好的？」

喬二強果然淨身出戶，所有的一切都留給了孫小茉。

孫家說了，叫他馬上滾蛋，只准帶走自己原先的那些破衣爛衫，凡是孫家給他置的衣服、物品，一絲布、一顆螺釘也別想帶走。

二強只收拾了一個癟癟的包，包裡就只裝了他的兩件舊衣服。

還是小茉偷偷地又塞了件羽絨服在他的包裡，眼看著就是冬天了。

喬二強就背著這麼個包，走進馬素芹的小店裡，坐下來吐出一口氣，咧了嘴笑著說：「師傅，這一次我真的跟妳湊成一家子過！」

5

二〇〇〇年，世紀之交。

這一年裡，喬家發生了幾件比較要緊的事。

第一，喬二強跟孫小茉離了婚，跟比他大十四歲，拖著個兒子的馬素芹成了一家子。幾乎讓所有的人驚掉了下巴。

更讓喬家幾個兄弟姊妹們驚掉下巴的是，他們的大哥喬一成對此事居然採取了睜一眼、閉一眼的態度，令人費解。

喬四美嘆了口氣對此評價道：「人家現在日子過得順心，有權有勢，有頭有臉，犯不著管我們小老百姓這一點雞毛蒜皮提不上筷子的事。」

依著馬素芹的意思，乾脆不要辦結婚證了，就這樣湊在一起過，以後二強若是後悔了也不要緊。可是喬二強堅決不同意，正正式式地跟馬素芹領了結婚證不說，居然還辦了兩桌酒，請了兄弟姊妹與馬素芹當年在工廠裡兩位要好的師傅，酒水是薄了一點，到底也是結了場婚。

喬一成在開席五分鐘後到場了，坐下來就喝，話少喝得不少，三麗、四美她們都帶了各自的老公、孩子來吃了酒。

馬素芹穿了件新的顏色衣裳，她這幾年過得不好，卻並沒有老到不堪，眉目裡依稀仍有舊時的一點俏麗，依然整潔俐落。喬二強穿了件新的夾克，理了髮，刮淨了臉面，神色間一派安穩滿足，居然也像模像樣。

第二，王一丁又從公司裡辭職了，自己開了間小小的機修鋪子，從鄉下老家找了個小夥子來做幫手，忙是忙得了不得，也很少再有時間幫三麗做家務，然而，畢竟是自己的生意，三麗與一丁都覺得頗有奔頭。

第三，戚成鋼也不再開出租了，與人合夥做起了書店的生意，號稱「五元書店」，生意居然不錯。

第四，喬家老大和喬老頭又翻天覆地地大吵了一通。

雖然四美認為現在家裡最得意的應該是她大哥喬一成，可事實上，喬一成打心眼裡覺得有一點鬱悶。

他和項南方聚少離多，南方一心撲在工作上，為所在的貧困縣爭取到了發展的投資，電視臺不斷地報導她的事蹟，相比之下自己雖是執行製片，可也不過是個看人眼色辦事的，要說做主的，那還是製片，上頭還有頻道主任和新聞中心主任，說不失落那是假的，但一成想，南方終歸是自己的妻子，她的榮光未必就不是自己的榮光。可是，二強在跟喬老頭子為了馬素芹的事鬧得不可開交的時候，無意中說漏了嘴，捅出一件事來，叫喬一成好不生氣。

原來，喬老頭背著他，常常向項家人提著各種各樣的要求，而項家人也一一安排了。現在的喬老頭，居然掛名在一家效益不錯的單位裡，開始每月拿起退休薪水來。

喬一成知道了這事後暴跳起來，也與老頭子大吵一通，死活叫他從此不要再領那份薪水，可老頭子卻也是死活不肯，父子倆幾乎反目成仇，越加地斷了來往。

一成為這件事又氣又愧，心想，怪不得項北方這麼多日子來話裡話外總是含沙射影的，讓人極不舒服。一成一直以為自己夠尊重夠識相，項北方不過是小人之心，不必理會，卻原來還有這麼些個他完全不清楚的事夾在裡面。

自己的老爸不要臉面，厚皮老臉地賴著人家項家，項老爺子當然不便為了這些事親自去找人打通關節，多半是叫項北方悄無聲息地做了，難怪項北方這副嘴臉。

喬一成覺得簡直沒臉再在項家小院裡待下去，也沒有臉面面對妻子項南方，可又沒法在項老爺子面前刻意地澄清自己，更不能跟項北方去解釋，只好跟南方通電話說明情況，叫南方有機會跟家裡說明一下。

南方在電話裡叫喬一成不要介意，說既然已經是一家人了，這種事也沒有關係，到底這些事也算不得違法亂紀，老爺子也是有分寸的人，真不能辦的事一定會跟爸說明的。

這一通電話分了三次才說完，一成就聽得那邊不斷地有人找南方請示，南方也是急匆匆地與一成說上那麼兩句，最後一成有一點無精打采地說：「那妳忙吧，以後再說。」

南方聽出一成的不自在，叫他等一等不要掛斷，似乎是找了個僻靜的地方，聲音立刻清晰溫柔起來：『你生氣了嗎？別介意了，真的，你以為老爺子真的不明白是怎麼回事哪？他人老了可不糊塗，心裡頭清楚著呢，我們都知道你不是那樣的人，別委屈了。』

這一頭一成笑出來：「我沒委屈，對了，我想……」

一成話未說完，聽得那頭又有人叫「項書記、項書記」，就把未及出口的話嚥了回去。

其實他想說，想從項家小院搬回到原先的舊房子裡，項家小院離他們臺實在是太遠，他每回回去得又晚，一回去阿姨就要起來殷勤地替他弄夜宵，有時弄得項老爺子都睡不實，實在不好意思。

喬一成把這番意思跟項家人說了，並且強調主要還是為了工作方便，真的從項家小院裡搬了出來。

喬一成回到當年的那小套房子裡，這套房子他已經買了產權，原房主要得並不高，他索性買了重新裝修了一下，也算是有了一處自己的真正意義上的窩。

一轉眼，又到了綠蔭滿樹的初夏。

喬一成原本打算把今年的休假用掉，去南方那裡看看她，他們夫妻實在是分開來不少日子了。

可是人算不如天算，接連下了一個星期的大雨，長江的水立刻漲到警戒線。說是今年會有大水，喬一成他們電視臺又一人發了一雙高筒的雨靴，所有人都隨時待命，一旦有險情馬上上堤壩報導。像喬一成這樣的，倒是不用出現場，可是在家的編播任務也輕不了。

宋清遠每天就穿著這直高到膝蓋的靴子來上班，一邊笑罵道：「這破靴子年年發，跟黨衛隊似的。」一邊穿得有滋有味，不亦樂乎。他的搭檔常星宇也與他做同樣打扮，天天T恤牛仔褲加長筒雨靴，這樣不倫不類的衣服居然給她穿出兩分英姿颯爽來。她與宋清遠兩個人天天拖著大靴子撲踏撲踏、誇答誇答地在臺裡來去，一個威武、一個美麗，是一道好風景。

喬一成看了一邊笑一邊眼熱，決定等天一涼快就下鄉去看南方。

真的得了空下鄉的時候，已經快入冬了。

喬一成事先沒跟南方說，一是因為南方實在是太忙，兩個人電話裡也說不上幾句話，有時說著說著南方就睡著了；另一個是，喬一成想給南方一個驚喜。

南方的生日也快要到了。

喬一成在沒來南方所在的縣以前，想像著這地方一定相當地落後，斷瓦頹垣，土地貧瘠乾枯，人人面有菜色。到了以後才發現，也並不這樣。雖是貧困縣，到底也沒有破敗到那種程度，一路上的風景也還不錯，聽人說，這裡也有一些物產，只是當地人特別地懶惰，習慣於冬天農閒時結隊成群地到大城市裡要飯，並不以為恥，而是當作一種謀生手段。喬一成細想想也想通了，項老爺子怎會讓自己的女兒到真正貧困得不堪的地方去吃大苦處。

喬一成微笑起來，笑的是自己果然還是脫不了那一點點的天真，竟到現在才明白過來。

喬一成坐的是長途汽車，顛簸了十來個小時，又倒了一次車，路漸漸地窄起來，塵土在初冬乾燥的空氣裡飛揚，一股子異鄉的味道，天空呈一種灰藍色，因為四周完全沒有高大一些的建築，看得久了，那一片天空對著人直逼下來，喬一成的心裡有一種新奇的感覺，不知為什麼也有一點忐忑。

終於到了縣委，原來是座半舊的三層樓，南方在這裡辦公，也住在這裡，就在三樓的最邊上一套房子。

因為事先沒跟南方說好，門房竟然不讓他進去，一成想與他說明情況，可是那位大叔一口當地土話，與喬一成雞同鴨講，誰也聽不懂誰的話。

喬一成想想也算了，就在縣城裡逛一下，看看當地的風土人情也好。

一路走著，滿心地想找個小花店訂一束花給南方，轉了大半天也沒找到，自嘲糊塗，這裡是貧困縣哪。自然吃飯是頂重要的事，哪裡會有人開花店。

實在也是累了，就慢慢踱回縣委附近，坐在隱蔽處，等著南方回來。

過了沒多久，見一輛寶馬開過來，喬一成好不驚奇，這地方居然有這樣的好車出現，還沒等他驚奇完，車就停在了縣委門口，下來的是一位衣著光鮮卻並不扎眼的男人。

喬一成想：『喲，好一位人物！』

那男人繞到另一邊拉開車門，以手遮住車頂，迎下一位女士來。

是項南方。

南方倒沒有太大的變化，略黑了一點，不瘦，精神特別好，這許久不見，在一成看來，她更添了一分俐落幹練。

那男人對南方低低地說著什麼，態度裡有一種不經意的親近，南方微笑著聽他說話。

兩個人似乎要話別的時候，那男人打開車子的後車廂，從裡面捧出大得出奇的一捧淺粉的玫瑰，遞給南方。

南方似乎也是一愣，終於還是接過了花。

那個男人也微笑起來，跟南方又說了句什麼，開車走了。

喬一成在角落裡呆站了許久，等南方進了小院，又等了一會兒，才打電話告訴南方，自己來了。

喬一成覺得暈呼呼的，好像眼前有一層窗戶紙，可是，比誰都怕戳破這層紙的，正是他自己。

『可是南方，』一成想，『南方怎麼可能是這樣的人呢。』看剛才二人的態度，其實也是正常的。

『只是，』一成想，『只是，世上的事啊，是半點也由不得人的。』

一成還在胡亂地想著，就看見南方急急地奔過來，四下裡張望。

一成迎上去，叫她：「南方。」

一成跟著南方進到她的宿舍時，一眼就看到了那一大束花，放在南方的辦公桌上，幾乎鋪滿了整個桌子。

南方說：「剛一位朋友送的，就是我們這個縣的主要投資商，也不知他從哪裡打聽到了今天是我的生日。」

一成「哦」了一聲，笑道：「我也是趕著生日來的呢。」

南方笑起來：「那麼我們上街吃飯去，這裡的食堂飯食真的不合胃口呢。」

一成突然說：「那位投資商先生，要不要一道請了去吃飯？」

南方微愣一下，答：「不用了，他已經趕回南京去了。」

一成微微拉長了一點聲音說：「哦，特地從南京趕過來送花給妳賀生日？」

南方看他一眼，轉了話題：「要吃什麼呢？這裡也沒什麼好的有特色的菜，就是狗肉還不錯，我也吃不慣那個東西，不過你難得來，總要嘗一嘗吧。」

南方拉了喬一成往外走，走到門口處低下頭去換鞋。

一成看著她烏黑的頭髮，離得這樣近，一成想，是不是要擁抱一下。然而南方很快地抬起了頭，笑著看向一成：「你胖了一點。」

一成突地熱了眼眶。

一成在這裡陪了南方一個多星期，南方實在是忙，一成每天做好了飯等著她回來。縣委小院後面有一片菜地，是門房開闢出來的，種了各色蔬菜，一成就塞給那位大叔一些錢，在地裡現摘了菜回去做。

完全是有機肥種出來的菜，特別地肥美鮮嫩，是一成這些年來吃過的最好的菜了。

一成走的那天，南方直把他送到汽車站。

依然是灰藍低沉的天空，飛揚的塵土，車站人不多，挑著擔子的農人神情疲憊，有那似乎是出門走親戚的女人帶了很小的孩子，那孩子揚著手，在車站跑來跑去，尖聲地叫著，快活得很。

一成忽然問：「南方，妳什麼時候可以回去？」

南方說：「總還要過個一年半載。」

一成「哦」了一聲沒再說話。

車開時，一成從窗口伸頭出去對南方說：「多注意身體。」

半截車身糊滿了泥巴的半舊車子發出巨大的轟鳴聲，揚起一陣黑煙，開動了。

南方的身影漸漸縮成一點，喬一成心頭的那一點不安卻越來越擴展開來。

6

在喬一成的記憶裡，二〇〇〇年到二〇〇一年這段日子，過得草率而繚亂，時間也越發顯得快，糊裡糊塗地，二〇〇一年已過了大半。

一成與南方依然聚少離多，一成一直住在自己的那小套的房子裡，偶爾回項家小院一回，有的時候，他似乎都忘記了自己是一個已婚的男人，好像還是個單身漢，一個人吃飽全家不餓。可是，卻又不是，他的背上還有他的兄弟姊妹那一大夥子人，他還得扛著他們，替他們操心，為他們受累，這幾個孩子，還真是沒一個叫他省心的。

二強跟馬素芹結婚後，人真的是精神了不少，來來去去總笑模笑樣的，撿了錢似的。三麗開玩笑說，二哥好像真的遇上第二春了，這梅開二度，倒還真是挺美。

二強也有一點點的不順心，不順心的源頭，是馬素芹那個已經十六歲的兒子。馬素芹與前夫離婚後，怕那男人又回頭來尋她，便離開了原先住的地方，在城的另一邊，城鄉接合處租了一間平房，帶著兒子一起過。

在與二強結婚前，二強說，那個地方離馬素芹開店的地方太遠了，而且周圍環境也太差，兩個人商量著，另找個地方住。

這兩年，這城市發展得挺快，不少人買了商品房，租房的人也不少，租金相應地也就在漲，離市中心越近，價錢便越高。二強與馬素芹頗費了一些工夫，才在一片新開的社區裡找到了一處住房。

這片社區挺僻靜，原先竟然是一片墳地，周圍還有大片的菜地，這兩年，那墳地遷了，菜地也被房地產商收購了，蓋了大片的商品房，還蓋了一些拆遷安置房，給被收了土地的菜農居住。誰也想不到，又過了兩年，這裡竟變成了高檔住宅區，儼然成了白領階層的聚集地，簡直寸土寸金。

二強與馬素芹當然沒有那個經濟能力租商品房，他們租的是很小的一個單室套的拆遷安置房，全無裝修，只有一間臥室和一個小客廳，還好陽臺被封成了一個小小的房間，正好給馬素芹的兒子住。

那少年叫智勇，已長得身高馬大，個頭快趕上二強了，眉眼與他的父親十分相像，濃眉間緊緊地凝了一個疙瘩，使得那張年輕的面孔怒氣沖沖的。自從馬素芹與二強婚後，這孩子就一直是這樣一副表情，基本上他是不搭理二強的，對二強的問話只當是沒聽見，或是打鼻孔裡「哼」一聲。

馬素芹背地裡勸一勸，這孩子連他媽也恨上了，居然一夜未歸，二強跟馬素芹找了他一夜，才在一家遊戲廳裡找到了他。

那以後，智勇稍稍安靜了一段時間，二強心裡也安慰了一些，想著，自己掏真心好好地待他，過個一、兩年，他長大了，能夠瞭解自己的誠意了，興許兩人的關係會好些吧。

有天二強做飯，做他最拿手的排骨湯。怪的是，那燉在火上的砂鍋總是溫暾暾的，老也不見開，二強有些納悶，把火開大了些，出了廚房。過了一會兒再回去看那鍋湯時，發現智勇正拿了一個杯子往湯鍋裡兌著涼水。

二強一下子愣了，尷尬地笑笑，說：「我說怎麼湯老是燒不開呢。」

那孩子倒大大方方地把手裡的杯子一扔，「哼」一聲，轉身要走。

二強忍不住出聲道：「咱們……咱們說一說話吧，你……你對我這麼有意見？」

智勇大咧咧地坐在餐桌角上，瞪著二強：「有意見，怎麼啦？」

二強說：「有意見你就說！」

少年把嘴裡嚼著的口香糖「呸」的一聲吐在地上：「我不跟勾引別人老婆，不要臉、沒有道德的男人說話！」

二強覺得自己腦子轟地熱了一下：「誰沒有道德？」

智勇沒有答，大大地「嗤」了一聲，抬起腿，用肩狠狠地撞了二強一下就要走出廚房。

二強說：「我對你媽是真心的。不是勾引，我也沒破壞你們家庭。」

智勇理也不理他，摔上門走了。

二強智勇之間的關係一直都沒有緩和，兩個人基本不說話，馬素芹在中間也挺為難。除此之外，二強的日子再沒有什麼不好的事，有時馬素芹為兒子的事覺得對不住二強，可是二強說，他知足了。

沒過多久，馬素芹兒子上了初三，這孩子提出要住校，馬素芹想想，如今他跟二強這樣僵也不是辦法，興許，住校也未嘗不是個緩解的辦法。

新學期開學後，智勇真的捆紮好了被子，拎著一只舊箱子住校去了。

智勇頭一個週末就沒有回家，也沒有打電話給馬素芹，可叫他想不到的是，喬二強居然到學校宿舍來找他了，同學告訴他，他「叔叔」來看他，智勇還微愣了一下，腦子一時沒轉過彎來。

一下樓便看見喬二強拎了個大保溫桶，站在樹下，看在智勇的眼裡總覺得這人有一點呆頭呆腦的。

喬二強看見智勇走出來，連忙迎上來，說：「我送一些菜來給你，學校伙食不好吧？」

智勇不答。

二強只好自說自話：「我曉得一定不好。我大哥以前上大學也在學校住過一段時間的宿舍的，我跟妹妹們去找他玩，他帶我們到食堂吃飯，乖乖，真是難吃。」

智勇原本想說：「你話說完了沒有？說完了就趕快走。」可是看到喬二強那副巴巴結結的樣子，傻傻的笑容，不時地飛快地瞟他一眼的那副樣子，到嘴邊的話也出不了口了。

喬二強把保溫桶塞到智勇手裡，小小聲地說：「其實你媽也來了，在學校外頭，怕你不高興我們一起進來就在外面等著。要不，你出去看看她？」

那以後，喬二強隔三岔五地送一些菜過去給智勇，也把那孩子換下來的衣服拿回去洗。有同學問起，這人到底是誰，智勇答：「是我叔。」

喬二強從小到大沒過過什麼特別好的日子，倒是養成了一副隨遇而安的性子。他想著，畢竟自己不是人家的親爸爸，小孩有一點彆扭是正常的，等日子久了，會好的。話又說回來，二強想，什麼事都扛不過日子去，這世上，就是這一天一天的日子，最叫人沒奈何了，最後的贏家終歸是它。

喬老頭自始至終沒承認過這個二媳婦與這個外姓孫子，不過這並不妨礙喬二強覺得幸福。

然而這幸福的日子裡總要有一點點缺憾，二強做臨時工的郵局這兩年的效益大不如以前了，如今的人，都用電腦發電子郵件，真有急事，打電話就行了。別人不說，就是自家人，大哥一成、大妹夫王一丁、二妹夫戚成鋼都用了手機，連喬二強自己，也用了一部大哥淘汰下來的舊款諾基亞，雖然不到急事時二強捨不得用，但好歹也是有手機一族了。

寄信的人越來越少了，郵局的業務清淡了不少，已經裁了好幾個臨時工了，喬二強還能留下來不能不說是喬一成的關係與面子。

二強明白這一點，在單位裡越發地小心勤勉。

可沒過之久，二強還是被通知，除去做搬貨的工作，要想留在郵局，還得「做業務」。所謂「做業務」，就是拉人參加一個什麼書友會，郵局給每人定了指標，不拉滿人數要相應地扣除薪水，甚至要被辭退。

在喬二強三十多年的人生經歷裡，只曉得要買書去書店，從沒想過原來買書也可以打一個電話叫人家送上門來再付錢，這讓他覺得很困惑，一個念頭一閃而過，將來要是大家都不上書店只坐在家裡打電話買書，那小茉他們不是要丟了工作了嗎？

喬二強直到做了這個新工作之後才明白自己原來並不是一個厚臉皮的人，他不好意思跟別人張口，求人家參加書友會，他認識的人裡，似乎也沒有什麼愛讀書的人。只好從自己妹妹那裡入手，四美是第一個被喬二強勸說著加入了書友會的，四美問入會以後除了書以外還有沒有別的便宜東西可以買，二強仔細地想了想，好像是可以買一些小首飾、包包和居家用品什麼的，就老老實實地答：「有。」

於是四美便痛快地入會了，誰知從此每個季度要買一次書，弄得四美冤聲不已，二強也怪不好意思的。

三麗知道了打趣二強說：「怎麼想起來的，二哥？四美這丫頭從小人頭豬腦子！語文、數學、外語加在一起才能滿一百分，才會上這種當！她以為打折就是有便宜可以占！趕不及地入了會，生怕晚了一步便宜都叫別人占完了！二哥你叫她入會不如叫我，好歹我小時候成績比她強些，還當過紅領巾小隊長，我兒子眼看著也要念書了，對了，你那個書友會有沒有小學生的教輔書打折賣？」

二強紅了臉老實承認：「沒有。」

哦，三麗又笑：「那賣些什麼書？」

二強想了一想，吞吞吐吐地說：「小說，哦，還有散文。」

三麗笑彎了腰：「言情小說？散文？我二十歲一過就沒看過瓊瑤了！」

四美被三麗打趣得惱羞成怒插嘴說：「哦喲，妳成熟、妳高雅，妳不是天天抱著《還珠格格》看！」

三麗又笑：「那個我現在也不要看了，我看日劇，可以買盜版光碟來看，大街上，二十塊錢能買三、四十集！」

喬二強很是不好意思，訕訕地說：「那四美妳要是不想買書就不要買好了，那邊來信叫妳買妳也不要理他。」

四美氣呼呼地說：「我是不想理他們呀，可是我隔了三個月沒有買書，人家把書送上門來了問我要錢！我長這麼大就沒遇到過這種事情。」

二強漲紅了臉，支支吾吾地說不出話來。

三麗把話接過去：「得了、得了，四美，妳不要買乾脆把那個什麼卡讓給我好了，我兒子上學了反正也要看些書，我看看有什麼好的小孩子可以看的書買給他好了。」

四美這下子高興起來：「我曉得現在妳家一丁生意做得不錯，果然有錢了人就爽快了。有錢就是好！有派！」

三麗「呸」了她一聲。

喬一成回家的時候，就聽見這一屋子雜七雜八的說笑聲，心裡頭突地一鬆，沒來由地心情好了起來。到底是自家姊妹兄弟，再不成器，再活得不容易，只要可以開心笑得出來，也算他做大哥的沒白操心受累。

喬一成回到老屋來，是因為王一丁要請兄弟姊妹們吃飯。

一丁的生意上了軌道，的確掙了些錢，一丁一高興，趁著週末，非要請大家到餐館裡去吃飯，說是訂好了包廂，叫大家都到老屋來集中一起出發。

不是年、不是節也不是結婚，喬家人這還是第一次在極平常的日子裡一起在餐館裡吃飯，大家都有一點莫名的小孩子氣興奮，三麗、四美還換了新衣服、化了妝。馬素芹也被叫來，她來得遲些，猶猶疑疑不敢跨進喬家老屋的院子。

喬一成想了想說：「我去叫她進來。」

馬素芹跟在喬一成身後進來了，喬老頭看見大兒子帶了這女人進來，想要罵的話全不敢出口了。他年紀越大就越怵了這個大兒子，這叫他覺得自己越老越窩囊，然而這兒子是越大在他面前越有氣勢，早已是壓過他不止一頭了。

一丁開了輛舊舊的依維柯過來，把一家子接到早定下的餐館，竟然是挺高檔的地方。

四美一下車便整了整衣服，道：「好傢伙，虧我們穿了兩件體面衣裳，姊，妳現在真的不得了了，享福了！」說著親熱地挽著三麗走進餐館。

席間大家一團高興，喬一成藉著酒勁，跟一丁說：「好好過日子，千萬記住一件事，無論何時何地，不要忘本。」

一丁敬他一杯答：「一定，大哥你放心！」

二強的指標也終於完成了，是他的表嫂常星宇幫的忙。

二強想了半天才想起表哥、表嫂正經是讀書人，要他們入書友會可能會有一點指望。可惜大哥一直與他們不甚來往，關係淡淡的，二強實在覺得不好開口。

眼看著要到日子了，要是再完不成指標，二強在郵局就待不下去了。實在沒法子，二強去找了常星宇。

常星宇二話不說入了會，齊唯民也辦了一張卡，常星宇還動員了她的朋友們一起入會，大家拿了宣傳資料覺得坐在家就可以買到書挺不錯，都是愛書的人，也捨得花那個錢。加上齊唯民的朋友，喬二強一下子就完成了指標，還略超了一點額。

二強自然是感激不盡，常星宇笑說：「一家人謝什麼呀，就只一點，你別在你大哥面前說，我呀，看他那張不鹹不淡的臉就不舒服。可也怪，你們兄弟姊妹幾個個都是血肉豐滿的性子，怎麼就他陰陽怪氣的！」

齊唯民笑對二強說：「不要怪你表嫂，我們常星宇快人快語，看到慢性子沉穩一點的人就會有一點誤會。別往心裡去。」

那個被常星宇稱為陰陽怪氣的喬一成近來更加有些陰陽怪氣，他隱約地聽到了一些流言，說是一個很有錢的年輕商人正在熱烈地追求著項南方。

7

這小道消息是喬一成臺裡一個記者傳出來的，這人是專跑市裡宣傳的，與市裡宣傳部的人打得火熱。宣傳部的人說是項南方很快就要回南京了，這一次回來，可是要升了，現在都在提拔年輕的女幹部，況且人家項南方那背景在那擺著呢，當初下鄉去鍛鍊本也是帶著提拔她的目的。

那記者便說：「這下子，我們臺的喬一成更要抖起來了，夫憑妻貴，說不定他也要再往上升一升，照這勢頭坐到新聞部主任甚至是臺長也是指日可待的事。」

那宣傳處的幹事便笑得十分曖昧，說：「要我說呢，人總得有所捨才能有所得，捨了老婆換一個高位也是划得來的。」

那記者聽得這話裡有話，便纏了細問，這才知道，市裡新近有一個極重要的投資商正在追求項南方，不僅投了大筆的錢給貧困縣，也在本市買了極大的一塊地皮，要建一個最大的商業中心。那記者便把這閒話在臺裡傳開了，及至喬一成耳朵裡，已經差不多是盡人皆知了。

事已至此，喬一成反倒奇怪地說他看開了。

他對宋清遠說，如果命裡真的不該他跟南方有長長久久的緣分，那也只好認命罷了。這一想法，為宋清遠所不屑，宋清遠大大地呸了一口說：「誰要是敢背後這樣嘰歪我的私事，瞧我不一個大耳刮子打得他找不著北！你呀，就是天生受氣的命！」

喬一成看著宋清遠氣得紅紅、熱騰騰的面孔，想著那個他曾想過無數次的問題，如果娶了項南方的是宋清遠，也許什麼樣的閒言碎語也不會有，誰說血統論已然作古？誰說婚姻裡不需要門當戶對？可是，宋清遠卻說過，他與項南方，太熟了，同性質的人不會相互吸引，卻有可能是極般配的，異質的人往往相互吸引卻如同小腦袋頂了頂大帽子，說不出的彆扭與不適。所謂愛情、婚姻、家庭，不過是一團亂麻，需終身的時間去解開，抑或是被這亂麻套死。

『罷罷罷。』喬一成頹然倒在自家的床上，『由他去吧。況且，南方也應該不是那樣的人吧。』

『然而人……』喬一成想，『人是會變的，並且最善變。』

喬一成把自個兒的日子真的過成了一團亂麻。

未等他把這亂麻稍理出一點點的頭緒，南方真的回到了南京。

二〇〇二年年初，南方便接到了新的任務，真的升了。

這一年的年三十，南方走訪低保戶，喬一成也在臺裡值班，兩個人都弄到凌晨才回到項家小院裡，孫阿姨死活幫他們弄了一桌子的新鮮菜色，一定要叫他們小夫妻倆吃一頓團圓飯。

兩人吃著吃著，便聽見窗外細微的簌簌聲。

落雪了。

南方的雪，每每下起來也不成個氣候，細小單薄的雪花夾雜著凍雨，啪啪地打著窗玻璃。

南方走到窗邊去看，回頭對喬一成說：「這一下雪，又得要忙起來了，要是下像九六年冬天那樣的一場大雪，一些低保戶的房子可就危險了，這年，我們也別想過好了。」

喬一成看著項南方。

這兩年，南方比婚前略豐腴了一些，眉眼沒有太大的改變，氣質卻越見沉穩大氣。

喬一成忽地覺得一股子話自肺腑裡熱熱地衝出來，直衝到嗓子眼，衝得他眼眶也溫熱起來，喬一成衝口說：「南方，我們生個孩子吧。」

這時，南方的手機忽地響了，她急急地接了電話，說了足有半小時，掛斷電話後南方問一成：「你剛才說什麼？」

一成說：「算了，過了年再說吧。」

誰知南方的一句無心之語竟然成了真，在大年初一這一天，雪便大了起來，到了初一的下午，那雪花大得宛若小嬰兒的手掌，看那勢頭，一時半會兒是停不了了。

天地一下子變成白茫茫的一片，地上積了厚厚的雪，一些老樹的枯枝受不住那雪的重壓，斷裂了，民居也有被壓塌了房頂的。

因為年前天氣一直很好，這雪來得實在是突然，交通、民生全受了重大影響，南方與一成都大忙起來，直忙到初八，天完全放了晴，才算是鬆了一口氣。

南方與一成都突然瘦下去好多，面色疲憊，嘴角與眼角都耷拉著，一成臉上的法令紋都深了許多。南方受了寒涼感冒了，又過給了一成，兩個人都發起燒來，並排躺在床上，摸著對方身上瘦得突出來的肋骨，都有著說不出的勞累感。

就這麼，過了一個年。

立春一過，出現了這座城市特有的倒春寒天氣，大堆被掃起的雪堆在路邊，上了凍，落了髒，呈一種灰黑色，烏突突的，破壞了早春該有的清麗。

對喬一成而言這真是一個糟心的春天。

對喬四美而言，這簡直就是一個黑色的春天。

戚成鋼的老毛病又犯了。

這一次，可犯出事來了！

戚成鋼跟朋友合夥搞的那間小書店生意一直還算不錯，掙不了大錢但也不缺錢了，四美倒也挺知足。

他們的女兒戚巧巧也滿地跑了，小姑娘越大越漂亮，爺爺、奶奶簡直愛得不知怎麼是好，恨不能四隻眼睛就長在她的身上，兩個老人包辦了孩子的吃喝拉撒，喬四美這個媽媽當得清閒得不得了，戚成鋼更是成了家裡的甩手掌櫃，每回見到女兒最重要的事不過是把小姑娘抱起來向上拋，再接住，惹得小姑娘尖聲地又叫又笑，連口水都笑出來，滴在爸爸的頭髮上。

戚成鋼的那間小書店半年多以前請了一個安徽來的小姑娘看店，那女孩子原本是到南京來做小保姆的，可是幹了沒三個月倒換了三、四戶人家，直說侍候人的事真不是人做的，再也不想幹了，在勞動力市場找活幹的時候，碰上了正去那裡找夥計的戚成鋼。

戚成鋼看這女孩子伶牙俐齒的，生得也乾淨，也不是瘦弱到不能搬東搬西，覺得挺合適，便把她帶回來了。

女孩子叫孟桂芝，人果然伶俐得很，自她來了之後，店裡的銷售額也增長了一些，店面也被她打理得清爽了許多。這孩子也頗有些小聰明，說是看到有不少的學生來店裡，不買書光看書，把好多書都磨得捲了邊，便提議不如闢出一、兩個書架來租書給他們看，錢也別收貴了，多少是一項進項。

戚成鋼跟朋友一合計照辦了，果然效果很不錯，戚成鋼一高興，說是要給桂芝漲一點薪水，可是桂芝竟然說不要，說如果戚大哥真的有心要照顧她的話，不如把店後頭那巴掌大的一個小退步讓她住，她也省了一筆租房的錢。

那小書店的最後面原先有一個小隔間，是用來堆貨的，不知什麼時候被孟桂芝收拾出了巴掌大的一塊空地，戚成鋼過去看了，正好放下一張行軍床和一個小床頭櫃。

戚成鋼尚有些猶豫，說：「妳一個姑娘家一個人住在這裡，實在有一點不安全吧。」

孟桂芝滿臉含笑，利俐落落地說：「不要緊的成鋼哥，反正晚上店要落下鐵門的，我從小膽子大，不怕的。」

孟桂芝果真在這巴掌大的地方住了下來，自住下後，她對戚成鋼更加地親熱起來，人前人後成鋼哥、成鋼哥地叫個不住，一個青春飽滿的女孩子一聲聲地叫著自己「哥」，叫戚成鋼通體舒服。

前些年的事在他的記憶裡還有些淡薄的影子，在他滿心熱呼呼的時候，那稀薄的影子便飄出來，鬼魂似的，戚成鋼並不怕，那鬼影不過是銀幕上的鬼，傷不到人的，然而，多少總還是有一點嚇人的效果。

『麻煩哪。』戚成鋼想。

孟桂芝卻並不瞭解戚成鋼的心思，也不知從什麼時候起，她一見到戚成鋼便笑模笑樣的，自己都管不住自己的眉眼。這個把她從勞動力市場一堆鄉下女孩子中拔蘿蔔似的拔出來的男人實在是英俊，是她眼前耀著的一團陽光，她喜歡看見他，喜歡聞到他身上的味道，他大大咧咧的，也時常與她開個小玩笑，討一點嘴頭上的便宜，歡歡喜喜的樣子，像她中學的同學，那些年輕的熱氣騰騰的男生們，卻又比那些男生懂得溫柔與體貼。

他常幫她一起搬那死沉死沉的一堆堆的書，從她的手裡搶過書去，手指從她的手背上蹭過，一種隱蔽的接觸，飛快地，像某種小蟲的觸鬚，讓人心裡莫名地癢起來。他會幫她買一點小零食，偷塞到她手裡，好像在說，只有妳的，沒有別人的。那種孩子氣的親密，叫孟桂芝在暗夜裡一個人回味了許久許久。

那天，下了一天的雨，戚成鋼傍晚的時候過來說，「今晚早一點關門吧，這個天氣也不會有什麼生意。」，說完了，卻待在店裡沒有走，笑咪咪地說想看看桂芝的「小閨房」。

孟桂芝被他這種說法逗樂了，鬼使神差似的，就在他高捲了袖子裸著的胳膊上「啪」地打了一掌，說他亂講。

可還是把他讓進了那塊巴掌大的地方，戚成鋼高大的身架把那塊小空間一下子撐得滿當當的，他笑哈哈地說：「喲，妳居然還塞了一個簡易的衣櫃在這裡，我可要瞧瞧裡面有什麼時髦的衣裳。」

說著就拉開了那塑膠的衣櫃前面的拉鍊，迎面便看到掛著的一個粉色的胸罩。戚成鋼輕輕地「呀」了一聲，把拉鍊重又拉上，一個轉身，正與進來的孟桂芝撞在了一處，兩個人錯身你讓我、我讓你，卻如同書裡說的，「黃鷹抓住鷂子的腳——兩個人都『扣了環』了」。

戚成鋼見沒有讓開，忽地伸出手指頭，在孟桂芝腦門上彈了一記，孟桂芝一下子紅了臉。

這一晚，孟桂芝覺得，這小小的空間裡，全是戚成鋼身上的氣味，這氣味凝成了實體，徘徊在孟桂芝周圍。

自這一天之後，孟桂芝看戚成鋼的眼神完全地變了樣子，看得戚成鋼身上一層熱浪一層細毛。戚成鋼不是不快活的，然而他還是有一點惴惴的。

『麻煩了、麻煩了。』他快活又不安地想。

第八章

人這一輩子，真難說，
好事可以變壞事，壞事也可以變好事，
好好壞壞，壞壞好好，
人就長大了，就老了，小一輩的也慢慢上來了。

1

喬一成再一次見到那個曾在鄉下見過的男人，是在南方回城工作的三個月以後。聽說某個謠言與親眼看見謠言中傳播的情景在眼前上演，完全是兩碼事。

喬一成可以肯定那男人在追求南方，如果那樣的眼神、那樣的舉止還不叫追求，喬一成便不知道該如何定義這樣的行為了。儘管他自己並沒有用這樣的態度來追求過一個女人，但是有句話怎麼說來著，喬一成想，只有女人才瞭解女人，那也只有男人才真正瞭解男人了。

這一天喬一成純粹是無意地路過南方的單位，他和製片一起與公安局的人一起吃晚飯，他們的車路過南方所在的市政府辦公大樓，喬一成微微有一點喝得多了，突然想到南方這些天來一直加班到挺晚，便請司機停了車，想接南方一起下班。

然後他就看見，南方從那男人的車裡出來，與那男人握手，在路燈的陰影裡，那男人將雙手交握在南方伸過去的手上，低低地說著什麼。

喬一成看見南方掙了一掙，沒有掙脫。

一成看不清南方臉上的表情，但是從南方的姿態上，他可以看得出，南方並不喜歡那樣的一種親近。

然而，喬一成想，南方也並沒有用一種完全拒絕的姿態來對待那個男人。

那麼要他怎麼說呢？叫他做丈夫的對做妻子的南方說，小心那男人，他也許不過是想利用她，他不過是衝著她的家勢地位，他是有所圖的？喬一成覺得，這種說法太諷刺了，用在他這樣一個身無長物，攀了高枝的人身上倒是恰如其分。

喬一成覺得剛才喝下去的酒突突地往上湧，實在忍不住，吐了出來。

第一口吐出來以後，喬一成突然有一種惡作劇的報復快感。他故意把汙物一口一口全吐在市政府四周這一片齊整優雅的植物上面。

這些矮冬青，這些常春藤，因為生在市政府的門前，顯得格外茁壯，連葉片都是鮮亮的，它們紮根在這裡，彷彿幾百年來這裡就是它們的地盤，它們生氣勃勃，耀武揚威，把衣著普通的過路人、把塵土滿面的市井小民遠遠、嚴嚴地隔離在那明朝建築的辦公樓之外，彷彿它們就是那不說話也不挪地兒的看家狗。

喬一成把胃裡的東西吐了個乾淨，抬起腿來，狠狠地踢在那些矮而齊整的植物上，踢得那些葉子簌簌地落。

「呸！」喬一成一口啐出去，轉身，一路走回自己的那一小套屋子，倒頭大睡了一覺，沒有聽到手機鈴聲。

隔天，等他接到南方的電話時，喬一成若無其事地回答南方：「昨晚我加班太晚了，又跟市局的人在一起多喝了一點，實在睏得不想回去了，睡過去了，不知道妳打電話過來，對不起啊。」

事實不完全是這樣，可也差不多是這樣。

『婚姻啊。』喬一成想，『不過是一點真、一點假。』

這件事之後沒多久，南方又有了一次出國考察的機會，一走就是三個多月。

南方在國外打電話過來時，喬一成每每囑咐她：「記得衣服多穿一點，記得吃胃藥，食物再不合胃口也要吃飽，多喝水，少喝些飲料，多拍些照片回來，就當是我也去了一趟歐洲十國，呵呵。」

南方也在電話裡囑咐他：『記得別天天熬夜，記得有空回爸媽那邊喝孫姨的湯，雨季快來了，記得把衣服、被子曬一曬。』

在距離遙遠的時候，南方於一成，是妻子，是一個屬於家的符號，妥帖地安放在喬一成心裡，每一回他把手捂在心口時，還是感受得到它突突的跳動。

然而，距離近的時候，喬一成不知道把項南方放在哪裡，也不知道把自己以一個什麼樣的姿態放在南方面前。

在距離近的時候，南方於一成，一直是項南方。

喬一成自覺是一片燒過的灰燼，溫度還有，火星暗藏，只是失去了再次燃燒起來的力量。

但是，他不得不再燒上一把火，因為他的小妹妹又出問題了。

四美打了電話來，在電話裡哭得幾乎背過氣去，喬一成聽了半天也沒弄清楚到底是什麼事情，只聽得四美一聲一聲地說：『大哥，我活不成了。大哥，我不想活了。』

喬一成趕回老屋去，三麗與二強已經在那裡了，喬老頭子意外地也在，端了杯茶呼呼地喝出一片聲響。

喬一成在堂屋的椅子上坐下來，那把椅子「吱」地響了一聲，真是有年頭的椅子了，那扶手把光滑得有皮膚的質感了。

喬一成也不說話，就坐在那靜靜地等喬四美哭完。

三麗拍著四美的背：「妳別緊著哭，妳說話，妳把事情的前前後後說出來，說給大哥聽，說給我們聽，我們總會替妳想個辦法出來，哭有個什麼用？」

四美慢慢地收了哭聲。

喬四美發現了戚成鋼與孟桂芝的私情，不是因為她發現了什麼蛛絲馬跡，順藤摸瓜進而知道一切，而是因為，孟家人鬧上門來了。

孟桂芝懷了孩子。

戚成鋼的。

喬四美呆若木雞，有那麼一瞬間，她完全聽不懂這一群人在她面前說的是什麼。

孟桂芝與戚成鋼之間的那一層窗戶紙，蒙了有些日子了，戚成鋼始終沒有捅破它，孟桂芝有一點搞不清他的意思了，若說他無意吧，他又是那麼曖曖昧昧的，得了空便挨挨擦擦，若說他真的有心吧，他又似乎總在門邊徘徊，進一步又退一步的。

如果不是那一場夏夜的豪雨，孟桂芝真不知道這個英俊的、她熱心熱肺地喜歡上的男人要跟她耗到哪一天去。

那天的雨真大得嚇人，嘩嘩地從天上倒將下來，戚成鋼被阻在了小書店裡，一切就這樣發生了。

戚成鋼與孟桂芝一同擠在那窄小的單人床上，兩個人濕呼呼的身子貼在一起，貼出了一點相依為命的意思來。孟桂芝喜歡這種意思，她往戚成鋼懷裡又拱了一拱，彷彿要鑽進他的身體裡才滿意。

戚成鋼呼出一口氣，心裡有一點鄙夷又有一點鬆快，孟桂芝並不是姑娘了，這似乎省了一點麻煩。

等雨略小一些，戚成鋼堅持回家了，喬四美迷糊著起床幫他弄洗澡水，戚成鋼忽地覺得自己挺不是個東西的，暗下了決定，這件事，決沒有第二回了。

但是，也不容他說了算了。

因為孟桂芝告訴他，她懷孕了。

她拉了他的手，按在她依然平平的肚子上，說：「我幫你生個兒子吧。不過，你可以慢慢地跟你老婆說明白，我總是等你的，會一直等。」

戚成鋼幾乎又要拔腿逃開了，不過，這一次，不是他從西藏逃回南京這麼簡單了。

孟桂芝家人找上門來了，他們說，孟桂芝還不滿十八歲，還差一個月。

戚成鋼大吃一驚，結結巴巴地說：「她、她……她跟我說她二十二，她、她身分證上也、也是二十二。」

孟桂芝的爸爸是一個粗壯的男人，看起來極老相，戚成鋼不知道，孟家爸爸其實只比他大幾歲。

孟桂芝爸說：「那個身分證是假的，不信我們看戶口本子。」

孟家人提出來要孟桂芝把孩子做掉，並且要求戚成鋼賠一筆錢。

喬四美在木木地聽完孟家人冗長而繁複的敘述與要求之後，終於醒過神來，跳著腳，從小廚房裡抓了把菜刀出來，歇斯底里地哭叫著，把孟家人和戚成鋼都趕走了。

孟家人說了，如果不拿出錢來，就到法院告戚成鋼強姦，叫他吃牢飯。

孟桂芝後來也趕到了喬家小院來，神情哀怨而堅決，雙手虛虛地護著小肚子，說是一定要把小孩生下來，「我是愛戚成鋼的，他也愛我，這是我們愛情的結晶。我要生下來。」

這個女孩子站在那破敗的老舊的小院中，那破敗與老舊忽地成了她的背景，她好似是一齣戲裡苦情忠貞、命運多舛的女主角，她好像也意識到了這一點，圓臉上浮現出微微的做作笑意來。

喬四美意想不到的是，孟桂芝的苦情戲是被喬老頭子打斷的。他跳起來，「呸呸呸」地吐著，啪啪地打著自己的老臉，用一個極其下流的名詞來稱呼孟桂芝並叫道：「好不要臉！好不要臉！」

四周全是趕來看熱鬧的鄰居，人群裡發出了一陣哄笑聲，這哄笑聲打破了孟桂芝幫自己營造那浪漫而悲情的戲劇氛圍，她被孟家人唆使著，從喬家老屋裡退了出去。

喬一成聽著喬四美斷斷續續的敘述，料不到他們在把他這個大哥找來之前已經鬧了這樣一場戲，喬一成氣得嘴唇都麻了。

他什麼也沒說，看著喬四美，心裡忽地一驚，他不知道四美是什麼時候變成這副樣子了，她臉上還有沒有卸乾淨的妝，遮不住的衰敗顏色斑駁地透了出來，他又看著那把四美拿出來就忘了放回廚房去的菜刀，忽地操起刀來就往門外走。

三麗嚇得魂飛魄散，一下子抱住他的腰：「大哥、大哥，你要去哪？」

「大哥？」四美也嚇愣了，也上來抱住喬一成。

喬一成說：「妳攔著我幹什麼？我出頭替妳把那個死不悔改的男人給砍了，我犯罪，我坐牢，免得妳因為自己當初的糊塗搭上一輩子。」

三麗哭得都岔了聲：「大哥、大哥。」

喬一成心裡的那股子怒氣也不知是衝著戚成鋼還是衝著喬四美抑或是衝著別的什麼人，這怒氣叫他力大無窮，一下子把兩個哭天搶地的妹妹甩在一邊，衝出門去。

二強蹲在院子裡，看到衝出來的喬一成，慢慢地站了起來。

「我陪你一起去，大哥，咱們兩兄弟一起犯法坐牢去。」二強說。

喬一成愣了。

三麗趁機奪走了喬一成手裡的菜刀：「大哥，你不值得為這種人搭上自己的前途和幸福啊！」

『幸福，啊、幸福？』喬一成想，原來他疼愛的妹妹還一直堅信他是有幸福的。

「孟家人還堅持著要賠錢。」喬四美說。

這時，他們兄妹幾個總算是都回了屋子，關上了屋門。

「我是不會借錢給他，喬三麗、喬二強你們聽好了，也不許借錢給戚成鋼！」喬一成說。

喬四美淚花花的眼睛望著喬一成：「那……那戚成鋼就要坐牢了。」

「那就讓他坐牢吧。坐回牢，學回乖，陰曹地府那翻花滾開的油鍋裡過上一次，去去他身上的那股子邪氣。」

喬一成說完，走了。

喬三麗留下來陪著喬四美。

四美一直在哭，哭著訴著，聲音裡充滿了委屈與驚恐，還有更多的不能置信和想不通。

「他怎麼能這樣對我？」她尖叫，「啊？妳說他怎麼能這樣對我！我對他巴心巴肝，他要我的命我都捨得給！」

哭著哭著，四美又滾著熱淚唱將起來：「最愛你的人是我，你怎麼捨得我難過。」

三麗在一旁冷笑，她的小妹妹依然這樣天真而戲劇化。

三麗把四美的腦袋扶住不叫她亂晃，咬著牙說：「我來告訴妳他怎麼捨得妳難過。」

「因為不愛，所以捨得。」

「世上還有什麼事比這碼子事更簡單？妳怎麼就瞎了眼看不出來？他要是愛妳，妳的命比他自己的命都值錢，他要不愛妳，他要妳的命做什麼？有誰肯白擔一個人命官司？」

「他怎麼能這樣對妳？」

「簡單得很，因為他不愛妳！離婚吧四美！」

四美傻呼呼地瞪大了眼睛看著姊姊近在咫尺的臉，心裡的痛更升上來，她覺得自己是在把自己的一顆心按在一叢荊棘上，激痛中竟然也生出兩分快意來。

四美說：「我不離，死也不離！戚成鋼！他這輩子別想甩掉我，我就跟他耗上了，看誰耗得過誰！」

2

喬四美說她絕不跟戚成鋼離婚。

死都不離！

這點戚成鋼與他一家人都是極同意的。

戚成鋼倒也從未想過與喬四美離婚，正如他當初從未想過與四美結婚一樣。

他只是一直、一直都很迷惑不解，結婚這檔子事，在他的心目中曾經一直很遙遠，他熱愛女人，豐美溫熱的女人的身體，是他極迷醉的。他也愛與她們打情罵俏，眉目傳意，約會逛街，在黑暗的電影院裡溫柔而緊張地親熱，直到最終把她們抱在懷裡，所有這些，就是戚成鋼心底裡有關愛情的一切。

關於結婚，『啊、結婚，』戚成鋼想，『這件事以後再想。』

然而容不得他再想，喬四美風塵僕僕，倔頭倔腦地出現在他的面前，把婚姻「唰」的一下推到他的面前，好像是她拉著他，「咚」的一聲跳進了一個深坑，從來也沒有人肯坐下來聽一聽他說，要還是不要這樣一個深坑。

『不過結了，也就這樣了。』戚成鋼想。離婚是一件多麼麻煩的事情，要調解，要單位或是街道證明，要財產分割，要爭子女的撫養權，要從住慣了的地方搬出去，要把那已成形的一切「啪」地打破，然後，最重要的是，還要重新來過。然後，人生就這麼過去了大半，戚成鋼只是略想一想便覺腦袋大如斗、重如鐵了。

但是孟桂芝要結婚，她被她家人鎖在家裡，可還是想法子跑了出來，找到戚成鋼，面上是她父親抽耳刮子留下的青紫痕，這個年輕的女孩子像突然脫了水的果子，還有鮮豔的色彩與甜美的氣味，可是乾巴了，連個頭似乎也縮小了些。

她捧著已經顯了懷的肚子站在戚成鋼的面前，哀怨倔強地請求戚成鋼跟喬四美離婚，跟她結婚。翻來覆去就這麼兩句話，說得多了，嘴唇都乾了，她就坐在一邊一言不發。

戚成鋼不敢答她也不敢拉她起來，他不明白為什麼女人都這麼想結婚，這樣不顧一切地想跟一個男人過一輩子那樣長的時間。

到最後，戚成鋼沒法子了，便說：「離婚怕是不可能的，我家裡人，我父母，都不答應。」

他這話也並沒有說錯，戚家老兩口堅決不同意兒子與兒媳離婚，說：「四美是個好媳婦，也沒做錯事，憑什麼給那個鄉下丫頭讓道？再說，巧巧也只有四美這一個媽，其他人是不成的。」

四美看公婆都向著自己，心裡略略好受一些，對勸自己的姊姊三麗說：「姊，我是不打算離婚的，妳別勸了。世上都是勸合不勸離，哪有親姊姊巴望著妹妹離婚的！」

三麗聽了氣得臉都青了，憤然離去，放言說再也不管喬四美的事了，要是再管，就讓自己出門給車撞！

四美看三麗氣得眉眼挪位，又連忙趕過來拉姊姊，三麗扭掙著不讓她拉著，姊妹倆都跌跌撞撞的。

四美哭得眼淚一把、鼻涕一把，連聲說：「姊、姊，妳說我要是離了，我怎麼辦？」

三麗說：「怎麼辦？涼拌，離婚自己一個人帶著孩子過的女人多了，哪一個像妳這樣沒有骨氣？」

四美還是哭：「她們是跟老公感情破裂了，心死了。」

三麗氣得倒笑起來：「妳覺得妳跟戚成鋼的感情還沒有破裂嗎？」

四美一時沒有答話，呆愣愣地看著電視，為了遮掩說話聲，四美一直把電視開著，聲音還放得山響。

螢幕上正在放一個明星的廣告，告訴人家那飲料如何如何地好，喝了以後彷彿人生都變得光明幸福了。

二十年前，一個老牌的電影明星在電視裡做了三十多秒的胃藥廣告，遭到全國人民非議；二十年後，如果哪個影視明星從不曾做過廣告，那就只能說明他或是她在娛樂界連「混了個臉熟」的程度都沒有達到。

時間時常會用一種冷幽默的姿態主宰著人們的日子，讓人偶爾想起來，慨嘆不已，哭笑不得。

歡快的音樂聲充滿著整間堂屋，姊妹倆木頭人似的站著，聽著電視裡的一切聲響，看著那晃動變換的光影，一時間好像把什麼都忘記了。

四美低聲地說：「姊，我的心，還沒死呢。」

三麗慢慢地點頭：「我曉得了，那妳放手，我回去了。」

四美含了一泡眼淚，人也貼過來，幾乎要伏到三麗的身上，問：「姊，那妳還來看我嗎？」

三麗笑笑說：「不來了，從今後，各人顧各人吧。」

戚成鋼的麻煩遠遠沒有完，孟家人一定要戚成鋼拿出一筆錢來作為賠償。孟桂芝肚子眼看著大起來，再不做手術，孩子真的要生出來了。「到那個時候，」孟家人說，「戚成鋼不僅僅是賠一筆錢這麼簡單了，他是必須要養孟桂芝母子一輩子的，不然就一拍兩散，大家都不要好過，你家裡不也有個小丫頭嗎？你信不信我們橫下一條心來弄死她？」

戚家老兩口嚇壞了，連夜帶著戚巧巧躲到親戚家去了。

連著幾天躲在父母家不敢見四美的戚成鋼終於出現在四美的面前。

戚成鋼說：「四美，我們怎麼辦？」

四美幾乎是咬牙切齒地：「什麼我們？誰跟你是我們，是你自己犯的事！你自己想辦法弄錢來賠他們！我是沒有錢的，那存的一點錢是女兒的，存著給她將來擇校交贊助的，誰都不能動，你要敢打那個錢的主意我跟你拚命！」

戚成鋼忽地上前拉住四美的胳膊，四美掙扎著，戚成鋼把她抱住，額頭抵著她的頭頂：「四美，妳救救我，他們說了，拿不出錢來就要給我放血，四美……」

他明亮的大眼睛忽閃著看著四美，好像他不是她的丈夫，而不過是她一個犯了錯的兒子，一聲一聲地叫著四美，額角的青筋暴起來，突突地跳著，一頭的熱汗，順著臉頰流下來，於是他聳了肩去蹭。

四美絕望地想，這是沒有辦法的事，她是愛著他的，這真沒有辦法啊。

喬一成這一天下班以後，剛出電視臺的門，就被小妹妹喬四美攔住了，一成把她帶到離電視臺不遠的一家咖啡店裡坐下來，四美也不拐彎抹角，劈頭就說：「大哥，借我一點錢。」

喬一成沒有作聲，就那麼看著四美，看得四美覺得渾身涼冰冰的。

四美只低著頭，她覺得只要再看一眼大哥那種冰涼的眼神便會連舌頭都凍上，半個字也說不出來：「大哥你要幫我，你一定要幫我，咱家除了你沒人能幫我也沒人肯幫我，我姊是恨透了我說我不爭氣，連看也不想再看我，二哥是沒有那個能力的，大哥，除了你，除了你……」

四美嗚咽起來。

喬一成頓也不打一個地說：「我不會借給妳的。戚成鋼自作自受，他要還有一點男人的樣子就叫他自己賠錢，賣血也好哪怕賣腎，不要再把所有的責任叫老婆背著，丟盡了天下男人的臉！」

四美這一次到底沒有跟大哥借到錢。

孟家實在是獅子大開口，說要二十萬。

喬四美給他們回了話：「那麼多錢，我們家沒有，也沒地方借，你們乾脆把我和戚成鋼一道殺了吧。」

四美原本是賭了一賭，賭的就是孟家人不敢真動人、傷人性命，誰知鬧到後來，孟家的遠親又來了一堆人，都是些精壯的半大小子，四美與戚成鋼真嚇壞了。

孟桂芝肚裡的孩子再也拖不得了，她被家人押到醫院裡做了引產手術。

那是個男娃娃，當然是死的，然而手指已成了形，血肉模糊中，細小的手掌張開，似乎要抓著一點什麼。

千不該、萬不該，孟桂芝偷著看了一眼。

她尖叫一聲。

孟桂芝沒有瘋，只是不肯說半句話，醫生說像是抑鬱症。

這個古怪、陌生、可怕的名字完全激怒了孟家人，他們真的對戚成鋼動了手。

戚成鋼被一棍子打在腦門上，一臉的血，他就那麼跑了半條街然後跌在一個泥坑裡。

有人報了警，戚成鋼好歹保住了一條命。

喬四美衝到喬一成家裡，那一天，正是南方從歐洲回來的日子。

喬四美不管不顧地說：「喬一成，你稱心了吧。戚成鋼自作自受了，快要活不成了。

你滿意了吧？」

南方被四美的樣子嚇了一跳，忙問什麼事。

然而一成不肯說。

在一片靜默裡，喬四美忽地也意識到自己的不妥來，她覺得自己站在喬一成這間整潔的、滿是書香的屋子裡，對面站著的是衣著雅致妥帖、神情端莊的項南方，自己簡直地就像一柄突兀的拖把，骯髒的、濕呼呼的，理應縮到牆角裡去。

喬四美從來沒有對自己這樣厭棄過。

等好不容易安慰好了喬四美，項南方把喬一成叫到一邊，問他為什麼家裡出了這些事他一點也沒告訴她。

喬一成用力搓搓臉皮，覺得嗓子眼裡乾燥得冒火似的，話語艱難：「都是些擺不上檯面的事情，不值當跟妳說起，妳有妳的正經事業。」

南方不知該如何回答喬一成，她看著他，看著看著，恍然間喬一成的身形都遠了起來。

『這個男人啊。』南方想，『他總是這樣，要劃出靈魂的一角，那一角從來沒有對著她裸呈過。』

南方說：「不說那個了，不是說要賠錢？家裡還有，拿得出來的，先準備好，我再找我的一些法律界的朋友們諮詢一下。」

沒有等她說完，喬一成便打斷：「不用。錢我自己有，千萬不要找人問情況，對妳的名聲不好。」

南方說：「這有什麼，怎麼會有不好的名聲？」

喬一成停了一歇說：「或許人家背後會議論妳，本人哪裡都好，只是嫁得不好。」

南方愣住了。

隔了一天，喬一成約了四美出去，交給她一張銀行卡。

「不要犯傻，找個時間跟孟家人坐下來談清楚，不要人家要多少就給多少，他們不是也把人打傷了嗎？這種事，也是可以告他一個蓄意傷害的。」

四美真的像一個傻丫頭，抓了一成的手說：「大哥，談也還是要求你幫我跟他們談，我是沒那個本事的。哥，我曉得，我曉得你從小就不喜歡我，嫌我沒有出息，可是……」

喬一成揮揮手：「不必說這些。」

最後他們與孟家人達成共識，互不追究，戚成鋼賠孟桂芝八萬元，從此各不相干。

等事情終於平息後，喬一成對喬四美說了一句話：「借給妳的錢，是要還的。叫戚成鋼還給我，三年。還不出來別怪我不念著親情倫理。」

四美連連點頭：「會的、會的，大哥，他改了，大哥，他說他這次真的改了。吃了這麼大的苦頭，還不改嗎？你放心吧大哥，錢我們一定還。」

「放心？」喬一成笑了，「我有什麼好不放心的，你們也不是小毛孩子了，自己對自己的事負責。他又不姓喬，我管他不過是看妳面子，妳無論如何都是我一母所生的妹妹。不過妳呢？妳要硬在這攤爛泥裡打滾也由得妳。反正媽死得早，看不見她女兒自輕自賤。我呢，我也不欠你們的，記得還錢就行。」

為什麼不呢？喬一成覺得心裡宛如數九寒冬喝了杯冰水，透涼的，憑什麼白給他們錢？這樣滴滴答答的一大家子，他喬一成只不過是一床窄小緊巴的棉被，蓋住了頭，蓋不住腳。

南方打了個電話給喬一成，說要跟他好好地談一談。

卻沒有談成。她開了一晚上的會。

南方又升了。

3

在喬一成三十八年的人生裡，再沒有比一九七七年與二〇〇三年更慘澹的記憶了。

一九七七年他失去了母親，那個在他生命裡與他靠得最近，最讓他牽掛與熱愛的女人。在那短暫的一年裡，他由一個孩子一下子長成了一個男人，那是一種極其痛苦的成長，他不得不褪去身上的保護殼，然後被生活磨礪得鮮血淋漓。

一晃眼，二十六年過去了，喬一成身上又長出了新的殼，這殼一天比一天結實堅固起來。

喬一成幾乎是沒有朋友的，宋清遠算得上一個，可是喬一成常覺得，甚至連宋清遠也不能完全地瞭解他。因為宋清遠總說他老是有一點端著，渾身散發出生人勿近的氣息，固然是隔絕了可能的傷害，也隔絕了可能的關懷。

一成與南方的僵化關係讓宋清遠對喬一成很是不滿，當著面指著喬一成的鼻子罵過他兩次，說他太作了，有好日子不懂得好好過。話是不好聽，可是喬一成並不怪宋清遠。

『因為他不懂。』喬一成想，『懂得才會慈悲，不懂，自然是要刻薄一點的。』

宋清遠大大地「呸」他一聲：「你成天冷著個死人臉，叫哪個能懂你，你弄個殼把自己罩起來，誰能真正懂得你？」

喬一成嘆一聲：「老宋，你以為我為什麼要背著個殼？因為我生來是隻蝸牛，老天給我一個殼，自有他的道理，不要也不行的。」

宋清遠無語了。

喬一成與項南方，幾乎是半分居的狀態。他們並沒有爭吵過，可是，不吵並不是一種幸福的狀態。

喬一成來不及想著他自己的難題了，家裡的弟弟、妹妹們接二連三地出了事。

四美賠了孟桂芝一筆錢之後，跟戚成鋼繼續過著日子，因為這事，三麗跟四美幾乎斷了來往。

二強的繼子智勇中考，成績出來，距省重點高中的分數只差了兩分。若是要上這個學校也不是不可以，需得交五萬塊錢，夫妻倆人犯了難。

這兩年他們也存了些錢，可是還差得遠。

智勇二話不說，自己理了行李鋪蓋，打算到第二志願的一所普通中學去報名。馬素芹也同意了。

二強也不知哪裡得了一點消息，背地裡跟馬素芹商量，說是那所學校這兩年校風不大好，升學率也低，二強跟馬素芹說：「智勇成績一直不錯，到了那裡，說不定會退步，到時候考不上好大學，一輩子就糟蹋了。」

馬素芹嘆一口氣說：「不要緊的，好學校也有壞學生，壞學校也會出好學生。」

二強傻笑了一聲，接著又說：「問題是，我聽說那學校，男娃與女娃小小年紀就談戀愛，弄大肚子的都有，我就怕，一不小心，我們早早地當上了爺爺、奶奶可怎麼好？我的那個寄養在姨媽家的小弟弟妳知道吧？他就是十八歲跟人家小姑娘有了孩子，當時鬧騰得差一點出人命。」

馬素芹被他說得也擔心起來，可是，錢是個大問題，二強知道喬一成剛借錢給四美，不好再朝他開口，可是夫妻倆盤算來盤算去，也想不起周圍還有什麼親朋願意借給他們這筆錢。

最後，二強咬咬牙：「我去找三麗吧。」

三麗借了二強兩萬元。

二強和馬素芹陪著智勇一起去省重點報了名。

這一天的晚上，二強睡不著，天太熱，他們的屋子沒裝空調，智勇住的封閉陽臺更是熱得如同一個蒸籠，這兩天這半大小子一直在二強他們的臥室裡打著地鋪。

二強摸黑到廚房裡喝了一大杯涼水，坐地瓷磚地上，似乎要涼快些。

二強搓著臉，想著他那本一下子只剩了百十來塊錢的存摺和他屁股後頭新拖上的一筆債。

有人窸窸窣窣地摸了進來，蹲在了身邊，朝他的懷裡塞了個長條的東西。是智勇。

智勇說：「我打工的錢買的一條菸。給你的。」

二強慢慢地摸索著拆開，拿出一包，點上一支，黑暗裡亮起一點紅光，忽明忽滅。

「好菸！」二強說。

智勇低低地短促地笑了一聲：「紅南京呢。」

二強也笑了一聲：「我的個娘哎，你真捨得！」

隔了好一會兒，智勇說：「你曉不曉得昨天我跟我媽到哪裡去了？」

昨天早上這母子倆出去了一趟，也沒跟二強說去幹嘛了，神神祕祕的。

智勇接著說：「媽說過兩天等你生日的時候再告訴你，讓你高興一下。喏，我先跟你講了吧。」

「哦。」二強應了一聲。

「我媽帶我去申請改姓了，以後我跟著你姓喬。」智勇說，「以後，我孝順你。我給你養老。」

智勇趿著拖鞋撲踏撲踏地出去了。

二強自在黑暗裡又坐了好一會兒，起身也睡去了。

九月開學，智勇住了校。

二強跟馬素芹一個在郵局，一個繼續開著那家小豆腐店。

一過了十月，日子便快得不像話。

一轉眼，到了二〇〇二年年底。快要過年了。

喬一成是在二〇〇三年元旦過後正式與項南方分居的。

南方提出來的，喬一成也覺得這樣是最好的法子。

他下不了離婚的決心，可是，他也找不到什麼突破口。

這樣也好，彼此都有時間與空間好好地思考一下，以後的路怎麼往下走。

喬一成對南方說：「要是妳遇上了什麼適合的人，千萬不要為難，明白地跟我說就行了。我不會耽誤妳的，南方，只要妳好。我已經耽誤妳這麼幾年了，其實，我的的確確是配不起妳的，南方。」

南方說：「事到如今，我也不能再說什麼你不要這樣想的話，但是有一點，你一定要相信，我們到現在這樣的狀況，絕不是我想著你配不上我，或者是我在外面有了別的什麼人。一成，別的不說，這一點自信我是有的，我還不至於是那樣的人，我的家庭、我所受的教育也容不得我有這樣的品行。」

喬一成說：「我那樣想過，求妳原諒我，南方。」

項南方把腳邊的一個箱子拖過來，裡面是她幫喬一成回項家小院收拾的一些東西。南方說：「這個箱子還是我們結婚的時候一起去挑的，當時我說太大了，上飛機不方便，你說大的好，實用，裝得多。你還記不記得？」

喬一成忽覺熱淚衝上眼眶，他想說一點什麼，然而南方沒有允許他說出來。這個男人，到底還是傷了她的心了，用一種並不尖銳的方式，傷害卻是同樣的。南方的臉冷了一冷，但還是說：「一成，就像你跟我說的，你也是，要是遇到什麼合適的人，儘管明白地跟我說，我也不會耽誤你。」

喬一成與妻子分居的第二天，請了假沒有去電視臺。這十來年，他還是頭一次這麼不想上班不想見人。

喬一成睡到十點多，是被一個電話吵醒的。

喬一成接了電話，裡面是三麗哭得不像話的聲音：『大哥，大哥你快來，一丁出了車禍了！』

喬一成跌跌撞撞地趕到全市最大最好的醫院。他覺得即便是戰爭時期，逃難的人也不見得比他更倉皇。

他那最不讓人操心的妹妹跟妹夫，怎麼就遭了這麼大的禍呢？喬一成簡直不明白老天爺是怎麼一回事。怎麼就看著兩個人好好地過日子那麼不順眼呢？

一到手術室門口，三麗便撲上來，死死地拉著他，像拉著救命的稻草。

「大哥，要是二丁有個三長兩短，我就跟他一起去。」三麗抬起淚眼決絕地說。

「胡說。」一成斥她，「妳還有兒子呢。」

三麗頭髮全散了，披在臉上，她也顧不得，三麗說：「我什麼也不要，我只要二丁好好地活著。癱了殘了都不要緊，我要二丁。」

「妳看，妳跟二丁這麼好，二丁不會死的。」一成摟著三麗，把心裡屬於自己的那一點疼痛逼到靈魂最不起眼的一角，這個時候，他顧不上那痛。

「人哪，一輩子難得把另一個人看進眼裡拔不出來，存在心裡無論如何也放不下。愛別離、怨長久，等二丁好了，你們也學個乖，以後有空也吵吵架、鬧鬧矛盾什麼的，省得神仙眷侶叫老天爺都妒忌。」一成勸著三麗。

三麗埋頭在一成的懷裡放聲大哭。

二丁的媽也趕到醫院來了，還有二丁的弟弟，二丁的爸自從早些年跌傷了腿一直就睡在床上再沒站起來過。

一丁媽說：「早上還好好的，一下子怎麼就這樣了呢？日子才好過一點啊！」

一丁在手術室裡搶救了六個小時終於被推了出來。命是保住了，人進了加護病房。

四美也來了，大家排了一下值班的順序。一成說頭一班他來值，一丁總要等第二天早上才可能醒，這一晚上醫生說了，不會有生命危險。他叫三麗回去休息一下，把孩子安排好，接下來的日子還長，三麗肯定是要吃一段時間的苦的。

三麗死活不肯走，還是四美把她拉起來了，叫著：「姊、姊，以後一丁還要靠妳照顧的，我陪妳回家一趟，也替他收拾一點住院用的東西。」

一丁媽說家裡老頭子也離不了人，也先走了。

四美把三麗的兒子接回了自己家，這是姊妹倆隔了這許久第一次見面說話。

三麗對四美說「謝謝」，四美說：「我再不爭氣總還是妳妹妹，我落難的時候也只有兄弟姊妹是靠得住的。妳跟我說謝幹什麼呢。」

王一丁是在第二天早上十一點多鐘醒的，醒的時候就看到趴在床頭的三麗，腫得像桃子一樣的眼睛，散著頭髮，胡亂地套著半舊的軍大衣。

這是他一向整潔、愛美、俐俐落落的三麗。

王一丁很想對三麗笑一下，不過沒有力氣。

一成、二強輪流值班，三麗乾脆住在病房，一刻也不肯離開，馬素芹天天做了飯送過來。戚成鋼也趕了來幫忙，看到一成，他的面上多少有一點慚慚的。

齊唯民和常星宇也過來看過幾次，齊唯民私底下給了三麗一個信封，說是他們兩口子的一點心意。

齊唯民說：「一家子親戚，也就不買什麼補品啦、水果什麼的，實用一點，一丁的醫療費想必也不少。」

齊唯民看看喬一成，很想告訴他，其實他的小弟弟喬七七這兩天也住在這同一家醫院裡。可是看著一成他們現在這樣子，到底還是沒有說。

喬七七的遊戲室被幾個流氓搗亂，都是些十七、八歲，二十啷當歲的半大小子，狂妄囂張，在那一條街一向橫行霸道。

七七被打傷了，斷了兩根肋骨，齊唯民把他送進了醫院。

楊鈴子並不在南京，她在兩年以前便去了上海，去那裡學習美容美髮，說是想學成了回南京來開美容院，有時週末回來。

七七受傷以前兩個人剛拌過一次嘴。因為七七跟鈴子說：「開美容院其實也挺不容易的，投資大，競爭也大，滿大街好多的美容院，好像蘑菇那樣多。」

鈴子不滿地說：「你就是個小男人，沒有魄力，守著那間小遊戲廳，一年能賺多少錢？還得給你阿哥分紅。」

七七從來就說不過鈴子的伶牙俐齒，一急就磕磕巴巴地：「那……那開店的錢……是我阿哥拿的呀……再說，再說阿哥從來沒有催過我要錢，以前有段時間生意不好，阿哥一分錢也不……不肯叫我還的。做人總……總是要講良心的，阿哥待我好……」

鈴子甩了長髮打斷他：「你就一輩子在你阿哥的翅膀底下躲著吧，我就看他能不能護你一輩子周全。我怎麼就跟了你這麼個沒有出息的人呢？你要真像上海小男人一樣的，把老婆侍候得像公主也就算了，其實你又做不到，恨不得我來侍候你像王子那樣呢。這麼多年了，飯也還是做不好，家務也還是做得不成個樣子，哎呀、你還會些什麼呀！」

鈴子說著說著便煩躁起來。

『一無是處的男人哪。』鈴子看著七七想著，『便是再好的相貌，看上十來年，也實在是夠了。』

鈴子真的開始覺得自己嫁錯了人。

整整兩個月，一成一邊工作一邊幫著三麗照顧一丁，人很快地把這兩年養起來的那一點肉全瘦了回去。

宋清遠看不過去，一輪到一成在臺裡值班便來替他。

一成跟宋清遠說：「人哪，生活給了你一個殼，不管殼裡頭你有多麼煎熬，殼總得要保持堅固的樣子來。」

4

一丁在醫院裡整整住了兩個月，終於出院回家了。

喬一成把三麗拉到一邊悄悄地問她：「錢還夠不夠用。」

這次，三麗幾乎用掉了這幾年全部的積蓄，為了照顧一丁，三麗買斷了工齡，工作沒了。

三麗說：「還可以應付得過來，一丁的爸爸做主，叫一丁的弟妹們也拿了一筆錢出來貼補醫療費，機修鋪那邊，一丁說打算再開，可是，我還想讓他多休息個一年半載。」

一成點點頭。

王一丁還是沒有能像三麗說的，在家休息一段日子。

一個月以後，他就重開了機修鋪。三麗也拗不過他，可死活找了一個退休的老師傅幫手，叫一丁只做半天工。花費是大了一點，可是三麗說這樣她才能放心，不然索性關了店不做生意，一丁也就答應了。

二〇〇三年三月開始，一個奇怪的名詞闖入人們的生活——非典型性肺炎，簡稱非典[4]。

其實頭一年年底就傳在廣東有這種離奇的病了，忙於生計的市井小民們起先不以為意，生命裡那些濃墨重彩的事似乎都與他們無關，除非那事情響雷一般落在他們的頭頂上，否則，生活便要照舊地過，日子也還要照舊地熬，飯照舊要吃，酒照舊要灌，架照舊要吵，雞毛蒜皮依然是生命的主題。

四月份，北京正式宣布中國的首例非典病例，那一天聽到這消息時，喬一成正在臺裡自己的辦公室裡，喝新聞中心新發的一種叫脈動的維生素飲料，不知為什麼心突突地亂跳。

自那一天起，大街上來來往往的都是戴著口罩、行色匆匆的人，超市門前掛著「白醋到貨」的牌子，藥店裡的板藍根被搶購一空。

每一個辦公室、每一個車間、每一間教室、每一個商場裡都飄散著消毒液的氣味。

喬一成的單位發了無數的口罩與免洗洗手液，他拿回家去分給弟妹們，還買了幾盞紫外線消毒燈，送了一盞過去給南方。沒見到她人，就她在了傳達室。

日子在緩慢且重複的行進著，喬家一家子都沒有想到，響雷真的炸響在他們的頭頂上。

戚成鋼三月份的時候去過一次安徽，他的姑姑病危了。戚成鋼的媽有一點猶豫，報紙、廣播、電視裡天天都在說儘量少出門、少去人多的地方，可是戚成鋼憶起小時候姑姑待他十分親厚，還是打算要去見她最後一面，戚家爸爸也說該去一趟。

等辦完了姑姑的身後事，戚成鋼才坐長途回南京，一路顛簸，回到家的第二天戚成鋼就覺得有一點不舒服，略咳了兩聲。接著開始發熱，他自己弄了一點藥吃了，也不見好。

四美說，還是去醫院看一看，畢竟家裡老的老、小的小，戚成鋼就去了。

這一去，就被留在了醫院。

喬家一家子全慌了。

兄弟姊妹們聚在老屋，喬一成跟三麗一遍一遍地在家中前前後後地消毒，四美完全傻了，抱著小女兒只曉得說：「怎麼可能呢、怎麼可能呢。」

三麗安慰她說：「現在不還沒確診嗎？也許就是普通的肺炎，住兩天醫院就好了。戚成鋼平時身體那樣壯實。」

喬一成心裡頭卻不這樣樂觀，這些天來他的眼皮一直撲撲地亂跳，心神不寧的，把藏在皮夾深處多年的一個護身符也給丟了，那個符還是初戀情人居岸替他求來的。

這一個晚上，喬家小院裡來了一個叫人想不到的人。

一成帶著弟弟與妹妹們，還有喬老頭正在家裡枯坐等消息的時候，聽見門上傳來細微的撲撲聲。

「像是有人敲門。」二強說。

三麗說：「怎麼會，這個時候？」

一成開門，看到門外站著一個人。有一瞬間，一成居然沒有反應過來這個年輕的男子是誰。他手上拿了一大袋的水果，眉目俊美，神色卻十分地局促。

二強在一成身後看見了，上前來把那年輕男人拉進了門。

大傢伙兒一同看著那男子，一室沉默，是四美最先開口叫一聲：「七七？」

喬七七站在堂屋當中，窘迫得手足都不知放在何處，低頭看著自己的鞋尖。

還是三麗過來從他的手中接過東西，拉了椅子叫他坐。

喬七七囁嚅著說：「我聽我阿哥說的。戚……四姊夫生病了。我過來看看。阿哥他們明天也要來的。」

喬七七覺得「四姊夫」這個詞從嘴裡冒出來有一種極陌生的滋味，他彷彿是吃了某種從未吃過的食物似的舔了舔嘴唇。

喬老頭子也是一臉的訝異，在明亮的燈光下用一雙老眼細細地打量眼前這個孩子。他的兒子。

他的。

一成想著，這孩子在這個小院、在這間堂屋、在這個家裡出現的事好像是上一輩子那樣久遠的事了。那個時候他有多大？還是個奶娃娃呢，穿了四美小時候的衣服，一件粉色的小罩衣，嘴上糊著米汁嘎巴，有一點髒，可還是漂亮，還不會走，那樣地安靜，放他在床上他就一個人不聲不響地躺著，身邊一有人走過便巴巴結結地「咿咿呀呀」，像在招呼著人理他一理，或是躺著躺著就睡著了，或是自己將小腳捧到嘴邊去啃，那麼柔軟，沒骨頭似的一個小人。

二強在一旁站了一會兒，回身倒了杯水給喬七七遞過去，喬七七連忙站起來半彎著腰雙手捧了。

他實在感激這一杯水，至少使他手上有個東西拿著，不至於空落落的，整個人無處躲藏似的。

又坐了一會兒，一成叫三麗先回去，一丁身體不好，家裡還有孩子，可是三麗說她想今晚留下來陪陪四美。

一成轉過臉來又對七七說：「也不早了，早一點回去吧。」

可是，任誰想走也走不了了。

電話來了，醫院來的。

戚成鋼被確診為南京第三例非典疑似病例。

市防疫站來人了。

喬家老屋被封了，小院被封了，整個一條街都被封了。

喬家一家子被隔離在老屋裡。

這是這十來年裡，喬家一家大小重在同一個屋簷下過日子。

四美在聽到戚成鋼確診的消息之後就睡倒在床上起不來了，倒是沒有哭，大睜著眼睛看著天花板，一整夜也不闔眼，也不知道她在想些什麼。

三麗看著實在是怕，偷著在她喝的水裡放了碾碎的舒樂安定，四美才閉了一會兒眼睛。

喬一成在小妹的床前站了好一會兒，看著四美的睡顏。

這丫頭這兩年老了這麼多，眉心一道極深的川字紋，頭髮是新燙過的，可惜燙得不大好，顯得她比三麗尚要老相一點，鼻翼處微微有一點油光，整張臉睡著時也依然緊綳著有一股哀怨相。

這個妹妹啊，醒時是輕佻，然而睡時卻滄桑。

喬一成想，這個世界，人走上一遭，無不千瘡百孔的，一個沒有傷痛的人倒是異類。可是為什麼，他的兄弟姊妹，他的至親骨肉，會這麼難，這麼難？

到第三天，四美才在大家的力勸下喝了一點米湯。

醫院那邊並沒有確切的消息傳來，然而每天的新聞報導中，可以看出事態的嚴重，以及這病的可怕。

也許，戚成鋼過不了這一道坎了。這是喬家每一個人都會想到的。

每天的蔬菜由員警送進來，還有些日用品，三麗與二強每天打兩通電話給家裡報下平安。一連幾天一家子都是啃一點麵包、點心，喝一點水，對付著一天的三餐。

到第四天，情緒稍稍平穩了些，三麗說這樣下去不行的，別再躺倒兩個，那可真是不得了了。二強便說，他去做飯。

二強去廚房，在一堆菜中翻揀了一下，扔掉了一些黃爛掉的菜葉，揀出新鮮的一段春筍，加上冰箱裡的排骨，燉了一鍋好湯，香氣一下子撲了一屋子。

那香氣一出來，多年前的日子好像也回來了似的，一家人圍坐在八仙桌旁，由一成給每人盛了碗湯，那時家裡條件差，有一口好的都是分著吃的，老頭子自然是占了最好的那一份。

這一天的最後一碗湯是給七七的，喬七七簡直不敢抬頭看一成，含糊不清地只知道說「謝謝」。這兩天他一直在堂屋裡搭床睡，一大早他便收拾了床鋪，人也躲到一角，淡薄得如同一抹影子，從不主動與父親和兄姊們說話，對一成更是躲得厲害。

吃了飯，二強又捧了碗去洗，一轉臉，七七跟了過來，也不說話，愣愣地站著。

二強以為他要拿什麼東西，側身讓他，他也側身，二人你讓我、我讓你，在狹小的廚房裡轉不開身，碰到一處，二強笑起來，突然伸手摸摸七七的頭髮。

七七也笑起來，神色慢慢地活泛起來，從二強手中接了碗過去就開始洗。

二強問他：「你怎麼只打電話給你丈母娘，不打給你老婆？」

七七微紅了臉說：「她在上海。」

二強說：「上海也是可以打的，她總有手機的。」

七七埋頭洗著，說：「上海的是長途。」

二強咧開嘴樂呵呵地：「你四姊不在乎這一點點錢的。要不你打，這個月你四姊家的電話費你二哥哥付。」

七七也咧嘴無聲地笑起來。

二強忽地覺得自己的這個小弟弟真是個漂亮人物。不過他的漂亮與戚成鋼的不同，透著一種理不直氣不壯，彷彿他的存在，欠了所有的人。

二強覺得心裡怪疼惜的，不由得說：「你小的時候，才幾個月大吧。有一次，大哥叫我看著你，我一下子睡死了，醒來才發現，你尿了我一頭一臉，咱們倆一起泡在你那泡尿裡，呵呵，一下子就二十來年了。」

七七有一點忸怩，轉了個話題說：「我在擔心，四姊夫要不要緊。」

二強也皺了眉說：「我也是在想呢，誰曉得會怎麼樣啊。現在這怪裡怪氣的病可真多，我們小時候，生活條件差，要吃沒得吃，生個病也不看醫生，自己喝一點薑糖水、板藍根。有一次你大哥，切菜不小心切到手了，骨頭都看得見，那血流的，就自己塗了一點金黴素軟膏，紗布包包，也就那麼長好了。」

這天晚上，二強就把自己的鋪蓋搬到堂屋裡去了，陪著七七。喬一成半夜起夜的時候，還聽見兄弟二人嘰嘰咕咕在說話。

第二天，尋了個空，一成問二強：「你跟小七怎麼一下子就那麼親熱起來？」

二強憨笑道：「我發現我們這個小兄弟怪招人疼的。」

一成「哦」了一聲。

二強忽然放低了聲音耳語似的說：「大哥，你是不是還在懷疑小七的身世？」

一成微驚：「你怎麼說起這個？」

二強說：「我也是好多年前聽三麗微微提過那麼一句，哥……」

話未來得及說完，一成擺擺手止住他：「媽死了那麼多年了，姨父也死了那麼多年了，不提了。以後，也別提。」

二強「哦」了一聲。其實他心裡也暗想，以大哥的脾氣，嘴上不提，心裡是要記一輩子的。『真的是，』二強想，『也沒什麼。』

人死了，活著時好的、壞的、對的、錯的都一併化成灰了，活著的還計較個什麼呢？大哥這個人樣樣好，就只是心窄，好多事，道理懂可是放不開。

喬一成不再說話，往堂屋裡看。

喬七七正與四美的女兒巧巧玩，這個漂亮洋娃娃一般的小姑娘看樣子很喜歡這個忽然出現的軟脾氣小舅舅。

七七坐著，她趴在他身後，揪著他頭髮，替他綁了個沖天辮。七七似乎是被她扯痛了頭髮，笑著皺鼻子，很快活的樣子。

下午，二強燒了大量的熱水，一家子像小時候一樣用大木盆輪流洗了個澡。

四美揀了件戚成鋼的舊外套給七七換，七七穿得略顯大，拖了袖口也不知道要捲一捲。

四美愣愣地看了他許久。

三麗心裡有些怕，她覺得四美不對頭了。

喬家一家人被隔離了二十天，終於可以解禁了。

在老屋的最後一個晚上，喬一成睡到半夜，朦朧醒來，聽得有窸窣之聲，半睜開眼，看見床邊立了一個人，瘦長，披頭散髮。

喬一成嚇得全身汗毛「唰」的一下全站立起來。

5

喬一成定了定神，大著膽子細看，藉著窗外的一點微光，才發現，那個披著頭髮站在他床前的人，是四美。

一成立馬坐起來，起得猛了，太陽穴處一陣抽痛。

一成用手指按壓，啞著聲音低聲問：「這三更半夜的，妳不睡覺站在這幹什麼？差一點被妳嚇死。」

一成作勢要開燈，四美叫：「大哥，別開燈。別開。」

「妳……妳怎麼啦？」一成有一點慌了，他怕四美這丫頭這兩天急得腦子出了問題。

四美卻說：「大哥，你就讓我在黑地裡說兩句話吧，在亮處我就說不出口了。」

一成心裡的慌意像落在紙上的墨滴似的越發暈染得大了，下意識地就說：「妳姊呢？妳不是跟妳姊睡的嗎？」

「晚上睡前我在三麗的水杯裡放了一點舒樂安定，就是她這兩天老是偷餵我吃，我想她今晚睡得沉一點。大哥，我現在要跟你說的話，就只能說給你聽，我怕她又罵我，罵我不爭氣。」

「妳說。」一成在黑暗裡衝床邊的一把椅子抬抬下巴，示意四美：「妳坐下說。」

四美走過來坐下，雙手放在膝上，一成看不清她臉上的神情，四美轉腦袋看看四周：「大哥，這屋子你有好幾年沒有住了吧？」

這間屋子是喬家老屋最大的一間，然而朝向不好，會西曬，沒有太陽時又一向是陰冷的，又潮，當年母親在的時候，一直想把孩子們挪到南面的屋子去，可是喬老頭子一直不肯答應，說家裡地方小孩子多，等兒子、女兒們都長大了，南面的那間屋一定是睡不下的，還是北面的好，到時可以一隔為二，男孩子住外頭半間，女孩子住裡頭半間。再說，小孩子筋骨壯，屁股上有三把火，冷一點、潮一點怕個什麼？

也算是老頭子有一點遠見，兄弟姊妹幾個長大之後的那幾年裡，這屋子果然被隔成了裡外兩小間。後來，這屋又成了四美的新房，這才把那隔斷又拆了。這些日子，屋中間又拉起了一道布簾，三麗與四美在裡，一成在外，而二強與小七住在了堂屋。

四美的眼光停在黑漆漆的天花板上，聲音恍惚像嘆著一口悠長的氣：「大哥，你還記得不記得，原先這屋子，是沒有天花板的，一抬眼就能看到屋樑。小時候，我一個人根本不敢待在屋裡，老是怕那上面吊著個吊死鬼。我結婚的時候，戚成鋼說，這樣子太難看，而且灰塵又大，就自己做了個天花板，在四周牆上釘上粗號鐵絲，糊上厚紙板，外頭再上糊上幾層厚紙，再塗上塗料，弄得還像那麼回事，來看新房的人，個個都說好，都以為是找裝修的做的一個吊頂。」

一成不知四美情形，心裡急得什麼似的，可又不好表現出來，敷衍著說：「你們家戚成鋼倒也是個能幹的人。」

黑暗裡四美輕輕地笑了一聲：「那倒是。人是能幹人物，也是漂亮人物，只要他願意，他可會哄人了，小殷勤比誰都會做，也不大撒謊，錢上頭也不計較，我要多少，只要他拿得出來，總是爽快地給。我生孩子那年，同病房的一個女的，她老公一看生的是女娃娃，氣得掉過臉就回家了，臨到他出院也沒來看母女倆一眼。可是戚成鋼半句話也沒說，高興得什麼似的，那樣子，倒不是假裝的，小娃娃他一直抱在手上，都捨不得丟下，同病房的女人們都說我命好。戚成鋼啊，人不是壞人，就是這心哪，就是那麼的不規矩。有時候我想啊，興許這就是一種病，就跟心臟病似的，有先天的。從小我就想嫁一個漂亮人物，果然就那麼有運氣讓我在大街上遇著一個可心可意的人，老天待我不薄，但是可能他覺著不該太偏愛我，就給了戚成鋼這麼個天生的毛病。」

喬一成靜靜地聽著，在這五月溫暖的春天的夜裡，覺得手腳陣陣地冰冷，一直冷透到心肺裡。

四美轉過頭來衝著他，那樣子像是要靠到他的肩上去，終究還是沒有靠過去。

「大哥。」她說，「我曉得你從小就不大喜歡我，嫌我不上進，人頭豬腦，不愛讀書，長大了又嫌我著三不著兩，我也曉得你不滿意我跟戚成鋼的婚事。」

四美的聲音突地俏皮起來：「我曉得你不滿意什麼，你是不滿意我送上門，我曉得在你的心裡，好姑娘的標準就是要自重，端著架子等男人跟在屁股後頭求，輕易不鬆口，對不對？」

四美終於欠身子挨過來，坐在床上一成的身邊，雙手撐著床板，雙腿像小時候那樣微微地晃著，那時候一成總是會糾正她：「大姑娘家家的，坐在那裡不要晃腿！」

四美接著說：「大哥，我求你一件事。我知道你再不喜歡我，心裡總還是拿我當妹妹的，你也總是我嫡嫡親親的哥哥，我有事，就只有求你，大哥，你肯不肯答應我？」

「答應妳什麼？」

四美低下頭，頭髮披下去，完全遮住了她的臉：「求你替我照顧我女兒。大哥，我明天要去醫院，我要去求他們，我要跟他們說……」

「不要說了！」喬一成猛地拔高聲音止住她的話，又壓低了聲重複：「妳不准去。聽見沒？不准妳去！我不准！」

「大哥，你小一點聲，別吵醒他們。」四美說，「大哥，我想了好久，這個時候我不能丟下戚成鋼，我要跟他在一起，因為……我去醫院守著他。要是……大哥求你替我照顧巧巧。她不可能一輩子跟著爺爺奶奶。有飯你賞她一口吃，冷的、熱的都不要緊，我們巧巧不挑嘴，有穿剩的衣服給她一件半件，生活條件不要好、不要高，夠活就行。可是，求你讓她多讀兩年書，讀到大學，將來，幫她找個好一點的對象，找個厚道踏實的人，像你、像齊唯民。女人哪，嫁得好太要緊了！別跟我似的，糊塗了一輩子。要是找不到，不嫁也行，自己憑本事吃飯吧。」

「知道自己糊塗，妳現在還要糊塗下去嗎？」一成抓著四美的肩，惡狠狠地問她。

「是啊，大哥。」四美又短促地笑了一聲，「是啊。」

喬一成想，過去只聽說過有愚忠，看到喬四美，才知道原來世上還有愚愛。

第二天，喬家的兄弟姊妹們各自要回家了，喬四美新換了件外套，頭髮梳得齊齊整整，從小廚房端了稀飯與蒸好的包子來。

四美趁大家吃早飯的時候，宣布：「我今天要去醫院，去找戚成鋼。我守著他，他好了自然好，要是好不了了，他嚥氣的時候總該有個人在他身邊，我不能讓他那麼孤零零的一個人走。我得幫他收屍。」

喬四美的話好像在屋裡扔下了一顆重磅的炸彈，炸得每一個人魂飛魄散。

三麗先跳起來抓住四美的胳膊，把她當作一個布娃娃似的搖晃，她以為她瘋了。

然後是二強，然後是喬老頭，統統跳了起來。喬七七嚇得躲在一邊，好半天才想起來拉住亂蹦跳著的老父親。

「妳是瘋了，瘋了，妳不要妳女兒了嗎？」三麗說。

喬一成從裡屋出來，手裡抱著戚巧巧，大叫了一聲：「行了！」

一屋子人被那樣的一聲喝震住了，全看向他。

喬一成說：「讓她去吧。誰也攔不住的。巧巧我帶走，我養著她！」

四美突然說了一句話：「多謝你，大哥。我的女兒，我總不想她沒有爸爸，別的事情，統統以後再說。」

一成詫異地看了四美一眼，似乎有一點明白，又似乎不能明白。他終究還是不太懂得這個妹妹。

喬四美終於要走了。

臨走，四美自己關在裡屋收拾了一點東西。戚成鋼的衣服，自己的衣服，雖然興許根本用不上，還帶上了相冊。

那一、兩件首飾四美塞在了衣櫥底，放了提前寫好的字條，寫著：「要是有什麼意外，這些東西三麗、二強老婆還有大哥，一人分一件，留個紀念。」

戚成鋼自己有一個小皮箱，是結婚之後從他家裡帶過來的，裝了一些他自己的東西，平時四美也從沒想著要打開來看看。那個時候想著，有時候不看還好。眼不見的東西，就可以當它不存在。現在，四美卻打開了。

卻也沒有什麼，一本存摺，是四美不知道的，打開來，原來寫的是戚巧巧的名字，錢不多，四美拿出來就放到首飾盒裡。還有些舊時的書與衣服，戚成鋼收集的一些零碎玩意，玩意下面壓著一疊信，大概有十來封。

四美打開一封來看，是安徽來的，落款是桂芝，看日期是前兩個月。

四美把信按原樣紮好，從床下拉出個小鐵簸箕，一把火全燒了。

喬四美作為非典感染者家屬趕到醫院，是喬一成送她去的。

喬一成不許三麗與二強他們去，叫他們看好四美的女兒。

喬四美鄭重提出要跟丈夫在一起，她要去看護他，她說她可以跟政府簽下生死狀，一切出於她自願，生死不與政府相干。

她的要求並沒有立刻得到應允，其實她一開始根本沒有辦法進到隔離區。

喬四美在醫院苦守了三天。

到第四天，她才得以穿了全套的防護服，進入戒備森嚴的隔離區。

喬一成沒能送她進去，他甚至連隔離區的屋角都沒能看見。

喬一成一直不知道在那隔離病房裡，喬四美見到戚成鋼是一個什麼樣的場景，四美後來也從未與任何人提起過，好像那不過是她的一場夢，沒有什麼好多說的。

哪個人不做夢呢？就算是祥林嫂也不會逮著人就說她做過的一個夢的。

但是還是會有消息傳出來。

情況慢慢地好轉起來，戚成鋼清醒了，雖然還沒有過危險期，可是他醒過來了。

戚成鋼用了一種新藥了，療效似乎還不錯。

喬四美倒一直身體不錯。

她沒有染上病。

然後，是戚成鋼過了危險期了。

一晃眼，四個月過去了，國慶一過，眼看著就到了年底。

那天喬一成去醫院，他跟二強、三麗他們約好的，這段時間大家都要不時地去醫院檢查一下身體，以防萬一。

還算好，一家大小一直都還平安，連個小感冒都沒有得過。

喬一成把他們一個個地送走，自己留下來跟相熟的醫院醫生說了一會兒話，從他辦公室出來，下樓的時候看見有清潔人員剛拖了地面，到處濕漉漉的，一股消毒水的味道，地上放了個「小心地滑」的指示牌子。

有個女人在他前方不遠處，腳下猛地一滑，人就要向後倒去，喬一成眼疾手快，一把扶住了她。

那女人轉過頭來向他說謝謝。

兩個人打了個照面，一下子全愣住了。

那女人試探地緩緩叫出喬一成的名字。

喬一成腦子裡嗡嗡地響著，像是全是聲音，又像是一片空茫茫，那種空到極處、靜到極處的聲響瀰漫了他整個腦袋。

喬一成也慢慢地、慢慢地綻出一個笑容來：「是的，是我。這些年妳好嗎？」

「好。」那女人回答。

「妳怎麼會在這裡呢？」

「啊？哦，你怎麼會也在這裡呢？」

喬一成拉住她：「妳要是不急著有事，我們坐一坐。」

女人微微笑了一下：「我沒有什麼急事的。」

喬一成和女人一起來到醫院外的一家挺有名的茶吧。順著臺階一級一級地上去，小橋流水、亭閣幽徑，轉過一道迴廊，是茶室了。

白天，人很少，屋內裝修得相當別致，清一色古色古香的木桌椅，隔成小間，垂著細竹的簾子，有著漢服的女子在輕輕撥弄著古琴，樂聲喑啞緩慢。

在茶室外，隔著長廊與小橋流水的一道矮牆外，寬闊的街道上，奔馳著各色車輛，街那邊就是全市最著名的醫院，街這邊是極宏偉的銀行大樓。

一邊是生死一線，一邊是紅塵萬丈。

然而這裡，好像世外幽境。

等到茶水送來了，服務生就悄無聲息地退了下去。

小小的酒精爐上坐著一個透明的、樣式簡潔而美麗的玻璃水壺，細細地升起一縷水氣。水氣裡，喬一成好像看見年輕的自己，坐在舊的後來在一場大火中遭到毀滅的市火車站候車室的一個角落裡，孤獨絕望，聽那火車長鳴，帶走他年輕的，初次的愛人。

水開了，喬一成提起水壺，在對面女人的杯子裡注上水。

女人把細長的手指取暖似的捂在白色骨瓷的杯子上，雖然是十月天，完全不冷。

喬一成隔了十七年的歲月，第一次叫出女人的名字。居岸。

6

在喊出這個名字的一瞬間，喬一成才明白，原來當年，文居岸這個名字離去了，可是這個人並沒有離去，從來沒有。

她就藏在他的心底裡，藏得那樣的深，甚至都沒有讓他自己發現。

她是他心底的一個傷疤，他用了漫長的時間來讓這傷疤癒合，可是他沒有想到這傷疤這樣固執，彷彿它有了自己的心智，執拗地成長為一粒種子，在一個他做夢也想不到的時候就這麼發了芽。

一成於是再叫了一聲：「居岸。」

居岸說：「啊？」

一成快活地笑起來，這笑容讓他看起來年輕了許多，神情裡有了難得的輕鬆與歡愉。

他為居岸的這一聲「啊？」而快活著，覺得身上都鬆快了起來，日子也回去了，居岸依然是小時候的習慣，好像他們還坐在書桌前，他替她改考卷，有許多的錯誤，他不忍大聲責備她，輕聲喊：「文居岸？」

居岸抬起頭來答：「啊？」

如今這對面的居岸也說了「啊？」然後，下意識地摸摸自己的臉，笑笑說：「我變了好多吧？」

一成說：「略長胖了一點點，頭髮厚實多了。」

居岸有一點瑟縮，又笑了一笑。

其實居岸還是瘦，可的確是比小時候豐滿了一點，頭髮豐厚，很長，燙成細捲，全披在肩上，只挑出一縷用一根青色泥金的簪子別住。因為不像少女時那樣瘦得可憐，眉目便也不那樣地緊窄，膚色仍舊白皙卻有了乾澀。

茶室裡暖和，她脫了外面的厚實外套，是喬一成記憶裡的削肩薄腰。

「妳長大了。」一成說。

居岸一時低下頭去，過了好一會兒說：「是老了。」

一成大笑出聲：「妳這麼說，我老臉往哪擱呢？」

居岸抬起頭來，出神地看了喬一成一會兒，突然說：「你也不比我大多少。你……好像倒是變了很多。比以前，嗯，開朗了，笑得多。」

一成不知如何回答她的這個問題，居岸又在眼前了，可是他們中間隔著這許多的年月。

喬一成於是又笑笑。

居岸的神色明亮了一些：「看看看，我沒說錯吧。」

一成說：「我這麼看著妳，覺得妳比起小時候更像文老師了，果然是外甥像舅。文老師還好吧？」

居岸說：「還好。我舅舅這個人，學問是頂好的，只是性子太軟了，我們家人好像都是這樣，男的性子綿軟，女的全是強硬好勝的脾氣，兩種人活得都累，一個為別人累，一個為自己累。」

「他，一直沒有結婚。」居岸又說。

一成想起那個乾淨整潔，書卷氣十足的男人，他少年時的榜樣。

人不過是這麼回事，你這也好、那也好，但並不代表你可以幸福。

「你知道……」居岸說，「我父親，沒了。」

一成一愣。

「我好多年沒有見過他。」居岸說，「是他病了我才來照顧他的，他想見我，拖了一年多。」

文居岸其實也不明白為什麼自己會跟這個久不見面的人說這些：「不過我覺著他去了也倒好，活著，太受罪了。他得了大腸癌，擴散了，臟器全壞了，最後血都吐乾了。」

居岸的眼裡突然湧出了淚來，大顆大顆地滾落下來，沉重地砸在竹面的桌子上。

她努力地睜大眼睛，想阻止眼淚的墜落，樣子活像一個驚恐的孩子。

一成想過要替她擦一下眼淚，最終還是沒有行動，只替她重新斟了一杯茶，放在她手裡。

居岸極快速地擦乾了眼淚，笑起來，像是什麼事也沒有發生：「死了死了，死了就了了，也沒什麼可說的。」

『妳母親還好嗎？』一成的這個問題差一點就出口了，可還是嚥下去了。

居岸像是通了讀心術似的，說：「我母親倒還好，還在北京，工作也很不錯，在新華社，早些年常常出差，現在快退了，待在家裡的時間也長了。父親治病的錢，也是她拿的。」

文居岸和喬一成在茶館裡又坐了一會兒，居岸說她要回去了，一成下意識地問道：「妳現在住哪裡？」

居岸說了一個地址：「這是我母親幫我父親買的一套房子，是給他養病用的，我現在還住在那。對了，」居岸像是突然想起來了，「你結婚了吧？有孩子了嗎？」

一成說：「結了，沒有孩子，妳呢？」

居岸神情暗了一暗，卻又有一點無所謂地說：「結了，又離了。」

居岸的這種語氣叫一成心裡縮了一縮，像是有一枚小針，在他心上刺了一點。

他的耳邊似乎有火車長鳴，他的居岸，在長鳴聲中離去。然後過了許多年，再回來時，已然滄桑。

兩個人起身時錯身而過，一成嘆氣似的說：「妳長得這麼高了。」

居岸回頭看向喬一成，眼睛裡有一剎那的詫異，然後變得那樣的溫柔。

「是的呢。」她說。

接下來的時間，一成並沒有機會再見到居岸。

家裡接連著出事，先是四美回來了，然後是三麗走了。

在戚成鋼入院後的第二個月，他便從死亡線上掙扎出來了。之後又治療了一個多月，又在醫院觀察了一個月，就出院了。

喬一成跟四美商量好了，叫她先跟戚成鋼到這邊來，這裡條件好一些，他們兩口子先在這裡住一陣子，而他自己則回到老屋去跟老頭子住上一段。

四美簡直不知該說什麼，喬一成不等她開口，便斥道：「戚成鋼一個死了半個的人，我看他可憐，而且巧巧又小，誰知道這病有沒有後遺症，大人沒事，別過給孩子！」

出院那天，喬一成把弟妹們都叫到自己家裡，二強去醫院接他們，二強走前對一成說：「大哥，你說要不要把小弟也叫了來？」

一成沒好氣地說：「你當過年三十哪？」

二強瞪了他一眼，喬一成轉過身說：「那你叫上他吧。」

誰知喬七七竟然得了重感冒，怕這時候戚成鋼抵抗力弱，萬一傳染了不好，就沒來。

戚成鋼一進門，一成、馬素芹還有三麗兩口子都嚇了一跳。

戚成鋼完全脫了形，面色如土，目光散淡，瞳孔的顏色都淺了，臉龐刀削過似的瘦，顴骨高聳，好似要戳破臉皮，頭髮極短，兩側與額頭還青著，留著扎針的痕跡，整個人簡直就是一副骨頭架子。

喬一成不由得就把原本想給戚成鋼看的臉色全收了回去。

四美也瘦得不行，穿了一件軍大衣，裡面一件厚毛衣，外罩著一件男式的大格子襯衫。精神倒還好，而且，喬一成覺得這個小妹妹似乎有哪裡不一樣，喬四美從來就不是這樣沉靜的，原本她身子的重心是在脖子以上，三麗就曾開玩笑地說她腦子裡裝滿了糨糊，是沉的，骨頭卻輕，整個人是飄著的，現在，這重心好像下移了。

戚成鋼夫妻在喬一成的房子裡住下了。

沒過兩天，喬四美回了老屋一趟，收拾些用得著的東西。

四美在舊的樟木箱中的一堆雜物裡發現了一本老舊的數學簿子，上面鉛筆寫的名字幾乎看不清楚了，翻開來看，連老師紅筆的批改都變得黯淡不堪，可是依稀可辨，一個叉，一個叉，又一個叉。

是她的沒錯。

四美坐到地上，慢慢地把那本子翻開來看。

喬四美從小最討厭數學，她不善分析，不善思考，不善寫算式，不善計算，她不善所有需要理性思維的東西。

老師用紅筆打著叉叉叉，力透紙背，一邊說：「喬四美，妳腦子裡都是糨糊吧。喬四美妳到底有沒有腦子？喬四美妳怎麼不開竅？」

喬四美不是沒腦子，只是她的腦子裡是一馬平川，沒有任何高低起伏，更沒有溝壑縱橫。

四美隱隱地記起，她曾經是很喜歡畫畫的，鉛筆草草地勾了個輪廓，便迫不及待地揑了短小的蠟筆，重重地塗上去，紅是紅、藍是藍，鮮明深刻，淋漓盡致也一塌糊塗。

太傻了。

與數學本子塞在一起的，還有一堆明星照片，都是當年費盡心力蒐羅了來，寶貝似的藏起來的。

『人真傻啊。』四美想，『藏得這麼密實，自己都找不著了。』

照片都褪了色，那些年輕的鮮豔明媚都留在方寸之地出不來。

四美想起那時看瘋了的言情片，總會有天災人禍或是疾病苦難拯救瀕臨絕境的愛情，背叛者皈依了最初的愛人，兩人一起走向幸福的結局。

但是，四美知道，自己的愛情故事並沒有像夢境一樣的走向與編排，亦不會有那樣的收梢。

也好。

將養到年底，新歷年來的時候，喬四美頭一次帶戚成鋼去餐館吃了頓，然後兩人回家。

四美替戚成鋼洗臉，幫他按摩肩背。躺得太久，戚成鋼的背常常會痛。

四美問：「這一下，病應該是好清了吧？」

戚成鋼點頭說：「我覺得又跟從前一樣了。」

戚成鋼突地轉過身來，看著喬四美，看得很專心。

這個男人，四美也看著他，想，他終於也老了。

的確，這一場大病，讓他驟然老了，臉上的皮也掛了下來，嘴角現出了深深的法令紋。

戚成鋼慢慢地把頭埋在四美溫暖柔軟的懷間，說：「四美，這回我死過一次了，我會收心安分，我要跟妳好好地過日子。四美，四美，妳相信我。」

四美摸他的頭，看他抬起鋪著熱淚的面孔。

那眼淚讓他的臉一點點地明淨滋潤起來，充滿了孩子般的討好和憂傷，好像還是當年她在街口遇見的那個年輕英俊的人，讓她拋了一切也要嫁的人，讓她掏心掏肺愛了這麼許多年的人。深眉俊目，挺拔標緻，迷惑了她一整個的青春歲月。

起初她不過愛上了他的好皮囊，後來竟然愛上了他不那麼美好的靈魂。

然而，都過去了。

四美說：「戚成鋼，我看到那些信了。我也是，陪著你死去活來了一回。」

「什麼？」戚成鋼一時沒有明白過來。

四美也並不做解釋，卻說：「你想跟我好好過日子嗎？」

戚成鋼熱烈地點頭。

四美說：「可是，我不想跟你過了。」

二〇〇四年即將到來的時候，喬家的幾個孩子中有兩個離了婚。

四美跟戚成鋼兩口子離了。

是四美提出來的，態度極其堅決，沒有絲毫緩和的可能。公婆的苦勸、小女兒巧巧的哭泣都沒能勸阻住四美。並且，四美說，在離婚後，希望戚成鋼趕快搬離喬家老屋。

女兒戚巧巧判給了喬四美，因為法院考慮到喬四美工作穩定，收入尚可，且身體健康。

孩子臨走那天，戚家老兩口老淚縱橫。

戚家老太太說，這是活活地要了她的命，摘了她的心肝兒去了。

喬四美抱過女兒說：「您可以來看她，天天來都行，您住我那去都行，可是我不會過來。」

老太太這才緩過一口氣來。

喬四美的生活在離婚後反而順當起來。

她並不拙笨，他們的賓館發展得也相當不錯，在戚成鋼生病以前，喬四美已做到客房部的部長，現在回去，單位也還是歡迎的。

她搬回了老屋，搬前把大哥的屋子收拾打掃得比她們賓館的客房還要乾淨，連床鋪都鋪好了，折了一角，壓了新洗好、燙好的睡衣。

喬四美變得寡言少語起來。

一成與南方的婚姻也在這一年的年頭走到了盡頭。

南方成了鄰市的一名副市長。赴任前，南方與一成兩人見了一次面。

兩個人的分手相當地平和，平和得就好像太陽在早上升起，又在傍晚落下去一樣。

南方說：「一成，以後，無論你有什麼不如意的地方，你答應我一定要讓我第一個知道。」

一成點頭，一直把南方送到項家小院。

南方進門前，一成突然高聲叫她：「項南方，以後有人敢欺負妳，妳告訴我，我幫妳揍死那個死樣的！」

聲音囂張如同一個年少的市井混混。

南方回頭看到一成在街對面望著她笑得張狂而鬆快，這樣的一個陌生的喬一成，忽地引得南方很想問上一聲：「一成，我們以前，是不是沒能好好愛過，沒能認真地讓你看看我，也讓我看看你？」

話南方沒有說出來，南方想，反正也不是千萬里之遙，有一天，她總是要問的，不論那一天，兩個人會是何等的境況。

也不是沒有好事的。

一件好事是，二強與馬素芹這兩年的生意做得不錯，兩個人一商量，下決心開了一家小小的餐館，賣南京本地的家常菜與東北水餃。

餐館就開在他們租的房子附近，這兩年這裡陸續地搬來了一些大專院校，還有兩家外企公司，餐館的食物簡單但是勝在家常入味，馬素芹又是個極乾淨的人，灶臺都被擦得亮閃閃的，每天一個中午、一個傍晚，生意相當紅火，很快地有了個小夥計，智勇週末也會來幫忙。

另一件好事是，喬一成做了電視臺新聞中心的副主任。

宋清遠說他是情場失意，官場得意。

「當然啦。」宋清遠也由衷地說，「老喬也並不是那種只有官氣沒有本事的人，正經是自己的真才實學加上努力才有這麼一天的。」並指明喬一成一定要罩著他，他打算從此以後在新聞中心橫著走路。

一成與他開玩笑說：「老宋你現在已然是橫著走的了。」

「那麼就再橫一點。甩著兩膀子橫。媽的，我是副主任的前任小舅子我怕誰？」

對於一成與南方的離婚，起初一成簡直不敢跟宋清遠提半個字，提心吊膽地等著他的一頓好罵。怪的是，宋清遠別有深意地看了他一眼，點點頭，說了聲「離了也並非壞事」。

宋清遠在之後的一次午飯時對喬一成說：「我有個預感，你跟我南方姊，沒完呢。」

一成怔忡了半晌，「哪會有這種事。」他說。

這天晚上，喬一成接到一個電話，是他二妹妹三麗打來的。

她說她要和一丁去北京。

一成問：「去幹嘛？」

7

三麗與一丁在二〇〇三年的年底去了北京，一成在他們走之前，曾跟三麗談了許久，可是這丫頭就是咬緊了牙關不肯說出走的原因來。

一成不免越發地覺出事情的嚴重性來，三麗一向是什麼也不瞞著他的，這麼多年來，他們倆如此地親近，一成的心裡，三麗永遠是那個躲在喬家老屋陰暗的臥室一角縮成一團的小姑娘，待他去發現，待他去救贖。

他們共用著生命裡所有的苦楚、絕望與不多的珍貴的快樂，彼此都認為對方是最好的男人與女人，覺得對方是最應該得到幸福的，他們如同在黑暗的風雪夜裡擠作一團相互以體暖取暖的羔羊，他們各自的婚姻也不能阻隔他們的血脈親情。

然而這一次，三麗竟然什麼也不肯跟一成說。三麗留了一件新織的全毛高領毛衣給一成，她每兩年會給一成和一丁分別織一件厚實的毛衣，襯在羽絨服裡穿，極其暖和，開春以後外頭換上件休閒外套也是好的。三麗愛沉一點的顏色，藏青、深灰、黑、棕、墨綠。喬一成長到三十多歲，沒穿過愛人織的毛衣，幫他織毛衣的不過就是這個妹妹。

一成最後也不再問她，想必她有什麼為難的事，不願意出口，只囑咐她要是有難處了就打電話回來，另外又寫了幾個自己比較要好，如今在北京工作的老同學的聯繫方式給三麗，叫她萬一有急事可以向他們求助。

三麗把兒子託給了四美。

這起初也頗叫一成有些詫異，可是當他看到四美左手牽著女兒巧巧，右手拉著三麗的兒子的時候，不知為什麼，心裡突然地有了底，一顆心像是撲地落到了實處，一雙腳也好似剛從一攤爛泥中拔了出來，踩到了實地上。

四美剪掉了一把長髮，如今她留了短髮，那麼短，街面上稍微時髦一點的男孩子的頭髮都比她長。

一成慢慢地笑起來。

就像那首歌裡唱的，「我剪短了我的髮」。他的這個妹妹喬四美，無論到了何種境地，總還是要略微、那麼戲劇化一下子的。然而這又有什麼呢？人總得想法子幫自己找一點安慰，生活裡的樂子無非是一點點的戲劇、一點點的真實，一點點的愛恨、一點點的釋懷，一點點的真以及一點點的假。

三麗走了，四美安穩些了，二強日子好過了，他總算是有一點時間來幫自己找一點幸福與安慰了。

文居岸。

這個名字讓喬一成夜晚躺在床上，對著一片灰黑的虛空笑起來。

喬一成再一次見到文居岸，是在二〇〇四年的元旦。

節日是一個與人相聚的好藉口，一成打了好幾次電話給居岸都沒有人接，便下決心照居岸給的地址去看看她。

居岸的家並不難找，因為電話關機，一成還擔心居岸不在家。其實居岸在。

喬一成在看見居岸時吃了一驚。

居岸頭髮散亂，目光渙散，撲面的酒氣，顯然並沒有認得是喬一成。

喬一成第一個念頭是，怎麼這麼糊塗，喝成這樣誰來敲門她怕是都會開門，實在是危險。

一跨進居岸的家門，喬一成便聞到一股子味道，這味道厚釅釅的，微微的腐臭裡混著一點點年輕女人的脂粉香，還有擺了許久的食物悶悶的酸。

喬一成叫：「居岸，是我，妳怎麼啦？」

居岸沒有回答，搖搖晃晃地往屋子裡走，喬一成不得不在一旁扶她一把，以免她絆倒。走到沙發前，居岸微微用力掙脫一成的攙扶，重重地倒在沙發裡，腦袋在沙發扶手上磕了一下，居岸扭扭頭，找一個相對舒服一些的角度枕好頭，腿也縮到沙發上去。

喬一成看她一時半會清醒不了，只好從地上撿起一床毛毯蓋到她身上，居岸立刻把毯子緊緊地裹在身上，哼哼兩聲，幾乎是立刻就睡著了。

一成走不得，四下裡看看，便脫了外套，找了半天，在客廳冰箱的後面拖出一柄顏色泛灰的拖把，先摸到廁所好好地把它洗淨了，開始替居岸打掃起來。

居岸的這套房子面積不大不小，九十來平方米，三室一廳，格局相當不錯，朝南，即便是冬天，大中午時也有很好的陽光，裝修也簡潔，頗具品位，家具不多，顯得地方格外寬敞。兩室的門微開，可見一間是居岸的臥室，一間像是書房，另有一間房門緊閉，門上不太協調地貼著一紙花色喜慶俗豔的年畫，燙金的福字已脫了色。

屋裡不算太髒，只是亂。一成把四下裡亂堆亂散的東西逐一收拾好，也不敢隨便收拾，怕居岸萬一找不到，一併歸在牆角。

地拖淨了，桌椅窗臺擦淨了，陽臺上擱著幾盆植物早就枯得發了黑，一成統統都拔了出來放進垃圾袋，空的花盆也堆到牆角。

到快下午四點，居岸醒了。

一成彎著腰看她睜了眼，半天她的焦距落到一成身上，忽地笑了一笑，很隨意帶一點小女孩子的嬌憨，問：「你來啦？」

喬一成居然有一點臉熱心跳，「啊」了一聲，也不知再說什麼。

居岸慢慢地坐起來，拍拍身邊空出來的一塊地方：「坐我這裡來。」

一成坐下來。居岸把雙手握在一起，夾在自己的膝蓋間，接著說：「好冷。」

一成說：「還是冷嗎？空調溫度不算低，大概是妳剛醒的緣故。」

居岸忽地把手塞到一成的腋下：「給焐焐呀。」

一成被她孩子氣的舉動弄得稍稍一呆，接著又笑起來，攥了她的手給焐著。

居岸喃喃地說：「暖和！」

居岸把頭靠在一成肩上，好一會兒，突然說：「你有太太的，怎麼辦哪，怎麼辦哪？怎麼辦哪？」

她要賴似的把頭在一成的肩上揉來揉去，揉得原本就亂的頭髮越發地亂成一窩，全黏成一綹一綹的，微微有一點酸臭味。

一成說：「居岸，我們洗個頭髮好不好？多好看的頭髮。」

居岸沒有回答，繼續在一成的肩上揉她的腦袋。

一成把她拉起來，到浴室打開熱水器燒好了熱水，一成讓居岸坐在浴缸邊上，拿蓮蓬頭替她洗頭。

居岸有一點不老實，把脖子扭來扭去，一成耐心地哄著她。

居岸的頭髮長且豐厚，打著細小的捲，抓了一成滿手，從手縫間鑽出來，一絲一絲黏在一成的胳膊上，癢癢的。

終於洗好了，一成拿了乾的大毛巾兜頭把居岸的腦袋包住細細地擦著，居岸似乎有一點悶住了，發出「唔唔」的聲音。

一成拉開毛巾，露出居岸的臉，沾了水氣，居岸的臉色好了許多，眼角眉梢繃得緊緊的，清秀動人。

一成看著她，低低地說：「居岸，我其實已離婚了。」

居岸大約是沒有聽清楚，「什麼？」她說。

一成笑著拉開毛巾：「妳有吹風機嗎？」

居岸說：「你說過的，用吹風機不好，傷頭髮。」

一成覺得心裡柔情彌漫，是五月的熏風吹過了。

「妳還記得呢？」一成說。

「你跟我講的所有的話我都記著呢。」居岸說著，依然站立不穩。

一成扶她回到客廳，讓她坐在黃昏的一片陽光裡，這是這一天最後的一點陽光，客廳裡還有空調，很暖。

一成用寬齒的梳子替居岸梳好頭髮，鬆鬆地綁了一根麻花辮。

居岸摸摸辮子：「你居然會編辮子？」

一成拍拍她的頭：「妳忘了我有兩個妹妹啦？小時候我不是也替妳編過，不過妳那時頭髮太短，又軟，編好不一會兒就散了。」

居岸聽了這話，慢慢地把臉轉向一成，好好地、好好地把他看了又看，叫：「一成哥？」

一成又笑：「終於酒醒啦？」

居岸這才看看周圍整潔清爽的一切：「多謝你，真是不好意思。」

一成又替居岸做了稀飯，居岸這裡除了米麵幾乎什麼蔬菜也沒有，只有一瓶辣椒醬，一成用來炒了一大盤雞蛋，居岸吃得很香。

一成在居岸家一直待到晚上九點多，居岸送他下樓。

他們一同在黑暗裡站了好一會兒，竟然都沒有說話。

一成離開的時候，居岸還站在原地，一成看著她在黑暗裡顯得更加細巧的身影，覺得老天爺好像真的在關了他的一扇門之後又幫他開了一扇窗。

喬一成最近心情好，最先發現的自然是宋清遠。他現在是臺裡的攝影總監，也不常跑新聞了，不過也是忙，這天難得有空在喬一成的辦公室裡說著閒話。

有年輕的小記者推門進來送來兩包紅雞蛋，說是有同事剛生了孩子。

宋清遠說：「咱們臺裡大肚子實在是一道風景了。上一次，新聞中心的那個誰，去採訪市長，挺著個大肚子，拿著話筒，連市長都看不過，說人都這樣了怎麼還讓人家出來跑新聞。還有那天我上電梯，電梯門一開出來個大肚子，等我上到七樓，電梯門再一開，迎面又是一個大肚子，我當時還懵了一下，怎麼開個門、關個門，肚子還在人變樣兒了！」說著大笑，問生的是男是女。

小記者殷勤作答道：「是個大頭兒子，聽說是三代單傳，喜歡得瘋了。」

宋清遠大聲嗤笑道：「什麼狗屁封建思想！這年頭，兒子哪有女兒好，男人找個對象還得低三下四的。前兩天，社會新聞裡頭報的，有個大學男生，為了追同系的一個女孩，捧著一大把花在人家姑娘的窗根底下灰溜溜地站了一個晚上，這大冬天的，那姑娘還不樂意，把他的花扔垃圾桶了。你說做娘、老子的該多傷心啊？自個兒捧在手心裡長大的兒子給人家這樣糟踐，這要是我兒子，我打折他的腿，叫他再跑出去給我丟人現眼！」

小記者在一旁哧哧地笑。

宋清遠立起眼睛來衝他道：「誰讓你在這樂滋滋地聽的？能學個什麼好？幹活去！」

小記者偷笑著一溜煙地去了。

喬一成說：「女孩子現在果真是討不少便宜，地位是越來越高，看到喜歡的男人，也會毫無顧忌地倒追了。」

一句話說得宋清遠老臉一紅。

前陣子新聞中心新來了個大學生，女孩子，才二十二，來的頭一天就碰上宋清遠在訓一個小攝影，說那人的畫面沒有品質，鏡頭明顯在晃動，要端不穩機器為什麼不用三腳架，訓到激動處，宋清遠嘩地甩開外套，搶過那小攝影的機器扛上肩做示範，那派頭一下子吸引了小姑娘，從此見到宋清遠就叫「宋老師、宋老師」的，聲音甜得滴得下蜜來。

宋清遠起先沒在意，以為不過是小丫頭在大男人跟前發發嗲，誰知沒過多久有一天，小姑娘對他說，同事們商量了下班一起出去玩，邀請宋老師也參加，宋清遠沒過腦子想傻呵呵地便去了，發現只有小姑娘一個人，這才明白小姑娘的心思，從此唯恐躲之不及。

宋清遠說：「兔子尚不吃窩邊草，我是總監又不是禽獸老不休！」

喬一成現在又提起這件事來，還說：「其實也大不了幾歲，算不上梨花壓海棠，老牛吃嫩草的。為什麼不考慮一下？」

宋清遠說：「不是年紀的問題，你就說像我這樣的，要人才、有人才，要相貌、有相貌，要家勢、有家勢，七老八十走出去也是一堆人圍上來，烏泱烏泱的，轟都轟不走。」

喬一成忍笑忍得肚子抽筋，便問：「那是什麼問題呢？」

宋清遠極其認真、極其深沉地回答：「她，很明媚，很憂傷。」

喬一成終於縱聲大笑。

宋清遠歪過頭來細打量他一下，說：「老喬，這麼多年來，你這是頭一次真正地笑，以前都不過只是扯扯面皮。」

宋清遠「啪」地一拍桌子：「我知道，你動了。」

「什麼？」喬一成問。

宋清遠伸出一指在喬一成胸口處用力一戳，走了。

這個時候，喬一成的手機響了。

一個陌生的聲音問：『請問你認識文居岸嗎？』

4 原指不明病原體引起的傳染型肺炎，此指二〇〇三年的SARS。

第九章

——孫猴子取經九九八十一難，人哪，沒孫猴子那本事，
可一輩子，為難事比孫猴子可多得多了，
說到底，人比孫猴子還厲害，什麼都得扛。

1

喬一成把居岸從派出所送回她自己的家。

居岸喝多了，滾在路邊，被聯防發現了，人家問她話，她也答不上來，醉得實在厲害，聯防只好把她送到了附近的派出所。

居岸的手機上正好有一成剛打過去的通話紀錄，員警便叫了他過去。

居岸看見一成時依然沒有清醒，滿身的汙漬，一件薄外套揉得稀皺，可憐那種牙黃最不經髒，居岸縮在牆角，頭髮紛披下來擋住了臉。

一成快速地辦好了手續，扶起居岸，居岸仍然不是很清醒，歪在一成身上，腳下自己

給自己使著絆子，一成差一點讓她帶著一同跌倒。

一個年紀稍長的民警幫著把居岸扶出去，一成站在路邊等著出租車。

那老員警小聲地說：「這位小姐是你朋友？」

一成點點頭。

老員警意味深長地說：「這樣的人我們見得多了，這還沒三更半夜呢，就喝成這個樣子，這個毛病跟吸毒也差不太多，很難改的。她剛才就睡在馬路邊上，皮包早叫人給順走了，虧得人沒給帶走，還真危險，年紀輕輕，長得也不錯。她沒家裡人嗎？叫他們看好她啊。」

一成心裡莫名地煩躁著，不高興聽他絮叨，有車來了，一成謝過員警，聲音生硬冷淡得不應該。

那員警望著揚起一陣細塵遠去的車子，鼻子裡哼一聲：「有你的苦吃呢。」

不過喬一成沒有聽見。

一成帶居岸回到她的家，一進門，一成便發現，居岸的屋子比先前還要亂，到處都是換下的衣服，報紙四下裡散著，還留有一絲湯底的紙泡麵碗翻在茶几上，窗子緊閉，屋子裡氣味複雜腌臢。

醉酒的居岸好在沒有吐，也不鬧騰，就是不大認得人。一成只好幫她脫了外套，讓她暫時躺在沙發上，在廚房裡找到食材俐落地做了一碗醒酒湯，也顧不得燙嘴，給她灌下去。居岸嗆著了，伏在沙發上大咳，一成才覺出自己因著肚子裡的那股子急與氣，太莽撞了些，又回身拿了乾淨毛巾替居岸洗了把臉。

毛巾溫熱的觸感大約叫居岸很舒服，她像小動物那樣哼哼兩聲，突然一拍沙發，把一成嚇了一跳。

居岸高聲地說：「痛快！好痛快啊！」

聲音陌生粗嘎，氣勢洶洶又透著一股子放肆的樂呵勁。

「喝得好啊，真好！你不讓我喝是不？我偏喝給你看。你叫我學文，我偏學個商，你叫我嫁誰我就嫁誰？美得你！我高興嫁哪個就嫁哪個，你看這樓底下……」居岸從沙發上彈坐起來，搖搖晃晃地走到窗前，「你看這王府井大街，回頭我就弄個抹布紮成個彩球，從這兒扔下去，砸到哪個我嫁哪個，砸到個麻子我嫁麻子，砸到個禿子我嫁禿子，哪怕來個癱子給人推著上街，砸到他腦袋上我也嫁！」

居岸咯咯地笑著，上前攙了一成，歪歪倒倒地轉圈：「爸爸，我們來跳個探戈。探戈，你知道是什麼嗎？你不會吧？我媽跳得好，我告訴你……」她湊到一成的臉上，「爸，我告訴你……」她怪腔怪調地說，「探戈就是趟啊趟著走。」

一成緊緊地抱著居岸，叫著她的名字。「我們不跳了好不好？」一成哄著居岸，「我們跳得累了，歇一會兒，來，居岸，來。」

居岸忽然把頭貼在一成的脖頸間，像一個小小女孩子那樣細聲細氣地說：「我知道，爸，你累了、你病了，身體不大好，跳不動對不對？沒有關係，我帶你去看病，我給你找最好的醫生，反正她有的是錢，我們用她的錢來看病，你不要不好意思。這沒有什麼，沒有什麼的，男人也是可以用女人的錢的。」

喬一成覺得脖子裡慢慢地濡濕一片，居岸的眼淚慢慢地順著他的脖子流到他的脊背上，他不記得曾經有誰把這種溫暖潮濕的感覺賦予他。

除了文居岸。

多年以前，以及今天。

喬一成覺得非常心酸。如果可以，他願意把這十來年重新來過，把他以及居岸的生命以一種新的方式走上一遭，或許他們都不會那麼痛也不會那麼煎熬。

一成輕輕地拍著居岸的背，告訴她：「妳爸爸很好，現在他很好了，居岸。」

居岸平靜了一點，她伏在他的肩上，側著頭看著那扇一直關著的門。

居岸說：「其實，我是知道的呀，你不是我爸爸，我爸爸沒有了。他病了，後來死了。」

居岸伸出細長的食指，指著那扇門：「就死在那個屋子裡頭。他病的那一年裡頭，除了住在醫院裡的那幾個月，他就一直住在那間屋裡，一直到醫生說他沒的救了，他也是想要回來的，他喜歡那間屋子，說是死也要死在家裡頭。你不知道他有多喜歡那間屋子，他說他一輩子都沒有想到可以住在這樣四四方方、規規整整的房子裡，腳底下踩的是光光滑滑的木地板。」

「你不知道，」居岸抽抽鼻子，「你不知道，我爸爸是多麼自覺的一個人，恨不得把自己弄成一個隱形人，他不要給人添麻煩，病得那樣重，還要自己洗內衣，吐過了，也硬撐著要把地拖乾淨。有一個階段，治療得還不錯，他能下床走動，甚至能出門散步，那段時間，他居然天天給我做一頓飯，摸著蹭著幫我收拾東西。」

居岸把手指擱在唇上「噓」了一聲。

「你聽。」她說。

喬一成豎起耳朵聽了一聽，問：「聽什麼，居岸？」

居岸神祕地壓低了聲音說：「我有的時候，晚上，還可以聽到他在屋子裡拖著腿腳走路的聲音，『刺啦——刺啦——』走過來，又走過去。只要仔細聽，就可以聽到，你說他是不是其實還沒有走？我爸爸，他還沒走？」

喬一成只覺汗毛倒豎起來。

那緊閉的灰濛濛的門後邊，似乎真的有人，步履蹣跚，因著一念不捨，踟躕不去。

一成不知道居岸到底有幾分真醉、幾分糊塗，他只知道一件事。

居岸不能再在這裡住了。

他不能讓居岸陪著一個已經死了的人一同死去。

雖然此時他並不知道，居岸的悲痛裡有幾分是為了父親，還有幾分是為了什麼，但他認定了，居岸是不可以再在這裡住下去了。

一成從地上撿起一件稍乾淨的衣服讓居岸套上。

「我們走。」他說，「我帶妳走，我們不在這裡了。」

居岸終於伏在他肩上放聲大哭，「不成的。」她說，「這是不成的，你有太太的，你有太太。」

一成耐心地等著居岸的哭聲漸漸地小下去，然後說：「沒有，我現在沒有太太了。」

『只有妳，居岸。』這話一成沒有說出口。

喬一成把文居岸接回了自己家，暫時住了下來。

居岸酒醒後還是想搬回自己家，一成堅持說，即使要搬，也要等妳澈底戒了酒以後。至少，在單位工作時妳不可能喝酒，在我這裡，妳也找不到一滴酒。

一成終於留住了文居岸，居岸真的開始在一成的幫助下戒酒。一成抓到過兩次她偷喝，被當場逮個正著的居岸也不狡辯，只是怔怔地看著一成，一成心軟，不過不會妥協。

居岸身體好了一些，不過精神時不時地會有些恍惚。

一成想，會好的吧，當然還是需要時間的吧。

居岸住進來三個月以後，三麗跟一丁從北京回來了。

一成發現王一丁臉色比走之前更加差了。差的不是氣色，是精神氣。

三麗倒還好，衣著依舊整潔，人瘦了些，但也不至於嶙峋憔悴。一成知道他是不可能從三麗嘴裡問出什麼來的，不過看他們夫妻倆的樣子，不像是有矛盾的，一丁雖然不如從前那樣笑模笑樣的，還是那樣體貼，拿三麗當寶似的，這是裝不出來的。

三麗去四美家接兒子時，四美也問過她，這一趟去北京那樣久到底是為了什麼？三麗不肯說，並且嚴厲地跟四美說，叫四美不准到大哥那裡去挑著頭來打聽她的事。

「大哥夠操心的了，現在他剛剛好一點。」

四美半天才說：「姊，妳看這個文居岸，她跟大哥會不會有結果？」

三麗想了好久，說：「我也不知道，不過，大哥似乎對她……很不一樣。」

「哪裡不一樣？」四美笑著問。

「我說不好。」三麗皺了眉頭，「大哥這個人，他在心裡頭，有意無意地，總要把人劃一劃、分一分，他覺得是跟我們不一樣的人，就算做了夫妻那樣親近的人，他也會客氣裡頭帶著一點疏遠，只有他覺得跟我們是一樣的人，他才會對人家掏心掏肺。」

「跟我們一樣的？哪種人是跟我們一樣的？」

三麗微不可聞地嘆了一口氣：「說不好，我們都沒讀過多少書，哪能弄得那麼明白？可能就是，得使出吃奶的勁才能過得好一點的人吧。」

「可是那個文居岸她媽不是很有錢、有地位的人嗎？」四美說，「她哪裡會過得不好？」

三麗看著四美，突然伸手摸摸她的頭髮：「妳這個丫頭啊，妳真是……」

四美低了頭，自嘲地笑笑：「可不是，天生的缺心眼子，跌多少跤也明白不了。」

三麗忽地做了一個從不曾做過的動作，她伸展胳膊，把妹妹緊緊地抱住。

四美不習慣這樣的親暱，卻又打心底裡依戀那一剎那不可名狀的暖意。她們都是這樣瑣瑣碎碎、乾巴緊湊地活著，一直都是，喬四美從小就渴望生活裡有那麼一點戲劇化，然而她的戲劇化只與愛情連在一起，她未曾想過親情裡也會有一念的戲劇化，這感覺陌生美好，又有一點讓人不好意思。

這一年十月中旬，南方託人捎來了兩竹簍的螃蟹給一成，一成原本想幾家分一分算了，可是二強說，螃蟹這個東西要一夥子人聚在一起，弄一點酒，吃得才有趣，所以把兄弟姊妹幾個全招到他店裡去，二強、三麗夫妻帶著孩子，四美與一成是落單的，加上巧巧，一起到二強那兒吃螃蟹。居岸沒有去，一成也覺得居岸去了似乎也不太合適。

那螃蟹真是肉肥膏美，一成後來也捎了大包自製的乾菜、點心給南方，都是南方愛吃的。

分開了以後，一成倒覺得，與南方的相處輕鬆起來，不再小心謹慎，也就不再覺得吃力。

二〇〇五年一轉眼就到了。

喬一成的兄弟姊妹們難得在一起一大家子過了一個年。

居岸也來了，這是她第一次跟喬家人在一起吃飯。

年過完沒有多久，大家發現，喬老頭子開始一天比一天顯出老態來了。說起來，他也是近七十歲的人了，瘦且乾，精神頭也有些不濟，最大的問題是，他沒有記性了。

起先不過是丟三落四，有時明明拿在手裡的東西他還在到處亂找，偏偏他又在家裡待不住，動不動就要往外跑，有兩次把鑰匙就那麼插在門上人就走了，幸好鄰居看見了，沒起什麼壞心，替他收了起來。

平時白天兄弟姊妹們各人都要上班、做事，實在沒有人能過來照顧他，他們幾個商量著，請一個保姆來看著他，二強說，保姆費由他一個人出就行了。可喬老頭子並不領情，大發雷霆說，一成他們是變著法子想害他，弄個來路不明的人，一個不注意給他吃的東西裡下一點藥什麼的，把他弄死了，好把老屋賣了換錢。

他不敢當著一成的面說這種話，只罵住在家裡的四美，弄得四美委屈又生氣，乾脆隨他去了。

可是不久之後有一次，喬老頭在廚房裡自己弄東西吃，煤氣沒有關好，氣罐口著了火，還好火沒成氣候，救得快，等火給撲下去時，小廚房已燒了半間，整個灶臺一片狼藉。鄰居也怨聲不斷，說他這樣糊塗下去遲早是要把整個院子的人都害了，說不定連這條巷子都保不住，都知道這一片全是老房子，木頭的房樑又老舊，沾火就著，燒起來沒得救的，要是喬家人再不想一點辦法，那麼他們只好找居委會來評評理了。

於是，保姆曲阿英來到了喬家老屋。

她五十多歲，安慶農村的，烏髮，扁臉，略有一點齙牙，看著還算乾淨爽利。過了年，有一天，有個人來找喬一成。

2

喬一成看著眼前的女人，驚訝於她在歲月面前的無敵。

她依然是多年以前那副衣著整潔雅致、極其妥帖的樣子，頭髮是由黑變白之前的麥色黃，越加襯得她的臉色白皙。臉部略微有一點鬆弛，卻使她的五官顯得比從前柔和，完全掩蓋了原本的那一點點凌厲。她還是那麼苗條，長至膝下的大衣服勾出她修長的體態。她在這個年紀依然是一個引人注目的女人，她的年紀只使她的韻味更加豐厚起來。

喬一成看著她想，有的女人是這樣的，她們永遠有本事把自己的命運握在掌中，她們還要把別人的命運也一併地握住。

喬一成在她的面前忽地覺得自己變回了那個二十歲的毛頭小夥子，在這樣的女人面前，總有一份隱隱的懼怕，怕她輕而易舉地於一派閒適優雅中就摧毀了自己苦心經營的一切。

事實上，喬一成有一點過慮了，居岸母親開口說話時，態度是那麼的誠懇溫柔。

她說：「居岸現在住在你那裡嗎？」

「是的。」喬一成下意識地就挺了挺脊背，倔強地，示威地。

居岸母親伸手在喬一成的手背上輕輕地拍了一拍：「不要誤會，我是真心地，想感謝你為居岸做的一切。我想不到她還會遇上你，這是她生活裡最終出現的陽光。」

喬一成笑了，哦，原來他現在成了一片陽光了。當然，現在的他，有學歷，有一份不錯的工作，這一切似乎使他這個出身貧寒的小子周身光鮮了起來，入得了人的法眼了。而過去，在這位女士的眼裡，他喬一成不過是一片烏雲，懸在文居岸的頭頂上，好像隨時會給她帶來一陣陰雨。

喬一成越想越生氣起來。

居岸母親繼續說：「居岸她這些年，很吃了一些苦楚。她過得並不好。她，有過一次極不如意的婚姻。那個男人，對她很不好，有一年，我去看她時，發現她被那男人打得躺在床上動彈不了。小喬老師……」她沿用了過去對喬一成的稱呼，「小喬老師，居岸她，能走出那場婚姻真的很不容易，能再遇到你，得你這樣待她，我做母親的，真的很欣慰。可是，有件事我得跟你說明白，居岸她，有一次在懷孕時遭她前夫暴力對待，身體上受了很大的傷害，她可能這一輩子都不會有孩子了。如果你介意，我想，你們還是現在就畫上一個句號的好，如果你不介意，我做母親的，祝福你們。」

「可是，興許您也已經瞭解了，我也並不值得您這樣欣慰，我是個離過兩次婚的男人，我的生活也不如意，我還是拖了一群弟妹們，含辛茹苦，我的條件還是和二十年前一樣，並不符合您的要求。」

喬一成的言語漸次尖刻起來：「二十年前我入不了您的眼，您一定要把我和居岸隔開，二十年後您卻以這樣的低姿態來施捨我們一個新的機會，說到底無非就是您覺得居岸有過這樣的經歷，她在您心目中的價值打了折扣了，所以可以與我這樣的男人湊合了，對不對？」喬一成湊近居岸母親，聲音裡有壓制的憤怒，「哪有您這樣做母親的？哪有母親可以這樣看自己的女兒？一個做母親的，就算女兒零落成泥也依然會把她當一個寶。」

居岸母親的臉色微變：「居岸一直是我的寶貝，從前是，現在是，將來也會是。」

「可是妳卻從來不懂得怎麼樣好好地愛她。」喬一成說。

他拿起自己的外套，穿上，他發現自己在發著抖，完全沒有辦法拉好外套的拉鍊。

「妳不許她見親生父親，妳逼得她嫁一個自己根本不喜歡的人，現在妳又用這樣施捨的態度來汙辱她。」喬一成說，「妳放心，我會待居岸好的，我什麼也不會介意，我要居岸，不是因為她現在可以屈就我了，是因為我一直都把她放在我心裡頭。而且，」喬一成笑起來，有幾分驕傲，「而且我們現在也不需要得到妳的允許才能在一起！把妳施捨的姿態收一收吧。」

喬一成憤而離去，只聽得居岸母親極低的一句話：「你不明白，不是你想的那樣……」

喬一成不想再聽她的任何一句話，他甚至覺得跟她出來見這一次面都是極大的錯誤。

喬一成到家時，看見文居岸正在廚房裡做飯，穿了一成的一件圍裙，長得一直拖到小腿上，背影看來格外的單薄。

她發著愣，直到鍋裡水開，才手忙腳亂地揭開鍋蓋。

居岸回過頭來的時候，看見喬一成呆呆地站在廚房的門那看著自己，居岸訝異地發現一成滿眼是淚。

居岸試探地問：「你回來了？你……你見過她了？」

一成點點頭。

居岸低了頭：「她說了什麼讓你不開心了嗎？」

「不，她沒有，我也沒有不開心。」一成說。

居岸扯了圍裙一角，顯得特別緊張：「她還告訴你什麼沒有？」

她的眼淚開始大顆大顆地落將下來，喬一成走過去把她抱在懷裡。

「不，這沒什麼居岸，這個不成問題。」喬一成說。居岸的眼淚反使他的心境平和，使得他覺得自己的周身充沛著一種極度的溫柔。他接著說：「這沒有什麼的居岸，真的，我十二歲就帶著弟弟、妹妹們，我這輩子，實在是帶夠了小孩子了。」

居岸在一成的懷裡抬起頭來，微微有一點詫異：「她就說了這個？還說了別的什麼嗎？」

一成笑起來：「沒有。哦、對了，她還說祝福我們。可是我告訴她，我們不再需要她的允許，不需要她的同意了。」

居岸也笑起來，臉色復又暗了一暗：「其實她這麼多年來也是不容易，她為了我操了好多好多的心。當年，她介紹她的學生給我，說那是一個很優秀的人，可是我一心只想著怎麼樣做才能讓她生氣，我說我要自己選一個人嫁，我要像她一樣，我要嫁一個她眼裡的下等人。我要嫁沒有學歷的，沒有體面工作的，出身也不好的，來自農村的，我說，只有這樣的人我才嫁，我就喜歡嫁這樣的人。後來我就跟我的前夫結了婚，他是我們單位的勤雜工，我回家去告訴她我要結婚了，我知道她很痛苦，可是她還是給我準備嫁妝。我過得不好是我自找的，與她，沒有關係。」

「四年前，我離婚後，回到南京來找父親。一年以後父親重病。但這幾年，我還是快活的，她沒有攔過我，我要在這裡找工作，也是她幫的忙，她幫父親治病、買房、找醫生……她沒有愛過我父親，她這一輩子，沒有得到過一個愛的機會。她也很苦的。」

居岸從一成的懷裡掙出來，回過身去盛湯，廚房裡很安靜，只聽得勺子碰上碗沿的輕輕的叮噹聲。

一成在一片寂靜裡對著居岸的背影說：「居岸，我們結婚吧。」

在之後的一段日子裡，一成與居岸開始慢慢地做著結婚的準備。

一成的快活裡有一絲絲不安，因為他發現他自己拿不准居岸的意思，居岸也不是不快樂，只是她的快樂總會讓一成覺得有一些偽裝的成分，似乎她總在告訴自己，一次又一次地提醒自己：「我是應該快樂的，應該快活，苦盡而甘來，原本就是人生的一件樂事」。

一成覺得可能居岸還是有心結需要時間來一點點地打開，直到有一天，一成發現居岸其實還在偷偷地喝酒，更加肯定了自己的猜想。

居岸是需要時間的，而喬一成也願意給她時間。

喬一成的婚姻大事其實呈現出一種膠著的狀態，而喬家卻有一個人，積極地做起了結婚的打算。

一個讓人猜破了腦殼也想不到的人。

喬祖望，喬一成他們的老爹。

喬祖望被他的保姆曲阿英照顧得相當不錯，喬老頭子一輩子生活困頓，從來沒有過過什麼特別富裕的日子，可是倒是極挑嘴的，就算是最艱苦的那幾年他也想盡一切辦法使自己能吃上口好的、合口的。

他在過去的四十年裡，先是挑剔他的老婆燒的菜不夠好吃，後來挑剔他的兒子、女兒們。他總覺得他這一輩子都沒有享到他想要的口福，料不到在近七十歲上頭，他得了這樣一位保姆，她做的飯菜極對他的胃口。

也許那句話說得對，抓住一個男人的心是從抓住他的胃開始的，曲阿英漸漸地，在喬祖望的心目中成了一個不可或缺的人，有一次她家大兒子結婚，她不過回去了一個星期，喬祖望便打了無數的電話過去，催著她回來。

漸漸地，喬家的兒女們發現喬祖望竟然白胖起來，因了這一點白、這一點胖，他的面目也不似過去那樣可憎，有了一點上了年紀人的慈眉善目樣來，平日裡也會在曬著太陽心情極好的時候摸出一些零錢給外孫女巧巧買一點吃食，極有耐心地餵到孩子的嘴裡。

慢慢地，曲阿英對喬老頭的態度有了微妙的變化，她不再叫他「東家」，卻叫他「喬大哥」，她會在他抽菸時呵斥他，抱怨他弄髒了她剛換好的床單，又給她添了麻煩，他讓她買什麼菜她常常駁回，「這個你不能吃，這個是時新菜，你知道多少錢一斤嗎？」她甚至每晚跟他面對面坐著小酌上一杯。而喬老頭，也開始不讓四美支使曲阿英做事了，每回四美叫她幫著曬一曬衣服或是看一會兒孩子，喬老頭子都大聲地阻止。

「請的這位保姆不是為了照顧她，妳二哥給的錢是為了讓她來照顧我的，人家沒有義務替妳做事情，除非妳肯再添人家一份薪水。」喬老頭子說。

四美偶爾在兄姊面前笑言：「老頭子對這個保姆比對自己兒女還心疼呢。」

可終究誰也沒有把這些事放在心上，老頭子能有現在這個樣子，舒舒坦坦、安安生生，身體精神都不錯，也的確虧了這位保姆。

終於有一天，四美著急忙慌地打了個電話給喬一成，四美在電話裡尖著嗓門哭聲哭調地說：『不得了了大哥，我們家要出大事了！』

喬一成有不少日子沒有聽到四美這樣尖聲尖氣、沒頭沒腦地說話了，喬一成想：『攤上這麼個家，就是隻貓，牠都得短命！』

他問：「什麼大事？」

四美說：『爸，他，他要結婚了！』

「什麼？」喬一成幾乎要長聲大笑起來，「他要什麼？」

『結婚！』四美重複，『他要跟保姆結婚。』

「我的天！」喬一成嘆，「我錯了、我錯了，真是折壽啊，這種家庭、這種老子，那得是烏龜命才能對付！」

喬家兄妹幾個沒有想到他們再一次聚在一起竟然是為了老父親的婚事！這件事，真是叫人又好氣又好笑。簡直就是一場笑話！

四美氣得眉眼挪位說：「老頭子一輩子吃喝抽賭，就只一個優點——從來不嫖，說女人麻煩得很。誰想得到，老了、老了，反而把這唯一的優點丟掉了，多生出一段花花腸子來！」

三麗本來也氣呼呼的，聽到這裡倒「噗哧」一聲笑了出來，二強也笑了。

四美拍拍巴掌說：「你們還有心思笑得出來！」

二強安撫小妹妹說：「妳也別急成這個樣子，興許他只是一時的念頭，不當真的。」

四美說：「怎麼不真，他都開始看日曆找日子了，居然還要定酒席！」

二強猶猶豫豫地說：「其實吧，曲阿姨呢，的確對老頭子照顧得不錯，現在時代不同了，老年人結婚，也……也算不上特別奇怪的事，也不怎麼丟臉的，如果老頭子真的要結婚就讓他結去算了，天要下雨，娘要嫁人，我們當兒女的也不好太過阻撓。」

四美利俐落落地反駁二哥：「你是老二，但是你不能二，現在不是我娘要嫁人，我娘早死了，骨頭都能敲鼓了！現在是人家要嫁到我家來做我娘！我長這麼大，連老婆婆的氣都沒受過，哦，現在反而要弄個後媽來折磨我？」

三麗說：「我倒是不擔心她磨折我們，我們都大了，她怎麼可能欺負得著我們？我倒是怕她有什麼別的打算呢？她可能想著人財兩得！」

二強「噗」地笑起來：「三麗，妳從來就不是這樣的人，而且，老頭子有多少錢我們還不清楚？他這一輩子，少爺身子、窮小子命，有一點點錢就吃喝賭掉了！」

四美加入進來：「說你二，你不光二，還弱智起來！老頭子是沒錢，可是有房子！別看這一進老舊的房子，可是冬暖夏涼。現在正在搞老城改造，已經拆到前街口了，明後年這裡一拆，政府有補助的，還不少，那不就是錢！」

二強說：「不是說這一帶屬於文物，要保護傳統民居，不會拆的嗎？」

四美說：「狗屁！保護是保護人家以前大戶人家的公館，裡裡外外好幾進的大宅子！這裡一定是要拆的，拆了好跟那些個大宅子連成一片，弄成個旅遊點收錢的！況且我也真不是為了那些錢，我有工作，養得活自己，我只是替我死去的媽不值，我媽一輩子跟著老頭子沒有過過好日子，憑什麼讓這個女人來把什麼都占了去？大哥，你說句話吧！」

喬一成一句話也不說，就只冷笑。

3

喬老頭子要在近七十高齡的時候結婚，在喬家的幾個孩子中間掀起了軒然大波，與喬老頭子爭吵最激烈的是三麗。

三麗說喬老頭子一輩子自私，是不是打算自私到死？

喬老頭子勃然大怒，順手拿了桌上喝水的杯子就朝三麗頭上砸去，若不是一成拉了三麗一把，把她護到身後去，三麗的頭鐵定要被砸破了。

水杯砸在喬一成的背上，隔著冬天的衣物也覺得悶痛，水濺到一成的髮角上，順著直流到一成的脖子裡，在脊背上劃出一線冰冷。

這天，已進入四月，來了寒流，居然冷成這樣。

三麗看老頭子竟然下了狠手，大睜了眼看著老頭子因為生氣而紫脹的面皮，三麗恨聲地說：「你砸我？你又為了你自己恨不得害死我？」

只有喬一成聽出三麗話中的含意，多年前不堪的舊事撲面而來，帶著陳腐的氣息，拉了人直往過去裡沉下去、沉下去。

一成看著三麗抖著的雙唇，赤紅的眼睛，才明白一件事——能忘卻的人，都不是親身經歷過的人。

喬一成把三麗拉過來，冷眼看向父親問了這一天來的頭一句話：「你真的要結婚？」

「要結怎麼樣？你做兒子的再有本事也管不到老子結婚。」老頭子梗了脖子答。

喬一成卻又笑了：「我不管你，我就問你一聲，你可想清楚了？」

一成的態度叫喬老頭莫名地心虛，眼皮子跳了一跳：「想清楚了。我把你們養到這樣大，也該我自己去過兩天有人侍候的好日子了。」

一成扯了臉皮，喉嚨裡發出「呵呵」的聲響來，二強知道，他哥氣急時才會有這種表情與動靜。

一成笑說：「哦，這我倒是頭一次聽說，原來這麼多年都是你在照顧我們，侍候我們，真是父恩難忘。行，你要結婚，我們沒人攔你，你儘管結好了，可是，男人成了家、結了婚就要自己養家糊口，從這個月起，生活費我們都可以不給你了，多謝你老爹爹體貼兒女們的不易，二強、三麗、四美，老爸給我們省錢了，以後，我們可以不用拿一分錢來貼他了。」

一成邊說著邊往門外走：「走了、走了，我們都走，不要耽誤著他老人家跟愛人商議終身大事。」

轉過頭來又對喬老頭子說：「您老要不要借輛車接新娘子？我有朋友，有輛加長凱迪拉克，我開口替你借，他一定會給我這個面子。」

喬老頭氣得要瘋，從這日起不與幾個兒女們來往，並勒令四美趁早找了房子搬出去，說喬家老屋是他的，從此半寸地面也不叫不肖子孫們占了去。

一成叫四美先搬到他那裡住，喬四美犯了牛脾氣，死活不肯走，說是就要留下來跟後媽鬥爭到底。一成打了幾次電話叫她從家裡搬出來，他有辦法治那個老頭子，可是四美說她是絕不會走的，這屋子是老頭子的不假，可是這房產前兩年買下來的時候，可都是他們兄妹幾個出的錢，老頭子半毛錢也沒有拿，現在憑什麼把出錢的人趕出去？把這一進三間房子給外人占了去？況且她喬四美在這裡生在這裡、長在這裡、結婚在這裡過日子，三十來年了，離了這地方就像橘子樹移了窩，是要死的。

喬四美在電話裡對自己大哥說：『我就不信鬥不過他們了，我告訴你大哥，我現在才明白毛主席他老人家說得真對，一切反動派都是紙老虎，老頭子敢把那個女人娶回家裡，我就在他們辦喜事的那天用大喇叭給他放〈賈寶玉哭靈〉！』

喬一成被喬四美逗樂了，這依然還是他那個啥也不怕、氣沖霄漢的小妹妹，沒頭沒腦，想到做到，愛恨分明，勇往直前。

喬一成並不怕喬老頭子真的趕四美出去，他有他的撒手鐧，幾十年他早就學會對這個做父親的留一手，他只是怕四美在家裡受氣，看這情形，四美也吃不了大虧，喬一成便由得她去了。

因為有兒女們的這一場鬧，倒真的讓喬老頭子熄了那高調辦婚事的念頭。老頭子想，反正現在已住在一起了，辦不辦的，以後再說吧，也好，省兩個錢。

曲阿英在這一場吵鬧中卻一直是保持著一種低姿態，她不參加爭吵，不發表任何意見，她溫順地隱在一角，低眉搭眼，連聲息都是輕的、淡的，影子也是薄的、稀的，做事也是輕手輕腳，俐落勁還是照舊，待老頭子卻格外地溫厚了。

對喬四美的挑釁、冷眼與指桑罵槐，她也只一味地裝聾作啞，這麼個小小的家，同一個大門進進出出，抬頭不見低頭也見，說不難過是不可能的，曲阿英在鄉下這許多年，遠近的人都知道，那也不是個好相與的角色。

『不過，管他呢。』曲阿英在水龍頭下嘩嘩地放著水沖著一把紅梗菠菜，『管他呢，只要老頭子不開口叫她走，她便有機會在這家裡站住了腳，紮下了根。』她抬頭望望青得發黑的屋脊，『是好地方啊。』她想。她不過三十便喪夫，生活裡所有的一切，都要她自己給自己掙來，也沒什麼不好，她總做得了自己的主。

她知道她現在最要緊的，是籠絡好老頭子，所以格外地對他照顧得周周到到。

那天喬老頭子與兒子、女兒們大鬧了一場，等喬家的幾個子女都走了，喬四美也抱了女兒出門逛去了，曲阿英弄了兩樣小菜，拉了喬老頭子對坐著喝起來。

「天冷，」曲阿英說，「我給你溫了一點米酒，剛有人從老家那邊帶過來的，自己釀的，分了一點給我，嘗嘗。」

喬老頭子這一晚上足多喝了幾杯，一張臉紅裡透出了紫，顴骨處泛著油光，鬆塌的兩頰上老人斑格外地鮮明，眼眶紅了，眼角有濁黃的黏液浸出來。

曲阿英想，到底是大了自己近二十歲的人，他的的確確就是一個糟老頭子了，湊近了時，可以聞見他嘴裡噴出的老人氣味，那種漚爛東西發出的味道，再細看時，新換沒兩天的內衣領口上一圈老油漬。

『人哪。』曲阿英想，『人老了，不就是這麼個東西，年輕時再光鮮水靈，也都會有這麼一天的，誰都經不起日子的磋磨。』

曲阿英拿掉喬老頭子手中的酒杯，換上一小碗的濃湯，喬老頭子端起來喝，淋淋瀝瀝地潑了一襟口。曲阿英拿來乾淨毛巾替他擦了之後，乾脆就把那毛巾給他掖在脖頸間。

她對他是沒有什麼感情的，然而這麼面對面地坐著，對著燈，喝著酒，看他露出老態來，聽寂靜裡那一點自心口傳出那悶悶的心跳聲，總還有一點點憐憫、一點點不忍，這感覺碎木屑浮出水面似的浮上心頭，輕飄含混。

三麗這些日子卻沒有精力來管自家老爹爹要結婚的事。

一丁的父親自摔了腿以後在床上躺了好些年了，前不久，老爺子走了。

原本病了多年的老人，這也是正常的，只是事情來得太過突然。

那天晚上，一丁他爸還跟一丁的兒子玩了一小會兒，然後說有一點累了，想早一點睡，睡前還讓小孫子替他把收音機調到新聞頻道，說是聽一會兒新聞就睡了。

隔了十來分鐘，一丁他媽說：「你的收音機怎麼開那麼大聲？」

卻聽不到一丁爸的回答，一丁媽又說：「睡了嗎？」走過去替他關了收音機，細一看不對勁，老頭子的臉孔突地塌了下去，伸手指到鼻端一探，鼻息全無。

一丁媽愣了一下，驀地大聲哭叫起來。

一丁從房裡衝出來，看到這情形，趕緊打電話叫救護車，車子到後醫生檢查了一下，確認老人已經死亡。

一丁媽這一次拉長了聲音號啕大哭起來。

這一場喪事儘管盡可能地從簡了，還是讓一丁與三麗忙亂了一場。弟妹們都不在身邊，隔了兩天才趕回來。

一丁爸突然離世，一丁媽哭得很凶，親友與來賓們都苦勸，說一丁爸也是拖了好多年的病人了，這樣一走，沒有再受多一點的苦楚，也是他修來的福氣。一丁媽只是拉著來人的手，反反復復、喋喋不休地說：「太突然了啊，太突然了啊，一點準備也沒有啊，前十分鐘我還和他講話的，後十分鐘就去了。」

一直到葬禮過後好幾天，一丁媽依然是見人就重複著這幾句話，她女兒聽得煩了，上前阻止說：「媽不要跟祥林嫂似的，那麼幾句話總顛過來倒過去地說。」

這麼說了幾次之後，一丁媽果然不再對人說了，話也漸漸地少了起來。

小兒子和女兒又回了自己的家，日子又照常地這麼往前過。天越往熱裡去的時候，一丁媽開始咳嗽不止，有一天一丁發現，媽媽痰裡帶血，嚇了一跳，跟三麗說要帶媽去看病。

一丁和三麗把老太太送到醫院，醫生叫拍了X光，說是肺氣腫，一丁和三麗都放了心。雖說病也不輕，可到底不是什麼絕症，慢慢吃藥調養著會好的吧。

這麼拖到了五月，有一天三麗偷偷地跟一丁說：「我看還是再找個好醫院好大夫替你媽再看一次吧。這藥吃了這麼久也不見好轉，還是咳，現在越到了晚上越嚴重，我怕……會不會是上次那個大夫誤診了？」

一丁聽了心裡就是一拎，口裡說「不會吧」，心裡卻也想著這是很有可能的事。三麗說：「我看她不大好呢，吐出來的痰帶著紫黑的血。我聽人說，如果是鮮紅的血還不要緊，要是紫黑的血，多半不是好病，得趁早再查一下。」

一席話說得一丁也怕起來，便跟媽媽商量著再去醫院看一回，一丁媽堅決不肯，瘦得塌下去的臉繃得緊緊的，一丁勸了半天，她突然說：「我是再不要去醫院的，這一次進去了，我就出不來了。我曉得的！」

一丁一點辦法也沒有，老太太原本就倔，現在添了病更是沒法講理，這一句「出不來了」生生砸在一丁的心口，是了，她待他不好，可是，總還是他的媽，他不能看著她在家裡等死。

最後還是三麗想出了辦法，她把上一次老太太拍的X光片拿到喬一成那，求他幫忙找個相熟的好醫生再看看，到底是什麼毛病。正巧宋清遠說他的表嫂就是軍區醫院放射科的，陪著喬一成把X光片拿去一看，醫生斷定是肺癌。

一丁一聽到消息整個人就委頓下去，拉了三麗的手只曉得問：「怎麼辦、怎麼辦？」三麗也是怕的，怕的是老太太這次可能真的是逃不了一劫了，然而更怕的是這一場一場的變故，怕的是把她這一家子老的老、小的小，放在手裡撥弄著的命，半一點也不由人。

喬一成對一丁說：「什麼時候了你們還在猶豫，沒頭蒼蠅似的，還不趕快把老太太弄到醫院來，是化療還是放療，先治病要緊。」

可是，沒有人能勸得動一丁媽，老太太躺在床上，緊裹了一床新製的裡外三新的棉被，被頭一直拉到下巴處，水紅色軟緞的面子，襯得她的臉更加蒼黃，額頭隱隱的一道陰影。

她往被子裡又鑽了一鑽說：「享福嘍，新裡新面新棉花，什麼也比不了在家裡的床上睡覺舒服，死了也值了。」

一丁本來想趁著她睡著之後把她抬到醫院，可是老太太精明了一輩子，到了這會兒也不肯糊塗一點，說了，有誰敢把她往醫院抬，就等著給她收屍算了。

一丁與三麗完全沒了辦法，真真應了那句話：「病急亂投醫」。聽鄰居說，用棗樹的枝子煮水喝可以治這個病，老實人王一丁生平第一次趁著夜色在離家不遠的小花園裡偷摘了幾捧棗樹的細枝，三麗給煮出水來，淡紅色的一小碗，捧到老太太床前，哄小孩兒似的哄著她喝了。一天三次，一次也不落。

又聽說有個老中醫有個什麼治肺癌的偏方，一丁在城南曲裡拐彎的街巷裡，破房舊舍間穿梭了大半個上午，才找到那老中醫的小診所。一看那地方，一丁的心就涼了半截，硬著頭皮進去見了老中醫，要來了偏方，那人倒也沒要一丁太多的錢，他說，這年頭孝子少見，他算是替自己積德了。

這麼又拖了一個多月，夏天來了。

這座城市的夏天最難熬，濕悶酷熱，長得令人生了絕望的心。一丁家是老房子，密封得不好，空調不大管用，一丁媽也不讓用，說是那冷氣直往骨頭裡鑽，長了牙似的，啃得她渾身痛。

她在這樣的天氣裡竟然還裹著那床棉被，死活不叫人把被子拆了洗曬，捂得脖子上都長了痱子，撓破了，血紅的印子看著怪嚇人的。

三麗怕她生了褥瘡，只好一天幾次打了溫水替她擦身，內衣一天一換，饒是這樣，老太太頭髮裡還是生了蝨子。三麗頭一次在老太太的頭髮裡看見那細小的、灰白色、蠕動的小東西時，忍不住吐了一地。

三麗發了火，一聲不吭出門去，買回一把亮閃閃的理髮推子，按住老太太的腦袋，一推把她稀疏的灰白頭髮推了個精光，又不由分說地替她洗了個澡，撤換掉了那床厚被子。

老太太其實已瘦成了一把骨頭，身子兩側的皮掛塌著，一層疊著一層，即使是熱水洗過了，皮膚還是呈一種可怖的青色，彷彿她整個的人未死而先成了灰。

三麗的態度強硬，老太太倒溫順了起來，靠在三麗的懷裡，小孩子一樣地因著洗淨身體後的舒適微嘆著氣。光腦袋使她看起來很醜陋，固然是難看到了極點，但不知為什麼，褪去了臉上原本的那一股子尖刻與精明，此刻的她，倒顯出一點老人的溫和良善來。

她突然抓住了三麗的胳膊，啞著聲說：「我死的時候，妳記得，給我把那床水紅帳子張掛起來。」

「什麼？」三麗沒聽清。

老太太微笑了，略提高了一點聲音：「我是對不起一丁的。」

他不是我養的。

4

一丁媽跟一丁他爸結婚之後一直不生，不管她怎麼做小伏低，老婆婆還是橫挑鼻子、豎挑眼的，那意思叫一丁他爸離了她再尋一個能生養的。幸虧一丁他爸還是個有良心的，他不肯離婚，說，他大姊家在鄉下，孩子多，養不起，不如抱一個過來吧，抱個孩子來養說不定就懷上了。

一丁抱過來的時候，才四歲，生了一頭的頭癬，瘦得像猴子，一個勁地吃著手指頭，話也說不周全。那個時候，一丁媽是真疼一丁的，捨不得吃、捨不得穿，錢全花在他身上，小孩很快長高、長胖了，一迭連聲地叫爸、叫媽，一丁從小是懂事的，好帶得很。沒過兩年，一丁媽居然懷上了，全家都高興得不得了，過了一年又生了一個小的。多了兩張嘴，老婆婆、老公公又病，一丁媽又沒工作，全靠一丁爸一個人。

「人哪，骨子裡頭都是狠的。」一丁媽對三麗說，「沒事的時候你好我好大家好，一遇上事，就把那一份心橫著長了。」

當年，一丁媽就說，把一丁送回去吧，他大了以後也是他家裡的一個壯勞力，可是一丁他爸死活不肯，他捨不得，他是拿他當親兒子的。

一丁媽嘟噥著：「這麼多年，我待一丁不好……我待他不好。」

三麗驀地恨聲打斷她：「一丁知道這事嗎？」

一丁媽惶恐地看著三麗：「不，他不曉得，他從來就沒往那上面去想。他是老實孩子。」

三麗的聲音拔得尖尖的：「他老實，他老實妳還欺負他，他老實妳還待他不好？他不到二十歲就出來工作替妳養這個家，妳還是對他沒張好臉，妳的心不是橫著長的，妳根本就沒有心，妳這個惡毒的老太婆，妳現在有報應了吧有報應了吧？」

三麗趴在床上號啕大哭。

她不為自己哭，不為一丁與她的現在哭，也不為一丁與她的未來哭。

就只為了多年前那個孤苦的孩子，突然間被丟到一個陌生之所，誠惶誠恐地承接一份有目的的好意，然後突然間失去一切，舉目無親，四顧茫茫，他心裡的絕望與害怕是與多年前躲在樟木箱子背後暗地的她一樣的。

一丁媽竟然微笑起來，伸了手去拉三麗的胳膊。

三麗抬起頭來，露出哭得通紅的眼睛。

一丁媽說：「妳說得對，我的報應來了。妳看我病得這個樣子，我的親兒、親女各自過他們的日子，過得舒舒服服，沒有一個出來管一管我。三麗，妳跟一丁是好心人，你們會有好報的，我下了地獄也念著你們的好。」

一丁媽忽地在床上掙著坐起來，把頭磕在三麗的手背上，一次，又一次，抬起頭來說：「我求妳個事。」

三麗滿目厭惡，但見老太太光頭瘦臉，眉目浸在一片痛苦之中，連耳朵也縮皺成小小的一團，緊貼在臉側，骨瘦支離，舊衣舊衫，更顯得垂垂老矣，整個人就是一副瀕臨死亡的狀態。這麼一細看，三麗倒吃了一驚，忘記了哭也忘記了心裡的怨恨，半天說了句：「有什麼事，妳說。」

一丁媽似乎支撐不住了，側躺下來，在木板的床上磕出好大的一聲聲響，聽起來怪嚇人，三麗趕緊塞了兩個枕頭在她身下。

一丁媽喘了喘說：「麗啊，我知道妳是好心人，正派人，妳、妳看在一丁多少年來對妳好的分上，妳別跟他散了，妳別跟他分開，妳、妳跟他一輩子，他會對妳巴心巴肝的，妳給他一個家，妳積德，老天看得見的。」

三麗一時怔住了，她不知道老太太知道了一丁的事，可能是無意間聽到了，老太太從來都沒有糊塗過，她那樣的一個人，精明，會盤算，萬事不肯吃虧的，任家裡有什麼事，若她想知道，便一定會知道吧？若她想裝聾作啞也一定會滴水不漏吧？

三麗說：「妳放心，我不會跟一丁分開的，我們一輩子都是一家人。這輩子能遇上一丁，是我的福氣，沒有把福氣往外推的道理。」

三麗邊說邊快手腳地收拾了東西往外走，忽地回過頭來說：「就為了妳替一丁說的這番話，我給妳送終，妳放心！」

三麗走出去之後，老太太努力地翻了一個身，望著灰撲撲的天花板，老臉上擠出一個笑來，喃喃道：「妳得給我掛上那床水紅的帳子，多好看哪。」

半個月後，一丁媽去世。

一丁與三麗足等了兩天，弟妹們還沒趕回來，天太熱，遺體不好再在家裡放下去了，一丁做主，把老太太火化了，火化之後，弟妹們終於回來了。

一丁主張替老太太買上塊墓地，將她與父親合葬，可是弟妹們不大贊同，說放在安息堂內也是很好的，從環保的角度看也不必買地。

一丁氣得了不得，可是嘴笨人拙，也說不出個道理來，三麗怕他們兄弟間再有什麼衝突，出來打了圓場。

日子就那麼，到了這一年的冬天。

曲阿英這一年的陽曆年是在喬家老屋與喬老頭子兩人過的，四美是早早地跟兄姊們過節去了，喬老頭子一個勁地說自己養了一群的白眼兒狼，曲阿英勸了半天，老頭子的神情才放柔和了些，往曲阿英的碗裡揀了些菜，叫她也多吃。

「這年頭，兒子、女兒的全靠不住，靠得住的就自己喉嚨口的這一縷氣，好東西多吃些，把那個什麼白金、黃金的也買來吃些，養好身體比養兒子、女兒強。」

曲阿英笑道：「那好，明天我就給你買兩盒腦白金來，聽說那個東西吃了大補，睡覺好，胃口好，人活著不就吃好、睡好最要緊嗎？吃好了、睡好了，自然就長壽了。」

曲阿英的臉上忽地閃出一點羞意來：「有個事，想叫老爺子你給說句話。我的大兒子，你曉得的，原來在家裡弄大棚種菜的，可是，也艱難得很，現在化肥貴死人，運到城裡賣又不值當，運輸費都不夠，給販子吧，也太吃虧。過了年，他想上城裡來打工，跟同鄉一道來，聽說薪水還可以，能不能，在這裡住個個把月，等存了一點錢，再租房搬出去。」

喬老頭子多喝了兩杯，舌頭有一點大了：「這有什麼不行的，叫他來吧。妳待我好，我不會虧了妳的。」

誰知第二天，曲阿英的大兒子就背了個大包來了。

喬老頭微微愣了一下，斜了眼看了曲阿英一眼。

曲阿英淡笑著迎上來，拿下兒子肩上的包，嘴衝著喬老頭子努了一努：「叫伯伯。」

待四美在三麗家住了兩天後回來時，發現家裡多出了一個人。

彼時曲阿英正和她的大兒子曬被子，曲阿英跟喬老頭子說，兒子出來得匆忙，連床厚實一點的被子也沒帶，於是現拿了喬家的一床薄的羽絨被，套上被套給他蓋著，不然萬一要挨了凍，病在這裡可怎麼好，不是給人添麻煩嗎？

四美一下子就奓了毛：「誰許妳拿這個出來的？這是我大哥單位發的太空棉被子，他送我的，我都捨不得用的！」

曲阿英賠笑說不曉得是貴重的被子，以為是普通的羽絨被呢。「要不，」她說，「我賠一點錢給妳？其實我也沒有弄髒，這就替妳收起來吧。」

四美氣呼呼地把被子捲起來往屋裡去了。

喬老頭當場甩出兩張紅票子來，一迭連聲地叫曲阿英出去買一床新被子來。

四美在屋裡聽到了，氣哼哼地自鼻子裡撲著冷氣。

這以後，喬家老屋的局勢更加複雜並戲劇化了。

四美是進出都沒個好臉色，看到曲阿英兒子堆在桌下的東西便要踢上兩腳，喬老頭子就要跟著罵上兩聲。四美從小就愛漂亮，在家裡也愛收拾，堂屋的地原本是泥巴的，也是她結婚時貼了大塊的瓷磚，假大理石的，以前每天被四美洗擦得光潔，那天，四美在上面看到一塊又一塊的痰跡子，有的已經乾巴了，黏了灰，呈塊狀灰泥，黏在地磚上，四美想摳又噁心得不行，氣得又罵起來。

曲阿英聽了也不高興，趕著拿了拖把與小鏟子進來，說：「就吐口痰也犯不著把話說得這樣難聽，何況這地現在還是我天天在擦。」

四美說：「這位大媽，妳要曉得，我家的堂屋不是你們家的自留地，可以隨便吐痰！傳播細菌的懂不懂？」

曲阿英忽地紅了眼：「我知道呀，你們城裡人總覺得我們鄉下人身上全是細菌。」說著便要流下淚來。

四美嘴裡發出不屑的哧哧聲：「入鄉隨俗懂不懂，叫妳兒子改掉這個壞毛病，吐到我家地上事小，在大街上也忍不住到處亂吐，一罰就是五十塊，別打工錢沒掙了多少，全交了市容那裡了！」

日子便在這雞吵鵝鬥中緩緩前行，行得難，聽得見年輪吱吱呀呀的聲音，是京戲裡頭過場的那一點點熱鬧。

轉眼二〇〇六年的春節到了，然後，到了十五，上了燈又落了燈。

這一年是鞭炮解禁令頒布後的第二個春節，整個春節被包裹在一片喧囂中，空氣裡全是硝石刺鼻的味道，小街小巷裡一地的鞭炮紙屑，全被行人踩進泥地裡，點點碎碎的紅，不乾不淨的。大街上倒是光潔的路面，一天、兩天的春雨過後，鼻尖可以聞到新草微澀的香了，柳條不知什麼時候悄悄地點上了綠，梧桐樹幹巴的枝椏上，一夜之間冒了新芽，遙遙看去，若有似無的新綠，是國畫裡的小寫意。

今年的春天來得格外早，且暖，一入三月便再也穿不了棉衣，老話都說吃了端午粽才把棉衣送的。今年，二月裡就熱得讓人恨不能全換上了單衣，真是世界變了，老天爺都得轉性跟著變。

這大半年裡，喬老頭子果真與那三個兒女沒有任何來往。曲阿英在喬家老屋越來越顯出一種女主人的派頭來，悠然自得。她早就搬進了老頭子的臥室，櫥子裡掛著她的衣服，堂屋的一角擺了她兒子的床，廚房的角落裡塞進了她醃菜的瓶瓶罐罐，院子裡晾著她的被子與她兒子的衣服，她不動聲色地一點一點地在這個家裡建立著自己的一方領土，緩慢而執著。

近四月的時候，曲阿英忽地又對喬老頭說，她大兒子打工的地方老闆不厚道，聽說淨欠民工的薪水，等幹完這個月，兒子不打算幹了，趁早脫出身來反而好。只是以後在城裡沒了事做，這樣大的男人，白吃飯也難看，可不可以，能不能，讓我家大兒子在你們二強的店裡先做一陣子？聽說他的餐館做得很不錯，總要個幫手吧，就算你兒女們不承認我，我總當他們是一家人的。一家人不是該相互幫忙嗎？

喬老頭著實為難起來，咳了半天才說：「妳是知道的，我跟他們幾個，全鬧翻了。如今，反倒是我做爹的去服軟不成？」

曲阿英安撫道：「我是知道的，我知道你這都是為了我，我一輩子都記著你的情。」

「這不是情不情的問題……」喬老頭子沒說完呢，曲阿英接了話頭去：「我看你這幾個兒子、女兒，二強是個最好心的，最軟脾氣的人，你去跟他好好說說，他不會不答應的。兒子跟老爹哪有隔夜的仇？何況也是相互幫忙的事。」

二強這兩年，餐館生意倒的確是不錯，智勇考上了外地一所不錯的大學，二強夫妻倆真覺得知足得不得了。

於是二強被他爸一個電話叫回了老屋。

又歇了兩天，曲阿英的兒子正式到喬二強的店裡做事了。

5

喬一成算是跟文居岸求過婚了。

可是，他們的婚事籌備事宜進行得有一搭、沒一搭的。一成起先雖覺得當時那句衝口而出的求婚多少有一點心熱之下的衝動，但是因為那衝動的對象是少時心心念念的人，也便覺得衝動中有一種執著，自己感動了自己，所以滿懷熱情地想好好辦一次婚禮。

這婚禮並不需要請多少人，寧可與居岸兩人安安靜靜的，但是，所有的生活細節都要非常完美、非常用心地去購置、安排、打算。

很快，一成就發現了居岸的那一種怪，她不是彆扭，一起去家具店看家具，問她什麼都說行，沒意見，好看，一成真的打算買的時候，她總會悠悠地說聲再到別的地方看看吧。

一成心裡覺得那也不是推諉，然而是什麼呢，一成也找不到合適的詞。他只覺得，他看不透身邊的這個女人，有時一起逛店累了時，他們就在隨便哪家茶吧裡坐下來，一人叫上一客簡餐，對坐著慢慢地吃，一成望著居岸，看著看著，她就遠起來，人也變得更瘦小，是視覺上的錯誤，卻足夠叫喬一成越來越不安。

隔了一天一成上班時，無意間聽得有結了婚的中年女同事在電話裡教訓她成績不大好的孩子：「你總是不能全身心投入學習，老是那麼心不在焉的！」

喬一成在那一刻恍然大悟，是了，是這麼個詞兒，心不在焉。細細想來，從頭到現在，居岸都是心不在焉的，那麼她的心，在哪裡？

喬一成這才發現，他一面對著居岸，他的心就年輕成了二十歲。四十歲的男人，用二十年前的心來對著二十年前的人，全然忘記了中間二十年的日子。

喬一成想著，要問一下文居岸，用一個四十歲男人的心態與眼光重新審視一下他們之間的關係。

總還是惴惴的，吞吞吐吐地問宋清遠意見，宋清遠這一次倒是沒有嬉笑嘲弄，認真地想了想說：「我的立場是不能作數的，你也知道是為什麼。我總是覺得，你這個人，萬事精明，到了自己的感情問題上，智力就退化，好像你在別的事上頭心神費得太多，留給自己感情的智慧不多了。打個不恰當的比喻啊，就跟當年的陳景潤似的，離了哥德巴赫猜想的領域，就是個最糊塗的。總之，老喬，你也別為這個就覺得自己笨，這世上，各人有各人的糊塗！」

喬一成聽了深以為然，感嘆不已，說：「老宋你果然是明白人。」

宋清遠也笑笑說：「你可別這麼說，我也就是隔岸觀火才顯得明白。我也會有糊塗的一天，說不定哪一天，我就糊塗了。」

與宋清遠的談話沒過兩天，一日，居岸回自己的房子取東西，然後打了個電話給一成說：「太晚了，今天就住自己家了。」這以後，她便漸漸地住了回去。

這個時候喬一成才驀地想明白一件事，當時說結婚的事，是自己單方面提出來的，居岸沒有回絕。

但其實，她也沒有說，好。

喬一成驚得頭皮一麻。

宋清遠說得沒錯，他糊塗了。而且，糊塗成這個樣子了。

喬一成從這一天起把結婚的準備停了下來。

一成沒有主動地去找居岸，居岸卻也沒有主動地來找一成。

回想起來，喬一成好像做了一場夢。

關於初戀，關於未來，關於愛情，關於重續前緣。亂蓬蓬一場夢境，無聲地喧鬧了一回。

喬一成接下來的日子都懶懶的，日子好似灌了膠水，拖拉著勉強地前行。

在一成最灰心的日子裡，一丁向三麗提出了離婚。

一點兆頭也沒有，那天還像以往一樣，三麗煎好了藥，倒出來晾一下端給一丁，一丁沒有伸手接，三麗親熱地用胳膊肘碰碰他：「接著。」

那湯汁濃黑黏稠，散發著一股子怪味，一丁拿過來只盯著看，那湯汁凝成一面烏黑的鏡，裡頭倒映著一個大男人的瘦長面孔，眉眼因了這湯汁而一味地濃黑起來，像是一輩子都要這樣濃黑下去，沒了亮起來的時候。

三麗疑惑地問：「你怎麼不喝呢？不燙了。我放了糖的，可是沒敢放多，怕壞了藥性。」

一丁小心地把那碗藥放到桌上，慢慢地說：「三麗，我們，離婚好不好？」

三麗爽快地回答：「不好。你要是嫌藥苦，別喝了，以後也別喝了，什麼都別喝，咱不治了也成。可是離婚，我不答應。」

一丁說：「三麗呀，妳還年輕。」

三麗笑起來：「我快四十了，就算能活動八十歲，也半截子入土了，我下半輩子，就只想還跟你好好地過下去。王一丁，你呀，你可真是個老實人，就算是要逼著我跟你離了，你也拿出一點嚇人勁來，故意地跟我吵啊、鬧啊，再不然乾脆打我一頓，打得我心灰意冷，就答應跟你離了，然後你一個人孤孤單單地躲起來傷心。」

一丁溫柔地笑了，拉過三麗，摸摸她有一點毛燥的頭髮：「妳當演電視劇哪？」

三麗說：「可不是，咱們都是居家過日子的小老百姓，也沒有演戲的天分。那種拿日子當戲來過的是喬四美，不是喬三麗，何況人家四美現在都不搞這一套了。一丁，這輩子，咱們就好好地過。男女之事，說句厚臉皮子的話，又不是沒做過，又不是新婚燕爾，孩子都這麼大了，再過兩年，你我都要做公婆了。」

一丁低垂了頭，捏了一手的汗，囁嚅著說：「還是離了吧三麗，離了咱們也是一家人，我認妳做妹妹。」

三麗用力地推開他：「我有兩個哥，用不著你當我哥！」

說著用力摔了門出去，那樣用勁，房樑上的灰撲撲地落了下來。

一丁歇了一會兒趕出去找三麗，她坐在小院子裡拿了小銀剪子剪一蓬種在柳條簍裡的野菊。

一丁蹲在她身邊，也不出聲，三麗「喀嚓」地剪著，把一筐子菜剪成了禿頭。

她記起跟一丁結婚的時候她也是種了這樣一大筐的野菊，她與一丁都偏愛這種清香的菜，打入新鮮的鴨蛋做湯，涼透的時候，湯汁便呈一種淡墨色，像是用毛筆蘸了就可以寫出字來。

多年前的那一天，她也是這樣一剪子、一剪子細細地把菜剪下來，一丁在一旁，也是這樣蹲著，輕言細語地安慰她：「沒有關係的，我們慢慢來。」

當時的三麗也不明白自己為什麼在過了那麼多年之後還是把小時候的那件事情記得清清楚楚，一閉眼就好像看到那個老男人的手在自己身上游走，他的小指上留了尖長的指甲，裡面嵌著黑黑的垢，那小指翹得老高，手心全是汗，黏黏的。

喬三麗多年以來一直做著這個同樣的夢，循環著，沒有盡頭，像是她的腦子裡，有一臺壞了的DVD播放機，一直重複著這一個生命裡陰暗的片段。

三麗的整個少女時期都不能忍受異性的觸碰，走在路上有男人不小心碰了她一下，她都會下意識地撣一撣被碰到的地方。

但三麗從不曉得這件事會影響到她的新婚生活，她與一丁，有相當長的時間裡不能完成夫妻生活。

三麗想，這世上，怕也只有這個叫王一丁的男人，會給她這樣的寬容與愛護了。

他總是在她做夢的時候緊拉著她的手，在黑暗裡叫她，別怕別怕。她不要，他便也不要。只要她伸手，他總在她搆得著的地方。

在喬三麗的生命裡，有三個重要的男人。

那個做爸爸的，給了她黑暗。

做哥哥的，把她從黑暗裡救出來。

王一丁，給了她光亮。

她永遠記得最初兩個人相識時的情景。

那個時候，在技校，每到中午，大家把在學校食堂裡熱的飯盒拿到班上，忙不迭地拉響牆角的那個有線廣播喇叭，聽《岳飛傳》評書，還有長篇廣播連續劇《夜幕下的哈爾濱》，那年月，沒什麼娛樂，那麼半個小時，就是極致的快樂了。

可那一日，記不得是哪個冒失鬼，心急火燎地把那拉繩拉斷了。聽不成廣播，紡織班一教室全是女孩子，除了亂叫頂不了什麼事。

不知是誰叫：「把機修班的王一丁叫來，他會弄。」

於是喬三麗去了，忙忙地跑上三樓，推開機修班的門，問：「哪個是王一丁？來幫個忙！」

角落裡站起一個少年人，高大健壯，卻又不顯笨拙，包了一滿口的飯，兩頰撐得鼓鼓的，二話不說跟著她回班，拉過桌子，跳上去，三下五除二弄好了。一屋子的女生聽得滿意入神，三麗回過神來想要說聲謝時，叫一丁的人已經走了。

後來，再在校園裡遇上時，便有調皮的男生在一旁開玩笑起鬨：「王一丁，有人找！王一丁，有人找！」

那日子，彷彿還近在眼前，轉瞬就是二十年。可是並沒有走遠，三麗有時甚至還能感到一丁當時向自己走過來時帶起的一點點的風。

一丁蹲到腿都痠麻了，三麗還在剪著，一丁說：「三麗，根剪壞了。就再也發不了下一茬了。」

三麗說：「我知道，所以你可別丟下我。」

一丁的腿實在痠痛，於是半跪著摟了三麗的肩。

三麗把頭擱在他的肩上，鼻尖是一丁身上的味道，他的工作服上的機油味、皮膚的味道、頭髮上洗髮水的香、脖頸間一點點的汗味。

喬三麗想，這是唯一一個能讓我快活的男人。

她感到一丁在發著抖，一丁挺男人氣的，可是他是容易哭的，他爸死，他媽死，他哭得比誰都傷心，大顆大顆的眼淚洶湧地撲出眼眶，他垂著手，哭得嗚嗚咽咽，但是他可沒有像現在這樣哭過。

三麗拍拍他的背：「我們兩個一直過到老，啊？」

一丁的爸媽都去世之後，屋子空闊了不少，三麗打算重新弄一下，貼個壁紙，做個地板什麼的，一丁是三麗怎麼說就怎麼好。

一成說，他可以幫著他們做，一丁也是九死一生，身體剛好一點。他認識很不錯的裝修公司，價錢也很合理。

一成於是在週末閒了時替一丁與三麗跑了趟裝修大市場，在那裡不期遇上一個想不到的人。

項南方。

南方似乎也在買裝修材料，隻身一人，穿著隨意，頭髮紮起來，看起來與平時大不一樣，一成幾乎沒有認出她來。

一成非常地吃驚，不明白為什麼南方會一個人來這裡買裝修材料。

南方告訴一成，她買了一處新房子，問一成要不要一起去看一下。

他們一起搭出租車到了市裡的一個新開發區，離市區挺遠，沿途還是窄窄的石子路。車開到一片剛建好的社區，臨一片湖，周邊還沒有完全建成，有一點亂，不過看得出來，建成後會很清幽很漂亮。

一成細看南方，覺得她的模樣沒有什麼大的變化。

項南方就是這樣的一種女人，年輕時並不太顯小，而中年甚至老年之後似乎也無太大的變化，她們總是從容地把自己隔在歲月之外，鎮定地在時間之外行走。

一成問起：「為什麼會在這裡買房子呢？」

南方笑笑說：「這裡是我的第二故鄉，我在這裡出生成長，總還是想著要回來的。我自己買的房子，感覺上，才真正是屬於我自己的。」

她用手遮在眼前擋住陽光，仰頭看著高樓：「下一回回來，就正式裝修了，我自己設計的，找人畫了圖紙，一草一紙，一桌一椅，我都要自己弄，慢慢地做。你知道，」她指向最高的那一層朝南的一角，「我總想著，要有一個帶閣樓的房子，父母家的閣樓以前是父親的專用，任誰也不許上去，後來父親年紀大了，不便爬樓，我因為工作忙又不常回家住。現在，我人又在外地。大哥的兒子一早看中了那閣樓，吵著要做一個遊戲間。」

南方瞇著眼，絮絮地說著，一成從沒有見過她這個樣子，這樣念念於自小的一個夢想，一個執念，一個閣樓，就好像是她全部的世界。

一成柔聲問：「妳這麼跑來跑去，不累嗎？」

南方輕輕笑著說：「反正我不急，房子也並不很大，做他個一年、兩年都不要緊。」

一成想一想說：「要不這樣，妳要是放心，我替妳看著，妳不用每次跑回來。」

南方睜大眼看過來：「裝修很麻煩的。」

一成笑起來：「妳說過的，反正不急。我也用不著天天來，妳還可以遙控指揮。」

南方略想一想說：「我也不跟你客氣了，你有空時幫我看一下，回頭我丟給你一套鑰匙。」又笑，「一成，你總是這樣。」

「什麼？」喬一成沒有明白。

南方想著：『你總是愛擔一份擔子在肩上，只要是你關心的人，你總是要為著他擔一份擔子，心裡面才快活的。』可是臨出口就便成了：「你待人總是這樣的好。」

南方下午就要回去。一成看她也沒有開車過來，多少有一點奇怪，可是南方說，她喜歡這樣。

送走南方之後，一成回到自己家，看見二強坐在走廊裡等著他。

一成問他：「你怎麼不打電話給我？」

二強答非所問：「哥，今天我看見個人。」

6

曲阿英的兒子在二強那裡幹了幾個月了，他人不算懶，也不笨，一開始是在餐館後場幫幫忙，幹活也是盡心盡力的，二強與馬素芹挺照顧他，加上喬老爺子又私下吩咐二強夫妻，說都是一家人，可別拿人家當小夥計使喚，二強更不敢怠慢他了。

幹了兩個月，曲阿英兒子有一次試探著說，自己以後也打算在城裡開一家餐館，要是不太麻煩，可不可以跟著二哥和店裡的師傅學上兩手。二強略有一點猶豫，說真要想學手藝可以上新東方廚師學校，曲阿英兒子愣了一下，含糊答應了。

二強是實心眼，真的給他報了個名，還交了學費。曲阿英的兒子也真的去上課了，在店裡幫忙的時間雖然少了，可是只要是在店裡，也還是挺勤快的，後來，又把學費還給了二強，倒讓二強覺得自己的做法顯得有一點小裡小氣，透著那麼一點小人之心。

二強便說：「要不你不要在後場幫忙了，跟著我學學進貨吧，這進貨也是個學問，材料選得不好，餐館也做不長久。」

於是，每天一大早，二強便帶著曲阿英的兒子上近郊的菜農那裡去進貨。這一來，二強立刻發現曲阿英兒子的一個大特點。雖然他書念得不多，難得的是，對數字特別靈敏，這邊二強還拿著個計算器在演算，那邊他已經把錢數一五一十地報了出來，等二強也算好了一對，果然分毫不差，試了幾次，二強完全對他另眼相看了。

曲阿英的兒子慢慢地在二強的店裡站住了，那廚師學校的課自然還是在上著的。有一天，二強說，天下雨，不會有太多的生意，提早關門，與曲阿英的兒子兩個人在店裡炒了兩個菜坐在一起喝酒。喝到興頭，二強有一點暈頭暈腦地，拍著曲阿英兒子的肩膀，說：「兄弟，以後咱們一起合夥幹也是可以的。」

曲阿英的兒子眼睛亮起來，更加起勁地給二強敬酒。

等二強第二天酒醒了回過神來再想想，覺得自己莽撞了。

做早飯時私下跟老婆馬素芹說了這件事，馬素芹說：「這話你怎麼好隨便跟他許諾？再說，你大哥也並不高興你跟他們母子太過密切，為什麼要為他們得罪自家兄弟？你大哥對我們那麼好。」

二強一聽著了慌，怎麼辦呢、怎麼辦呢，他急得只曉得握了炒菜的鏟子打轉轉。

馬素芹倒提了掃鍋臺的小竹刷子在他背上拍了一下，說：「這麼一點點事你就急得這樣，別的不會，你裝糊塗會不會？」

「對哦。」二強咧了大嘴對著馬素芹笑得像個傻子，「我們的店正賺著錢呢，是得好好地看著。多存一點錢，將來全留給我們智勇，娶房好媳婦，買幢大房子，」二強說。

爐火燃得正旺，一點一點的光映在他的眼睛裡。

馬素芹看著二強，說：「咱們的錢，留著我們養老。智勇是好孩子，他說他以後自己賺家私，不要老子娘的錢。錢咱們留著，再做兩年，咱們旅遊去，走走歇歇，想住什麼高級賓館就住，想吃一點什麼好的就吃。只怕那時我老得動不了啦！」

二強用了叫慣的稱呼叫著馬素芹：「師傅，我背著妳。」

忽地這實心眼子的人又想起一件事來：「要是他還記得我昨晚說的話，再時不時地找由頭提出來要合夥呢？」

馬素芹五十多了，也不太見老，俐落地轉身，脆嘣嘣地說：「你就跟他說，我家老娘兒們不答應！」

喬二強總覺得，這一天天的日子自從在豆腐店裡重遇上馬素芹之後，才算是朝著自己想的路上去了，起先走得緩走得艱澀，越走，路越見寬，那些日子裡的好，那些美滿與快活，慢慢地、慢慢地，一件接著一件劈里啪啦全落在自己頭上了，二強覺得自己快活得要成仙了。

那天二強去匯錢給智勇，智勇說假期找著個不錯的單位實習，不回來了，二強想著實習是沒薪水好拿的，便想著要匯一點錢過去給智勇。

從銀行出來，天淅淅瀝瀝地下起雨來，八月天的雨，落到地上便撲起一陣燠燥氣。雨漸漸大起來，天地間起了霧似的，風夾著雨撲在人裸著的胳膊和腿上，梧桐枝子也被風扯斜了，簌簌往下掉葉子，黏在水泥路面上，也有的順著水漂到馬路邊，在積起的淺淺水窪裡打著轉。

二強沒帶傘，在一家超市門前躲雨。超市的塑膠門簾掀起來，一個小男孩子探了腦袋出來，推一推擋住了他出路的喬二強。

二強回頭，那孩子六、七歲的樣子，小鼻子小眼，瘦伶伶，用細小的手指在二強的背上一下一下地戳著：「別擋著我看汽車，別擋著、別擋著。」

二強笑了，側身讓一讓。

那小孩兒伸長了細脖子看街面上飛馳而過的汽車，每當看見汽車的輪子馳過水坑，掀起一簇水花，他便跳著腳笑得咯咯的，人都要跳到街面上去了。

二強伸手拉了他一把，他扭得像一條小蛇似的，一邊「咿咿唔唔」地叫著。

二強嚇唬他：「你媽來啦，你媽來打你屁股啦！」

那孩子回過頭去，叫一聲：「媽媽！」

二強順著他的叫聲望過去，看得來人，就好像有人劈面搧了他一記耳光似的。二強飛快地眨巴著眼睛，這是從小的毛病，一遇到事情就控制不了，好像要把眼珠子從眼眶裡擠出來才甘休似的。

那個女人比六、七年前更加瘦削，以前的一把濃髮也薄削了些，用一個很大的塑膠髮夾全夾上去，穿著家常的衣服，質地不算差，可就是不合她年紀，那深棕底起暗花的連衣裙只徒然地使得她老相，臉色也不大好。她手裡拎了兩個大口袋，滿滿的全是日用品與食物，墜得她的個頭都矮了下去。

二強低低地叫一聲：「小茉。」一邊還在飛快地眨巴著眼睛。

孫小茉看看眼前的男人，這六、七年間他竟然沒有什麼變化，一看之下還是熟悉的表情，熟悉的說話腔調，好像他不過是出門遛了一趟，而其實這個男人早就走出了她的生命了。

孫小茉有一點慌，但也並不倉皇，答一聲：「啊，是你。你好。」

「妳……妳好。」二強有一點結巴。

那小小的男孩子，把腦袋拱進媽媽與這個陌生男人之間，歪著頭看喬二強，一口濃濃的南京腔問：「你是哪個啊？」

小茉抬腳輕輕在他的小腿上踢一下：「說普通話。」

小小的孩子裝模作樣地清清嗓子，又重複了一次：「你是誰呀？」

這一次，是普通話了。

二強不知如何作答，便摸摸孩子的頭說：「你幾歲啦？」

小小孩子比畫一個「六」字：「六歲！」

孫小茉驀然喝道：「五歲！虛六歲。自己幾歲了都記不住。」

小小孩子不服氣：「六歲，虛七歲。我是二〇〇〇年生的。哦，不對，多了一個零。二〇〇。」小小孩子被這一串子零給繞住了，索性伸了手指出來，念一個零比畫一根手指，二〇〇〇。

念對了，滿足而得意地笑起來，一口齊整的糯米小牙。

二強在此後的兩天裡，耳朵裡總響著這個聲音：「二〇〇〇。」眼前還有孫小茉急惶惶而去的身影。

二強忍了兩天，心裡的各種念頭像一群關在柵欄中的小獸，爭先恐後地要往外撲往外衝，可是，不得其門而出，也不知為什麼要出去以及出去之後該往哪裡去。

在煎熬了兩天之後，喬二強跑到他大哥那裡，想討一個主意。

在聽完二強的敘述之後，一成沉默了大半天。

二強試探著叫：「哥？」

一成猛力吸一大口菸，再費力地一點點把菸吐出來，他的眉眼全籠在煙霧中，又過了一會兒才說：「這事，你要先弄得清楚明白，先不用做什麼決定。在沒弄清孩子到底是不是你的之前，什麼也別做。就算弄清楚了，你要怎麼做，也得跟我商量著，不要欠了一個人再又欠一個人的。你也不用慌，人活著，不過就是這麼個兩難的境地，這也不是你一個人的難題。」

二強想，要想弄清楚這件事，只得一個辦法。

他是鼓足了勇氣才來到孫家門上的。

他們沒有搬，房子也沒有舊多少，孫小茉的媽媽的臉色也一如六、七年前一樣地陰沉著。

聽二強問到孩子的事，她打了個突愣，很短暫的時間，馬上便利索地說：「你還好意思問這個？你個忘恩負義的陳世美，不要他們母子倆，我們小茉這幾年吃盡千辛萬苦才把小孩拉扯大，怎麼？你現在又想回頭來搶奪我們的勝利果實了？呸！想得倒美！想要兒子？叫你的大老婆給你生去！怎麼？生不出來啦？她不是還拖油瓶帶了個兒子來嗎？你現成的老子就可以做，不要打我外孫子的主意！」

二強只覺得腦子全不做主了，一陣涼裡裹著一陣熱。耳朵裡全是聲響，響得叫他抓不住一個準確的音。

二強問：「孩子是我的吧？真的是我的吧？我……我……」

孫小茉媽說：「小孩子是二〇〇〇年春天生的，你自己算算，就曉得是不是你的了！你要真還有一點良心，回去摸著心口想一想，該怎麼補償我們小茉、我家外孫子還有我們這一大家子為你受的苦！」

這一天，喬一成接到四美的電話，說：『二強在老屋呢，也不知犯了什麼毛病，怪嚇人的，大哥你快過來看看。』

一成心裡暗叫不好，趕著回了老屋。

喬老頭子不在，曲阿英陪著他去八卦洲吃土菜去了。

一成一進院子門，便看見二強蹲在院子的一角，看一群螞蟻搬一隻死蒼蠅，看得入了神似的。

一成說：「你二百五啊？這麼大毒日頭，你蹲在太陽窩裡幹什麼？」

二強聲音悶悶地說：「不幹什麼。」

一成說：「不幹什麼，幹什麼那副死樣子，回屋裡去吧，中暑是要死人的。」

二強不動。

一成上前試著拉了拉他，沒拉動，便說：「回家去！」

二強說：「我喜歡待在院子裡，透氣。」

一成說：「那麼你乾脆再也不要回屋。」

二強呵呵笑著，慢吞吞地站起來，指天畫地地說：「也好，我睡露天，以天為被，以地為床。」

一成也呵呵地笑，說：「很好很好，你學得文縐縐的了。」

二強扭扭脖子說：「憑什麼只許你縐不許我縐？你比我多長條尾巴？」

一成心裡潑了滾水似的，急了，上前去拉他，二強犯了擰，兩個人竟像打架似的扭在了一處。

兩個同樣瘦而憔悴的男人，撕扯著，冤家似的，然後，累了，互相扯了衣領呼呼地對喘。

二強忽然說：「喬一成，你說，我怎麼能活得這麼糊塗？啊？你說，我怎麼活得這麼糊塗？」

喬一成喘著想，這個是他的兄弟，親兄弟，一母所生，共有一個不成器的爹，從小，沒人問沒人管，打滾撲跌著，沒吃過什麼好的，沒穿過什麼好的，好不容易長了這麼大，算是過了幾年安生舒心的日子，可是，這麼快好運就到了頭。這不走運的兄弟啊。

喬一成踹了二強一腳，二強回踹了他一腳，兩人忽地又抱在一起，抱得死緊。

打也打了，抱也抱了。

一時彷彿你死我活，一時又彷彿相依為命。

7

一成對二強說：「這件事，你先別跟馬素芹說。」

二強低了頭，把雙手夾在膝蓋中間說：「我沒有瞞過她什麼事，從來沒有瞞過。」

喬一成踢了二強一腳：「那就瞞一回。」

二強「哎喲」一聲，抬起頭看自家大哥。

一成被他看得心裡煩躁熾熱，把眉頭皺成一團大疙瘩：「天底下並非只有你喬二強一個實誠人，可實誠也不是犯傻，你憑什麼認定了那小孩就是你的？孫小茉她媽說是就是？那個老女人，簡直快修練成精了，你從來就不是她的對手。你知道她打的是什麼主意，原來你跟小茉在一起時她一千個瞧不上你，要說是你的孩子要你補償，這麼多年她怎麼半個字也不提？像她那種精明人，會白白替你養著兒子一聲不吭？」

二強說：「她說是小茉不讓她告訴我。」

一成說：「我總覺得這裡頭有問題，二強，你別衝動，等事情弄得水落石出了，該怎麼辦咱們再想辦法。」

四美插嘴道：「就是，叫她們把孩子帶來做親子鑒定好了，用科學來說話，科學這個東西不以人的一張嘴皮子為轉移。真要是我們老喬家的孩子，當然是要負起責任來，要不是，他們也別想叫我們當冤大頭。真要是你的孩子，我相信以孫家人的脾氣，是不會這樣藏著掖著六、七年的，早把你那一點家底子給榨乾了，你這把骨頭都能給你拆了熬油，還等到今天？」四美被自己的話逗得樂起來，忽地又說：「不過呢，要真的是孫小茉不想告訴你，自己養著孩子，還算有一點骨氣。要真是那樣，我服她。」

一成轉臉看看四美，四美有一點惶恐：「大哥，我又說錯話了？」

一成也被她逗樂了：「沒有。」

一成看著妹妹，離婚這些日子，她反而飽滿起來，以前那些磨折在她臉上留下的那些痕跡似乎淡去了，她穿著寬大袍子似的家常裙子，吊扇的風從領口灌進去，鼓脹得像一面帆。

同樣的風吹得二強揉得稀皺的T恤全貼在他身上，乾癟了的茄子似的。

一成不忍起來：「你別煎熬了，總歸有辦法的，是你的孩子有是的辦法，不是，也有不是的辦法。」

二強低了頭，像是很用力地在思考，卻不得個要領，二強再抬起眼來看大哥，忽地問道：「大哥，你說，是不是跟我在一起的，不管是人還是動物，都不會有好日子過？孫小茉是，馬素芹也是，連以前的半截子我都養不長，活活地給車軋得肚腸子都流出來了。」喬二強叫一聲大哥，眼睛裡突地漾了兩汪水波：「我真是背，還帶累別人。」

兄妹三人一時都呆住了，窗玻璃上飛快地爬過一隻蜘蛛，越過窗上那塊金黃明亮的陽光，往屋角去了。

「蜘蛛！」四美叫，「二哥，聽說看見蜘蛛就說明有喜事了。」

二強愣愣地看著窗上的那方陽光，日影微晃，看得久了，眼前都模糊起來，轉開頭，眼前依然有一片光斑，像是前塵舊事，過去了，可總還有個影在心底留下了。

一成又囑咐了二強幾句，叫他不要輕舉妄動，便起身要走，曉得喬老頭子要回來了，他坐不住。

四美送他們出來，邊說：「怕他們做什麼？」

一成回頭對妹妹笑說：「妳看我像是怕他的樣子嗎？」

喬一成自然是不怕喬老頭子的，喬四美當然也不怕。

可是喬四美還是受不了了。

曲阿英的兒媳婦也上南京來了，跟曲阿英兒子小夫妻兩個在喬家老屋的堂屋裡拉起一道塑膠的浴簾，有模有樣地過起小日子來了。

四美那天下班回家，看見堂屋裡那花裡胡哨的簾子，簡直驚得下巴要掉下來。

曲阿英的兒媳婦倒是一個樣貌挺喜慶的年輕女子，飽滿的杏臉，放著光似的，袖子捲得高高，露著藕節似的一段胳膊。人也討喜，對著四美「姊姊、姊姊」地不停嘴。手腳也勤快，從四美手裡硬搶了她換下的衣服與被單去洗，洗得也很乾淨，倒叫四美挑不出毛病來。

四美一肚子的氣話全說不出來了，自己安慰自己說：「這個年輕的小媳婦還真是不錯，滿臉厚道樣，比她婆婆曲阿英看著順眼多了。俗話說，雷公還不打笑臉人呢，睜一眼、閉一眼算了。」

可是沒兩天，四美便發現一件尷尬事。

四美想說，可是又開不了口，便找個空跟曲阿英的媳婦吞吞吐吐地露出一點口風。

四美說：「你們，妳跟妳老公，感情很好哦？」

叫美勤的小媳婦說：「就那樣吧。」

四美又問：「相親認識的還是自由戀愛？」

美勤說：「我跟他表妹以前是初中同學。」

四美手裡的一塊擦碗布快洗成破絮了，終於開口：「可不可以，請你們，晚上……小一點動靜？我們老房子，就只隔一層木板，我女兒還小……」

美勤騰地臉紅了個透，喏喏兩聲，急急地去了，只留下四美一個人在小廚房裡，也是漲紅了臉，終於把抹布洗破了，噗地扔進垃圾桶，嘆了一聲：「這日子過的，簡直是，荒唐極了！」

當晚，堂屋裡的動靜竟然更大了些，像是一個在進攻、一個在掙扎，四美的女兒巧巧被吵醒了，問媽媽是不是強盜來了。

四美騙她說：「是在演電視劇。」

巧巧問：「奧特曼會打敗強盜嗎？」

四美說是的。

第二天一早，四美一出門便迎頭撞上了美勤，美勤面色紅得要滴下血來，一轉眼，四美瞧見曲阿英的兒子，「啊呀」一聲，轉身進屋，「哐」地用力撞上門。

實在又氣不過，隔了門大聲說：「住在別人家，好歹自覺一點，文明不懂總該有一點廉恥心，多穿一點會熱死你啊！」

這話叫曲阿英聽了去，於是又是一場好吵。

過了沒兩個月，美勤的肚子鼓了起來。

喬四美這才明白一件事，這曲阿英一家，的確是打定了主意在這裡落地生根了。

從二〇〇六年下半年入了秋起，喬家的幾個孩子們的日子便各自越發地喧騰起來。喬家這一方舞臺上，哄哄地上來了一群人，擁擠著，各自地演出悲歡離合，徘徊著，各自地起伏跌宕，互不相干，卻又互相牽著絆著，你顧不了我、我顧不了你，你可憐了我、我疼惜了你，咚咚咚雜亂的腳步聲在空無一人的劇場裡引發著迴響。

沒人會愛看這一點點雞毛蒜皮的戲碼，這世上有的是光怪陸離的新鮮事與氣勢磅礴的大事件，喬家的兒女們自演自看，無人欣賞，透著無比的蒼涼與悽惶。

先是二強。

孫小茉的媽找到了馬素芹的店，一五一十地把事情說了一通。

馬素芹沉默了兩天之後，在第三天提早關了店，說難得一個週末，不做生意了，要跟二強一起好好地玩一玩，休息休息，看一場大片。

夫妻兩個足有十來年沒有上電影院了，買電影票時二強嚇了好大的一跳。一張票居然要六十塊！馬素芹卻買得爽快，二強捏了那兩張票，咕噥著：「乾脆搶錢來得更快！」

馬素芹在他背上拍了一下，笑道：「難得出來玩呢，再說，你看看這環境，仙宮似的，要多一點也是應該的。」

又抬抬下巴，示意二強看那大桶的爆米花，一邊推著他一起過去買了一桶，二強被那二十五塊的數字又嚇了一跳。

「搶錢哪！」二強氣鼓鼓地說。

馬素芹聞言又笑了。

二強忽地覺得全身不大自在，四下裡一看，有一點明白了。周圍都是二十來歲的小姑娘與男孩子們，再不就是年輕的夫妻拉著小孩子，那些孩子一邊哇哇地叫嚷著，一邊在大廳裡瘋跑，笑聲與叫聲在闊大寬敞的廳裡引發一串回聲。

像他們這種年紀的人雙雙來電影院的幾乎沒有，來來往往的人，無不朝他們這裡奇怪而飛快地張望一眼。

二強看著那奔跑與吵鬧著的孩子們，忽地就黯淡了心情。回想起來，那孩子有著與小茉十分相像的眉眼，還是耐看的，尤其一口小白牙，就只是瘦，剃得極短的頭髮，繃得緊緊的鬢角，那句土話怎麼說來著？三根筋挑了個腦袋。

二強的腦後頭起了一陣涼風似的，激得整個人打了個戰。他想起，很久很久以前，有鄰人也用這樣的話形容過一個小孩子。

那是小小的年少的自己。那個饞嘴的，眼睛終日盯著吃食的，沒心沒肺的小孩子，跟那蹦躂著在街邊看雨中馳過的汽車的小孩子重合在了一處。

黑暗裡，馬素芹的視線並不在螢幕上，她看著二強。還算得上年輕的一個男人，黑暗隱去了他臉上所有的皺褶，投影的光在他的頭上飛起一道亮色的邊，背還是直的，腰身還未發福得不像話，塞了滿嘴的爆米花，撐得他臉頰微微鼓起，孩子賭著氣似的。

『他年紀並不大。』馬素芹想，『他合該還有半輩子的好日子，有老婆，有親兒子，跟在他身後叫爸爸，他名正言順的兒子，像他一樣老實，可靠。』

馬素芹伸手去握了二強的手，二強微微有一點詫異地回過頭來，然後對馬素芹嘿嘿一笑。

馬素芹說：「以後，別捨不得，有空也出來玩一玩，過得開心自在是福氣。」

二強遞了裝爆米花的桶來，馬素芹笑了。

過了兩日，馬素芹留了封信給喬二強，走了。

馬素芹在信上寫：

二強，咱倆分開吧。家裡的所有都歸你，把孫小茉和兒子接回來好好過日子。

我回老家，那裡還有人在，我在那等智勇大學畢業。

智勇還跟你姓。

最後馬素芹寫——二強，師傅跟你過的這幾年，快活得很。

喬二強捏了馬素芹的信，滿大街遛達了三天。

也沒個目的地，走得累得腰痛，可是停不下來，一停下來，腦子裡就嗡嗡作響，只聽得有人在叫：「師傅、師傅、師傅」，聲音悠遠，綿延不絕。喬二強腦殼都痛起來，痛得當街便淚漬花花的。

實在是走得累了，喬二強就去看電影。

那天的片子有個怪名，叫《西西里的美麗傳說》。

演到最後，男人在故鄉過往的大街上，似乎看到年少的自己，騎著自行車，望著那個美麗的女人從身邊經過，皺了眉頭，少年的心事全堆在眼角眉梢，那眼裡全是純真的愛慕。

男人說，這個時候，我想起一件事。

我對很多人說過：我愛你。

唯獨對我最愛的那個人，沒有說過。

喬二強淚流滿面。

二強並沒有再去找自家的大哥，他不知道，他的大哥同樣失去他生命裡一個重要的女人。

不同的是，喬二強失去得壯烈。

喬一成失去得荒唐。

許久不曾見過的文居岸主動地來找喬一成。

喬一成在見到居岸的那一剎那，心裡便隱隱地有了一點預感。

他看著她走近，心裡就覺得，她這一步一步的，走一步就遠一分。這一次，是真的要走出他的生命了。

居岸在一成的面前坐下，緩緩地跟說了一段故事。

故事裡的主角，一個是她，還有一個是他。

另還有一個男人，那是喬一成與文居岸故事的終結者。

居岸說：「一成，我想了很久，不能再這樣下去。拖的時間越久，對你的傷害就越大，儘管我知道我現在這樣，也已經把你傷透了。」

第十章

——生活中的痛苦，我們彼此給予又彼此治癒，感謝我們自己，千辛萬苦，春短秋長，那麼認真地，生活著。

1

文居岸覺得，一生沒有比面對喬一成講述她的所作所為，以及她的將做將為更為痛心的時刻了。

從頭到尾，這個男人待她是好的。

人常說，初戀時，我們不懂愛情。不懂也許是的，但是那一點感情是真的，比什麼年歲上頭的感情都不差，真心真意，掏心掏肺，她只是不知道，原來喬一成這個男人，把那份感情藏了那麼多年，重逢時滿腔真摯地再捧到她面前。

只是她已經回不了頭了。

認識現在這個男人，是在父親病重的那一年裡。他是父親的主治大夫，年近五十的人身板依然挺拔，兩鬢微白，眉目卻是年輕的。在父親幾次病危的時候，陪在她身邊的只有他。

他沒跟她說過諸如家庭不幸福、妻子不理解之類的話，她甚至也沒有問過一聲有關他家庭的事，一切就那麼發生了。

不是沒有負罪感的，尤其在發現他妻子是一個體弱的、溫文的女人之後，那位太太並不是不知道他們之間的私情，只是一味地忍著，忍得他不能提離婚，忍得她終於想到要離開他。

就像文居岸自己在喬一成面前對這一段糾葛的評價——一場狗血淋漓。但是，知道是一回事，明白又是一回事。

文居岸知道她是掙不出來了。也許她就合該這樣一天一天沒有希望、沒有盡頭地等下去，何苦還拉上一個喬一成墊背。

喬一成安靜地聽文居岸說完全部，就只說了一句：「我以為妳需要我。」

文居岸失聲痛哭起來。

一成拍著她的背，驚訝於自己打心底裡的那份冷靜。

這事實來得突然，可也並不全然是突然的。

「不怕。」一成說，「不怕。妳自己多保重，多小心，多留個心眼。如果妳不讓別人傷妳，就沒有人會傷得了妳。」

「對不起。」文居岸說，「我知道，說多少句對不起都不足以彌補我犯下的過錯。可是，還是對不起、對不起、對不起。」

一成說：「傻丫頭啊，妳哭什麼？該哭的是我才對。」

居岸抬起淚涔涔的臉，喬一成想，也許自己會永久地記得居岸曾經為自己流過的這些眼淚。不過，眼淚不能再讓他傻下去了，不能再讓他自欺下去了。

居岸說：「對不起，一成哥，不是你不好，不是的，只是……」

喬一成微笑起來：「當然不是我不好。」

不是我不好，也不是妳不對。

只是，落花流水。

春去也。

喬一成送走文居岸，在看她的背影消失之前，有那麼一剎那，有一點點衝動，想問一下居岸，那個男人，到底有沒有給她一個準確的答覆，要她等到什麼時候，將來會怎樣安排她。

可是話到嘴邊，生生地被他吞了回去。

各人有各人不得自拔的泥潭，誰也救不了誰。

那個男人是文居岸的泥潭，可是她認了，旁人，不過是眼睜睜地看著她往裡頭跳，拉是拉不得的。

文居岸又何嘗不是他喬一成的泥潭？他用了二十年的時間來忽略這個道理，卻與居岸重逢，驗證了這個道理，然後再與她分離。

看到居岸走遠及至消失不見，心裡卻還是痛的，那種綿長逼得人走投無路，只得把真實的那個自己縮成小小的一團，躲在旁人看不到的地方，自己抱著自己說可憐。

但是一成也明白，她走了，是好的。是對的。

於他，於她，都好，都對。

可是，一輩子，總會有一個人，被我們放在了心裡最柔軟的地方。

那就放她在那裡，不要再打擾她了。

喬一成說，各人有各人的泥潭，也許真是不錯的。

喬一成有他自己的泥潭，他最不待見的小弟弟喬七七也有他自己的泥潭，他在那泥潭裡陷了有十來年了，有一天早上起床，他忽地發現，他找不著他的泥潭了。

二〇〇七年的年頭，元旦假還沒有放完，齊唯民在自家客廳裡，嘆著氣，看著坐在他家沙發上的人。

那人垂著頭，手按在膝蓋上，額髮披下來擋住眉眼與表情，可是那體態語言已足夠淒涼。

齊唯民溫聲說：「七七，芝芝媽媽去了哪，你就一點點數也沒有？」

喬七七搖頭。

「她平時有什麼親近的朋友嗎？你知不知道？」

喬七七搖頭。

「那你問過你岳父、岳母嗎？他們有沒有頭緒？」

喬七七還是搖頭。

一旁的常星宇實在看不下去，高聲道：「小七你有話說話！光搖頭是什麼意思？」

七七猛地抬頭，神色悽惶又摸不著頭腦，滿眼的淚，要落不落。

齊唯民拉拉妻子的胳膊，把她領到一邊：「小一點聲、小一點聲，有話慢慢說。」

常星宇說：「哎喲、我的老齊哎，什麼時候了你還怕嚇著你的寶貝弟弟，他又不是孩子！三拳打不出個悶屁來，往後怎麼辦？」

齊唯民嘆氣：「七七真是命不好！」

齊唯民從小就七七、七七地叫他，到現在，他拔了個子、長了鬍子、有了孩子還是如此。

他還是捨不得他。從小到大，他都捨不得他，漸漸地，卻讓他成了一個這樣軟弱而不經事的人。平時天真散漫，遇到丁一點事情，立刻敗下陣來，跑到哥哥這裡來苦巴巴地坐著。少年時這樣，現在還這樣，常星宇覺得一時真是沒有辦法跟老公說得通。

齊唯民說：「要不，咱們出面，幫七七在電視臺發一個尋人啟事吧？小楊她要是有良心，還惦著這個家和孩子，興許會回來的，那孩子的本質並不壞。」

在齊唯民夫妻兩人幫著喬七七找楊鈴子的時候，楊鈴子已經坐上了南下的列車。車過了長江之後，楊鈴子慢慢地吐出一直提著的一口氣來。

這麼多年了，楊鈴子想，總算到了這麼一天了。

在這離開的一刻，她忽地那麼清楚地記起初次見到喬七七時的情景。那個軟軟頭髮、神情落寞的漂亮少年，曾經是從她最深最好的夢裡走出來的人，他們也那麼快地在一起了，有了孩子，過了這麼多年。開始時還是快樂的，她是愛過他的，只是，一年比一年更清楚地，她認識到自己的錯誤，喬七七是一個總是要停滯不前的人，他喜歡把自己的生命留在某一個狀態中，長久地，不要改變不要前行，因為那會叫他害怕。

楊鈴子簡直不曉得他在怕什麼，或者他根本不是怕，只是為他的懶惰與無能找藉口，當想通這點的時候，楊鈴子簡直要暴跳起來。不行，她想，她不能跟著他一起，就這麼耗著耗著，慢慢地就老了，老了也還是那副樣子，與年輕時一樣無能一樣不知事，一樣躲在別人的身後面。年輕時的小可憐或許還惹人愛，一把年紀還這副樣子，足以叫一個精力旺盛總想著生活裡來點子變化的女人心煩了，惱了，萌生了去意。

楊鈴子記得自己一向是喜歡七七那種茫茫然的樣子的，以前以為他是心事重重，憂鬱無比，夢幻般的憔悴，後來才猛地發現，不是的，他只不過是在發呆，真的在發呆。

同樣的事，以前是一個愛的理由，多年以後則變成了一個離開的藉口。

鈴子看著窗外飛掠而過的景致，越往前走，冬天的顏色會越少，這楊鈴子知道，最南邊，這一月裡，也是有春光的。

『女兒……』楊鈴子想到，『女兒，還好女兒的性格並不像喬七七，過些年，再回去接她出來。』

『會有那一天的。』楊鈴子說服了自己。

人嘛，做什麼事不都得要找一個理由，她想，找到了，不管真假，姑且安了心。

至於今後，鈴子想，今後，也許也會有磨難吧，興許那個新的男人並不全然如他所說的那麼可靠，可是自己也並不是吃素的，多少也有一點辦法，也有一點手藝。

而且，管不了那麼多，且顧眼下要緊。再不離開，這一輩子都快要沒有了。

窗玻璃上映出一個女人的樣子，不太清晰，但還是可以看出三十一歲女人的鮮豔與美來。

楊鈴子慢慢地綻出一個笑來。有樹影從窗上掠過，把她的樣子打散了，過了樹叢，那微笑的漂亮的面孔又顯現出來，映在窗外冬天碧青的天空裡。

電視臺的社會專題節目這兩天在播放時，下面都會滾動著一行小字：「楊鈴子女士，妳的愛人與女兒以及父母，都在焦急地等著妳回家，望看到電視後速與家人聯繫。」

喬一成自然馬上知道了消息。

常星宇虎著臉來找過他：「到底是喬家的兒子呀，一樣是兒子，為什麼出了這麼大的事，喬家連問都不問，真是太欺負人了。」

誰知喬一成這一次竟然沒有一點冷言冷語，反而一臉懇求，甚至對常星宇抱拳說：「請妳與表哥多費心了，我實在是，顧不過來了。」

喬一成也並不是敷衍。

喬老頭子在春節過後，晚上起夜時摔傷了腿。傷在髖骨，很嚴重，醫生說，位置不好，病人年歲又大了，怕是從此以後要癱在床上了。

正湊巧，曲阿英又回了老家，四美氣得罵人：「乾脆不要回來了，來了也不讓她進門！」

喬一成兄弟幾個輪流排班去照顧老頭子，還請了個護工。老頭子疼不過，整夜地亂叫，一整間病房的人都被他吵得休息不好。

還好喬一成找了相熟的醫生，醫生也表示理解，年紀大，這樣重的傷，的確是很痛的，便給他搬了一間病房，那房間裡住了個植物人，倒不怕吵，喬老頭子卻又嫌晦氣，最終還是喬一成一句話把他給制服了：「你要麼就住下，要麼你看哪裡好，我們送你去。是回家待著還是上曲老太太老家那裡？鄉里人多，請他們照顧你、付你的醫藥費如何？」

喬老頭子不響了。

曲阿英差不多開了春才回來。

同時回來的除了她的大兒子與臨產的兒媳婦之外，還添了她的小女兒。

等到喬老頭子終於可以回家休養的時候，發現，曲阿英竟然讓她兒子與兒媳住進了喬老頭子的屋子，她與女兒則在堂屋裡隔了一小間打了個鋪。

曲阿英說，眼看著兒媳婦要生了，女兒是來照顧嫂子坐月子的，她還要照顧老頭子，怕一個人忙不過來。

「那麼妳把妳女兒跟我老爸一同放在堂屋裡也不合適吧？還是妳打算讓我搬出來讓她住呢？」四美拉長了臉問。

「這下可好了，一家子都來了，等到小的生下來，可真的是落地生根了，把正主兒都擠走了，那句話怎麼說來著？鴉占鵲巢？」

喬一成冷笑著接過妹妹的話：「是鳩占鵲巢，我從小就教妳，要好好讀書，不然沒有知識。其實這世道呢，沒有知識也不要緊，有本事就行，沒有本事也不要緊，有厚臉皮就行。既然是曲大媽要替我們照顧父親，那再好也沒有，喬四美，妳這就收拾一下跟我走，把房間騰出來讓給這位小妹住。」

喬四美簡直要氣瘋了，她怎麼也想不到大哥居然會說出這樣一句話來，妥協成這個樣子，馬上跳起腳來，卻被三麗一番推搡弄進了裡屋，也不知三麗怎麼勸的她，過了沒多長時間竟然收拾了兩個箱子出來，氣呼呼又有一點得意地真跟著她大哥走了，臨走還回頭下死勁地白了曲阿英一眼。

曲阿英原本鼓足了一肚子的勇氣準備與喬家的幾個厲害兒子、女兒拚著大鬧一場，必要時拉散了頭髮坐在地上哭一場也是可以的，可料不到竟然一拳打到棉花上，失了勁頭的空茫，自己倒無法承受。

喬一成走出大門的時候，捏了拳頭想：『還不到時候。』

還不到時候呢。

四美帶著女兒住進了三麗家。

這邊，齊唯民找了警局的朋友，將楊鈴子臨走時留下的字條拿到做了檢驗。人家說，「我走了，不要找我」那幾個字的確是楊鈴子的筆跡。這可就比較難辦了，如果她真心出走，就難找了。

喬七七看著齊唯民一下子老了幾歲的樣子，心裡難受得喘氣都不勻。

這個是他的阿哥。

那個時候，肯收養他的人。

他從小在二姨家長大，可到底是隔了一層肚皮的孩子啊。

只記得冬天永遠拖著鼻涕，因為太冷——棉衣的袖子永遠短了一截；夏天永遠長一身的痱子，還有熱癤子。

阿哥是對他最好最好的人，是他最溫暖的所依。他也不過大他十二歲，就像他的小爸爸一樣，管他吃飯，管他穿衣，雖然也管不太周全，但還是努力粗針大線地替他縫衣服，釘紐扣；替他用花露水擦痱子，帶他去醫院治頭癤，治腿病。

大哥對他，永遠是三個字——捨不得。就算他不爭氣，腦子笨，書讀不好，每每考個二、三十分回家，也能得阿哥一張溫和的笑臉，長大一點才明白，那笑容裡有多少無可奈何。

阿哥為了他，選了本地的大學，考研究生時也揀著本校，雖然依他的成績完全可以去北京；每週都抽空跑回家，替他做一頓吃的，洗一回衣服。

阿哥有了結婚的對象，連約會都時常帶了他同去。阿哥結婚了，他覺得自己好像又回到了從前失母的時候，生怕阿哥從此跟他疏離了。可是並不，嫂子是個好女人，他等於又有了一個小母親。

後來他闖的禍、走的彎路，再後來的開店，哪一樣不是阿哥與阿姊在裡頭護著幫著，總想著要還了欠阿哥的錢，以後好好地孝敬他，料不到還有這麼一天，他大了，成人了，可還是不成器，拖累了阿哥。

喬七七說：「阿哥，你別操心了。我也這麼大了，自己能處理好，再怎麼難，也挺得過去。」

2

孫小茉摸到喬二強家門口的時候，站住了，愣了一會兒，終於推開半掩著的門，走了進去。

屋裡零亂得很，但依稀還是可以看得出它曾經是一個潔淨齊整的地方。一面牆上貼的全是照片，錯落有致，架子上的小擺設，沙發上一看便是手工製的大厚墊子，牆角的花，枯了，可還有以往的那一點安穩與妥帖在。

孫小茉在客廳裡轉了兩轉找人，有人趿了拖鞋踢踏而來。是喬二強，手裡端了個偌大的碗，裡面半碗糊爛了的麵條，嘴裡還吸著半根麵，神情頹唐，看到孫小茉時，微微一驚。

倒是小茉先笑了：「你這吃的是中飯還是晚飯？都三點多了。」

二強胡亂地用手背擦擦嘴：「妳坐。我……我不曉得妳會來。」

小茉在沙發上坐下：「我不來，事情就要一輩子這麼糊塗下去了。」

二強傻愣愣地望著她。

孫小茉從口袋裡拿出一張銀行卡：「這個，還給你。這筆錢，我不能要。」

二強開始結巴起來，眼皮也飛快地眨動：「這個錢……是、是給孩、孩子的。可是，我……我不能……我總是要……找我師傅回、回來的。」

「那是應該的。」孫小茉低了頭說，「不過錢還是要還給你，我要不起。」

二強越發地結巴起來：「是、是、是給、給……孩、孩子的。」

小茉的頭越來越低：「給孩子我也不能要。我也……沒臉要。」

孫小茉終於抬起頭，看著喬二強，心想著，這幾年這個男人並沒有見老。或許心計少的人都不大容易老，孫小茉想著，不過這男人不是自己的，他們再不會過到一處了。

小茉微笑起來。

二強被小茉臉上這一點點含糊、柔軟的笑弄得很慌張，他聽說人受了大的刺激是要傷腦子的，二強怕起來，小茉原本是受不得刺激的。

二強忙說：「我的意思是……」

他的話頭被小茉打斷了：「二強，我今天來，是想跟你說句真心話。二強，錢我不能拿，我沒有臉拿。孩子不該你養，他……」小茉直直地望著對面電視機上一個旋轉永動儀，那銀亮的擺喀答地擺過來、喀答擺過去，沒完沒了。人哪能活成這麼個東西呢？

「他不是你的孩子。」

孫小茉說。

「他的親生父親是我的上司，我們書店以前的主任。那個時候，有一次，我糊塗了，就那麼一回，我有了這個孩子。」

二強呆望著孫小茉，自己都似乎聽見腦殼裡「咯啦咯啦」生硬轉動的聲音，他有一點懵。

「那個時候我也沒敢跟我媽說這回事，直到我們……分開了，肚子也明顯了，瞞不住了。」

「那個男人，起先賭咒起誓地說，要跟我好好地過，他說他沒有兒子只有女兒，要是我給他生個兒子，我們自然可以在一起好好地過。我媽跟我，起先是癡心妄想著，既然事情已經這樣了，不如就等孩子生下來再說。」

二強回身倒了一杯水給小茉，遞過去，小茉伸了手來接，一個沒接穩，二強扶住她的手，那麼一觸之間，小茉手上那透骨的涼意叫二強打心底裡軟了一軟，像是有什麼東西，捧在手中的，因了這一點軟，拿不住了，直要往下墜落。

二強隱隱地記起，小茉的手與腳一年四季總是這樣冰涼的，這麼多年，也沒有好起來。

「孩子落了地，倒是個兒子。可是，他也不說要不要孩子，也不再說跟我一起過的話，就那麼一天一天地拖著，拖著孩子會走了，會說了，我媽找上門去，被罵出來了，她氣病了。原本，這也不是什麼光彩的事情，我也是，做了回不像人樣的事情，那個時候，真是……真是……就那麼一會兒的糊塗，一步錯就步步錯了。」

小茉輕輕地吸吸鼻子：「那天，碰上了你，回家孩子漏了嘴，我媽，又起了一點私心，想著，要是你能認下這個孩子，她說，眼看著小孩要上學了，這麼個小人兒，戶口都沒有，現在上學都要講學區劃分，怎麼辦？那是她的一點自私，為兒為女，寧可昧了良心。二強你是好心的人，不要記恨她。」

「我不記恨。」二強說，「只是，這錢，小茉妳得拿著。我們……就算是親戚，親戚給小孩一點見面禮……」

小茉說：「要是拿了你這錢，喬二強，我自己會看不起自己。」

小茉走的時候，忽地問二強：「二強你還記不記得，有一年夏天，天特別熱，我們從肉聯廠裡拖了一點冰塊回來，放在臉盆裡，用電扇對著吹，吹出一點涼氣來。那時候也不覺得怎麼苦，現在，一到熱天，好像沒有空調就過不得了。人都是慣出來的毛病，你說是不是？」

二強亂亂地點頭，心裡直發著慌，心好像跳到了舌根處，得咬著牙才能阻止了它不跳出來，熱熱地噴在地上。

孩子不是他的，不是他的，小茉是個好人，不過，師傅是走了。

七七八八的念頭瘋了似的在二強的腦子裡打著架，他昏頭昏腦的，卻還記得送小茉下樓。

小茉走遠了，二強回到家，捧了大碗，那一碗麵條早就冰冰涼了。

喬老頭子如今也只吃得上一碗冷飯了。

他睡在堂屋裡，床小，硌得他渾身疼痛無比。他跟曲阿英說了兩次，曲阿英說：「這堂屋也只擱得下這麼小的床了。要不你看，大哥，我們把這舊八仙桌扔了吧，放在這裡又大又笨，也舊得不像話，換一張小一點的桌子，又輕巧又少占地方，然後再換個床，我看到店裡有單人的席夢思的，買個來用？要我說，有好多東西也該換一換了。」

喬老頭子把手中一碗涼了的紅豆粥推到曲阿英的手裡：「妳現替我去換一碗熱的來，我吃冷的不受用。」

曲阿英忙說自己糊塗，趕著給他換來了。

曲阿英坐在喬老頭身邊，看著他吃粥，替他擦一擦嘴角流下來的米汁。老頭子吃著，兀自哼哼著，他是喘不上來氣了，病了這麼一場，他的一口牙差不多掉光了，嘴癟下去，樣子變了好多，原本就稀疏的髮現在更加稀得不堪，薄薄地覆在頭頂，遮不住頭皮。臉上一團灰氣，脖子裡竟然起了塊塊的鱗片，像老了的樹，從裡頭被蛀空了。

曲阿英的心慌慌地亂跳起來，定定神說：「大哥，我還是替你添置張床吧。把桌子也換了，你看，上一次的家用是早就沒有了……」

喬老頭嚥下一口粥，說：「桌子就算了吧，如今我又坐不到桌上去吃飯，就添一張好床，五、六百塊錢也夠了。」

曲阿英正要再說一點什麼，走進來一個人，拎了大包的東西，背著光，看不清臉，身形削瘦，拖著步子蹋踏蹋踏蹭過來。

曲阿英忙站起來笑著迎上去：「是小七啊，來坐。」說著接過東西去，道了破費，又誇小七懂事孝順，還記得這個老爸。

喬七七在喬老頭子身邊坐下來，喬老頭正有一口痰堵著，狠命地大咳了起來，七七站起來替他捶著，好不容易喘過來一口氣，喬老頭子問：「齊家老大這一次沒跟你一起來？」

七七答：「我阿哥出差了。」

聽聞老頭子生了病，齊唯民每週都會帶著七七一同來看看。

七七呆坐在老頭子的床邊，老頭子突然問：「你的老婆還是沒有找到？」

「沒有。」七七合攏了雙手夾在雙膝間，微不可聞地嘆了一口氣，又說一遍：「沒有呢。她可能……不會回來了。」

老頭子喘著說：「你就不會硬氣一點？在你家大哥的電視臺裡發一個告示，跟她脫離關係？」

七七搖搖頭。

老頭子更喘了，一口氣呼呼地在胸間湧動著：「你就窩囊成這個樣子？難不成你還替她給她娘老子養老送終？」

七七低了頭，好一會兒說：「嗯！他們待我好。」

喬老頭子連著哼哼起來，實在是坐不住了，叫了七七替他拿掉背後靠著的被子，一點一點蠕著鑽進被窩裡。

七七替他把被子蓋嚴實，撲起一點風，帶起了一股子病人的酸臭氣。

七七說：「叫曲阿姨多燒一點水，我一會兒幫你洗一個澡好不好？」

喬老頭仰躺著望著天花板，哼著說：「我懶得動，渾身疼。」

七七便又坐下去夾了雙手不吭氣，偶爾轉頭看看床上躺著的老頭。

老頭子的樣子全變了，五官都皺成了一團，鼻子尖銳得要戳破什麼似的，嘴也因了癟而皺得如包子的口，然而這是個餿敗了的包子，老得不祥了。

七七的心裡不知為什麼躥著一小股熱呼呼的情緒，張張口想叫一聲老頭子，可是上下唇乾了，黏在一起似的。

七七伸手拿過八仙桌上的一個杯子倒了一點水喝了一口，把那一句叫吞回肚子裡去。

老頭子忽地又問：「你女兒還好？十幾了？」

七七說：「十二了。還好。」

七七不知道自己為什麼會把事情說給這個老頭子聽，他們原本是那麼的生疏，曾經許多年裡，他們差不多就是陌生人，七七把這一切歸結於那神奇的、誰都躲不了、抹不去的血源的聯繫。

七七說：「身體還好，但是，不曉得怎麼搞的，說是有一點心理病。」

「什麼？」老頭子沒聽懂。

「就是、就是、就是，她總是……在店裡亂拿人家的東西。可是老師說了，不是犯罪，也是有病。」

老頭子拍了床欄粗了聲音說：「狗屁！你就是太窩囊！要是我，打不死她！狠治她一次，我保管她什麼病也沒有了！」

老頭子又是一陣大咳，曲阿英過來，給老頭子餵了一次藥，老頭子睡了。

這天以後，老頭子的病一天重似一天了，七七再來時，他就一直沒有坐起來過。曲阿英做主，把老頭子的藥給停了，說是吃了也沒有用，反而把那麼一點點的胃口也全敗光了，不如做一點好吃的給他吃吧。

喬七七心裡頭覺得這是不對頭的，想著要反對，可囁嚅著還是沒有說出來，還是告訴了齊唯民，齊唯民覺得事情不大好，趕著跟喬一成說了。

然而喬一成還沒有來得及管這件事，他自己倒遇上一點事情。

跟居岸徹底分手之後，居岸的媽媽寫過一封信給喬一成。信裡替居岸請求喬一成的諒解，最後寫道：「不要記恨著我從前以及後來對你們之間的事的阻撓，我是過來人，早早地看清了一件事，你們不合適，你們倆，都含了一肚子的冤氣，這冤氣在你們的肚子裡出不來也化不了，但你是不一樣的，你比居岸活得更有責任感。對於你對居岸的照顧，請接受我的真誠的謝意。原本我想著要補償你，可是那無異於對你的侮辱。一成，」居岸母親最後這樣稱呼喬一成，「願你前路順暢，你一定會得到幸福，你值得所有的幸福。」

喬一成看完了信之後，隔了一天，一把火燒掉了全部與文居岸有關的東西。

形式主義與戲劇化原本是喬四美愛的玩意，這一次喬一成才明白其中也有妙處，看火苗躥得老高，映了臉，火熱的一團，喬一成覺出一種浴火重生的快慰來。

然後，喬一成出了一點事。不過，按宋清遠的話來說，所謂禍兮福所倚，這世上的事，就是這樣妙。

3

宋清遠是一天凌晨四點鐘接到喬一成的電話的。

電話裡喬一成的聲音抖得不成樣子，宋清遠乍一聽以為他遇了車禍了，也嚇了一跳。好不容易喬一成算是能說上一句完整的話了，倒是把宋清遠給聽懵了。

喬一成說，他在市局，被扣了，可不可以請他來一趟，要交保金。三萬。

宋清遠二話沒說，打開家裡的保險箱，揀了三萬塊錢出來，上面銀行的封條還沒拆呢，原本是打算新買個鏡頭的。

宋清遠這幾年一直在做法制類節目，跟市局的那幫子員警好得稱兄道弟。他找到宣傳處的熟人，那警官拉著他偷偷地沒說話先罵了一聲：「你們臺的那個喬主任可倒了八輩子的血楣了，他是怎麼弄的呢？」

宋清遠忙問是什麼事，那警官眼神怪異，似笑非笑地，噴了口煙說：「被一個小姐給咬上了。」

宋清遠怪叫一聲什麼，連連罵了幾句國罵，說：「絕無可能，喬一成那個人，我認識多久了，他可不是那種人，你說我嫖妓都比說喬一成嫖妓可信！」

警官也大笑：「老宋你這個人真是少有，這個時代還有像你這樣為朋友兩肋插刀的。」

宋清遠調笑道：「你幫我這個忙，大事化小，小事化了，我欠你個人情，下回我也為你插一回刀。」

警官收起了那份調侃勁，說：「不行啊，最近抓得緊。壞就壞在，喬一成說與那個小姐只是認識，沒有其他關係，可是小姐咬定了他是她的客人。更討厭的是，跟喬一成一起被逮了個現的，你知道是誰？是市裡宣傳部的一個小頭頭，靠，政府官員出了這種事，哪有個好？又不是大魚，正好拿來做筏子。知道喬一成是你們臺的，交了保金你把人帶走，我們儘量封鎖消息，可是，處理是一定的。以後的事還真不好說。」

宋清遠見到喬一成時，又嚇了一跳。一夜之間，喬一成老了有十歲，青鬍茬冒出來，臉色灰敗，個頭都縮小了似的，一件休閒款的外套揉得稀皺。

宋清遠叫了車把喬一成帶走，什麼也沒問，直接跟司機報了自家的地址，喬一成卻突然說他還是回自己那裡。

到了地方，宋清遠下車說陪他上樓，喬一成倒也沒有拒絕，走到走廊口，喬一成忽地停住了，抬頭去看夜空。

正是黎明前最黑暗的一刻，墨黑的天色，越顯得天空的無邊無垠，兩、三點星子也暗淡得幾乎不見，需努力地細細看去，才見其微微閃爍。一株一株高大的樹，枝椏直指天空，像是要戳破了那層黑，好漏下一點光來。

喬一成收回視線，這天空看久了，眼睛一抹黑。

喬一成說：「老宋，你說人是個什麼東西？自己的命完全做不了主，那麼我們到底算是個他媽的什麼東西？」

說著笑，笑得宋清遠背上冷汗涔涔，喬一成又說：「老宋你放心回去，我還不糊塗，我倒要看看，我這個命還要把我怎麼地擺弄安排。」

他的語氣惡狠狠的，幾乎有一點咬牙切齒，有一點他溫暾陰沉的性子裡從未有過的激昂。

他這副神情不知為什麼叫宋清遠想起負重的駱駝，累得噴著鼻，嘴裡嚼著草的樣子，落在人眼睛裡倒好像有兩分笑意，看得好笑，卻也心酸。

喬一成請了三天病假，之後，宋清遠才瞭解了事情的大概經過。

喬一成因為新聞中心要與市委宣傳部合作一個市民論壇的節目，與部裡的一個姓劉的處長走得比較近。

劉處談事情好在飯桌上，吃完了又愛去喝上兩杯，喬一成只得作陪。有天劉處帶喬一成還有另幾個人去了一家相熟的夜總會，喬一成一進去就隱隱地覺得不大對勁。

果然在包廂裡落座不久，就有幾個年輕的女人走了進來。其中最為明豔的一個立刻在劉處的身邊坐了下來，那情形，明眼人一看就是相熟極了的。

也有一個女人在喬一成身邊坐了下來，喬一成下意識地略微讓了一讓，那年輕女人馬上便察覺了他細微的動作，笑了一笑，卻也沒有像另幾個女人一樣馬上向男人靠過去，而是端端正正地坐著，安穩地喝著酒。

那邊劉處笑著說：「這是喬主任，芬妮妳要多敬他幾杯。」

這個叫芬妮的年輕女人聞言，微側了身，雙手捧了一杯酒，低聲說：「我敬你，喬主任。」一聲音微微沙啞。

喬一成藉著暗的燈光看了一看，這女人相當地年輕，妝色自然是濃的，然而因為光潔緊繃的皮膚，並不顯討厭，穿了件露肩的全黑小禮服，頭髮燙成蓬蓬的大捲，半長的，散在光裸著的肩頭，喬一成覺得她雙手捧杯的樣子有那麼一點怯生生的乖巧，與她極成熟的裝扮形成了一種微妙的對比，便多看了她兩眼。

芬妮顯然是聰明的，因著這軟而溫的兩眼，她整個晚上都把自己定位於一種收束狀態裡。每隔了些時候就敬喬一成一杯，半一點多餘的話與動作都沒有。

再一回陪著劉處過來時，劉處便點了名叫芬妮過來陪著喬一成。喬一成心裡怪劉處不檢點，又不好開口，還好芬妮還是那麼乖巧沉默。倒是喬一成有一點歉意似的隨口問了她老家在哪裡，芬妮說：「老家不是這裡的，可是，不提也罷。像我們這樣的人，是有辱姓氏的。」喬一成微驚，覺得她說話挺文氣的，芬妮馬上捉到了喬一成的這一絲驚訝。

這一晚上，芬妮慢慢地告訴喬一成，說她原本是考上了師專的，因為家裡有了變故，所以輟學了出來做這種不名譽的事。喬一成並不全信，然而這女孩子，敘述自己的事情時言語平淡，那受了苦楚不能明言、不肯抱怨的情狀叫喬一成心軟。

最後一次見到芬妮就是喬一成被公安扣住的那一天，這一天，喬一成終於就新欄目的事與劉處達成了合約。喬一成想，這可是最後一次陪這個人到這種地方來了，喬一成自嘲地想，總算是完了，要不，這一世的英名可算是賣給這個傢伙了。

芬妮自上一次跟喬一成說了身世之後顯得與他親近了不少，喬一成在她坐下後跟她說，這一次是最後一次來了，芬妮愣了一愣，說，果然我是沒有看錯，喬大哥你是不一樣的人。

喬一成聽她改了稱呼，也沒有計較，說今晚不想喝太多，叫了點心來叫芬妮一同吃。就是這個晚上，出了事。誰想到就那麼巧，或者是人生真的遠比戲劇更加戲劇。

喬一成沒有料到芬妮會一口咬定了他是一個嫖客，原本這件事就是百口難辯的，他只是有一點想不通一個看起來那樣乖巧的年輕女人竟然這樣俐落地反手便是一記暗刀子。

喬一成被扣住時起先是與那幾個小姐關在一處的，芬妮恰坐在他身邊。喬一成是第一次在明亮的燈光下看到她，沒承想芬妮竟是這樣的漂亮，五官明麗裡有一種尖銳，那一點乖巧與稚嫩全不見了蹤影。

喬一成說：「沒想到今天叫一個婊子給我上了一課。」

芬妮笑了一下，啞啞的聲音飛快地說：「下一回學一個乖吧。信值得你信的人。」

喬一成說：「還輪不到一個婊子來教導我。」

婊子笑了一下，笑裡有一種無恥和無畏：「倒也是。不過我跟你說哦，婊子可是一肚子的至理名言，夠你受用一輩子的，因為她看過人性最醜陋的一面。」

喬一成也笑了：「有件事妳倒沒撒謊，妳的確是讀過兩年書的，一般的婊子說不出這種有文化的話來。」

宋清遠瞭解了事情的前前後後，把那個劉處罵了個臭死，安慰喬一成說，總能查得清楚，清者自清。

喬一成並沒有等來自清的一天，過了沒有多久，最壞的事情來了。

西祠網記者論壇裡，出現了一篇帖子，說是市臺某主任級的Q君因嫖妓被抓，一時間跟帖無數，這事在市新聞界傳得沸沸揚揚，出了若干種版本的謠言，最離譜的說那位小姐有了Q君的孩子，而Q君不認，才鬧出此等醜聞。

喬一成這一次成了名人，宋清遠氣得眉眼挪位，說新聞人要是八卦起來，是比老娘們兒還要惡毒的。

這件事，弟妹們最終還是都知道了。

三麗怕喬一成想不開，帶著兒子一起要住到喬一成這裡，四美則是跳著腳說是要找那個不要臉的女人拚命。

喬一成說，你們不必擔心，三麗妳不要住過來，四美妳也不要鬧騰，讓我靜一靜。

二強原本是打算去東北找馬素芹的，因為這件事，買好的火車票都退了。

二強說，這種時候，自然是要與大哥站在一起，二強用力想一想，想起一句成語來，說要與大哥同仇敵「汽」。

喬一成哈哈笑起來，三麗覺得大哥笑得怪嚇人的，死活賴在喬一成家裡住了一星期。

喬一成成了新聞界的新聞人物，冤屈地享受著這突來的名氣。

喬一成叫二強還是快去東北，二強最終還是沒有走成。暫時是走不了了。

喬老頭子不行了。

喬老頭子完全不能坐起是發生在一個下午，他睡了一個短暫的午覺之後想坐起來拿夜壺解個手，卻發現自己不能動彈了，活像被釘在玻璃框裡的標本，一隻徒有其形而再不能動彈絲毫的蟲子。

二強是第一個從曲阿英兒子的嘴裡知道這件事的，他回去看了喬老頭子。進了堂屋便聞著一股子騷臭味，聽得曲阿英唉聲嘆氣地說：「又拉在身上了，這可是今天第二回了，才洗的被子衣服還沒乾呢，看這又是一堆。」

倒是曲阿英的兒媳婦美勤，因為也偶爾在二強店裡找她老公去，是與二強熟的，不聲不響地抱了大堆的衣服被子出去，端了杯茶給二強。

二強陪了老爸好一會兒，弄了些香蕉餵給老頭，老頭不能動，看來胃口還是有的，大口地急吞著。

曲阿英見了，又嘆氣說：「二強你不要再給他吃香蕉了，回頭再拉了，我可真是沒有力氣再收拾了。」

二強滿肚子的氣升上來，因著一張笨嘴，那氣找不到合適的詞語字眼來發洩，只曉得說：「那總不能活生生把老頭餓死。」

曲阿英冷「哼」了一聲說：「我跟了你爸這麼久，沒有功勞也有苦勞，我可是半一點也沒有刻薄過他。病了這麼久，是誰日日夜夜照看，人可是要摸著良心說話。」

二強更加禿了嘴。

臨走時，二強偷著塞了一疊錢在老頭的床下，湊著他的耳朵說：「你收好這錢，別給人誆了去。想吃什麼，叫曲老太的兒媳婦背著她給你買一點，我看那個女的還是個良善的人。」

三麗與四美結伴去看過老頭子。兩個人先跟曲阿英兒媳婦美勤打聽清了，趁著曲阿英到老鄉家的那一天回老屋去的。美勤見了她們倆來，面上慚慚的。

這個年輕的女人生了孩子之後胖得完全走了樣，銀盆似的臉上，肉把眉眼擠得緊湊，滿面的羞愧之色，為了自己的變形，為了不倫不類地這麼住著，她誠惶誠恐的，不安極了，弄得三麗都不好意思了，拉了她說謝謝。

四美走到老頭子床邊，猶豫著，牙縫裡擠了聲「爸」出來，老頭子轉轉眼珠子，看見四美，四美看那一雙全無了光彩的渾濁老眼，心猛地一揪，又清清楚楚地叫了一聲「爸」。

老頭子叫了她的小名說：「妳倒杯水來給我喝，小四子。」

四美回身兌了溫水來，她不知道，這是喬老頭跟她說的，最後的一句話。

一成當然知道了弟妹們回家看老爸的事，二強說：「大哥你不要生氣，他畢竟是我們的爸。我知道你最近心情不好，你不要再為這件事生氣。」

喬一成呆了一會兒說：「我不生氣。你說得對，畢竟是父親。而且……」

而且什麼，喬一成沒有說出來，只留在了心裡。

『而且……』他想，『現在我可算知道了人人喊打是一種什麼滋味。』

這種時候，但凡有半扇斷壁殘垣讓你靠著倚著都是好的。

『還好我有。』喬一成想。

那麼也讓他有吧。

在喬老頭子最後的日子裡，曲阿英終於跟他把事情提了出來。

那天她好好地幫喬老頭子擦了身，坐在他身邊，緩緩地說：「大哥，你看，咱們雖說是半路夫妻，可是我待你怎麼樣，大哥你是有數的，當然你待我也是好的。只是，大哥，你要是百年之後，我算個什麼呢？我連立足落腳的地方都要沒有了。」

老頭子喉嚨裡呼呼作響了半天，才說：「錢都給了妳。」

曲阿英抓緊了他的手：「我不是圖錢的人，我們做了一場夫妻，到這個時候，你可不可以給我一個名分？」

老頭子又呼呼地喘了幾聲，說：「我動不得了。」

曲阿英說：「我打聽了一下，說是現在這種情況，你寫個委託書，簽個名字，一樣可以辦手續的。」

老頭子似乎短促地笑了一聲：「我是不識字的。」

他要不認帳了，曲阿英一念之間怒起來，拔高了聲音說：「按手印你總會。」

隔了許久，老頭子竟然說：「好。」

曲阿英一時心裡千萬種的滋味泛在一處，滾開了一鍋粥，為著自己也為著老頭子，手一抖碰掉了桌子上的一面鏡子，砸了無數的碎片，白熾燈下明晃晃的一小片、一小片的，燈影一掠，一地落淚的眼。

老頭子再說了一聲：「後天吧。」

4

這一天，喬七七又來了。

他來的時候，已經是傍晚了。這一天天氣有一點怪，這麼個快立秋的時候，陰了一天了，到了黃昏，竟然出了滿天的霞，裹著一層薄薄的淺灰的雲，那雲色透明，橙色的光隔了這一層薄灰，溫潤如琥珀。

起了一陣涼風，像喬家老屋這式的舊房深院，最宜穿堂過戶的風，七七一進堂屋就說了句「好涼快」，喬老頭子帶著嗓子眼裡的呼呼聲說了句：「還是老屋子好吧？」

七七說：「好。」說著便笑。

老頭子又呼嚕兩聲，突然說：「你覺得好我留給你。」

七七呆了一下才明白過來，慌裡慌張地說：「我不要。」

老頭子發出一聲不成笑的笑，說：「七七你過來。」

七七忽地覺得有一點不祥之感，彷彿那躺在床上的人魂魄已然緩緩上升，只有一線遊線扯著一具乾癟癟的身體。

七七一點點地蹭過去，俯身看著喬老頭。

老頭子的目光是散的，無法對準焦點視物，他圓睜了眼，卻也只看見面前的一團灰。

他伸手摸到喬七七的頭，拍了兩拍，咧開掉光了牙的嘴，笑了一笑，說了一句話。

「像。」

喬七七聞到父親嘴裡一種奇怪的味道，像是腐壞的食物混著一點鐵銹味，一點腥氣，熱烘烘的，噴到他臉上時已經冷了。喬七七忽地想起小時候聽過的鬼故事，那鬼是愛吸生人的陽氣的，莫不正是這樣的吸法？喬七七被一股恐懼拉扯得微微向旁邊一讓，卻被喬老頭子拉住了手。

七七感到老頭子一根一根地挨個兒摸著自己的手指頭，又說了一聲。

「像。」

「嗯。」

七七把空著的手蓋在父親的手背上。「爸，你睡一會兒。」他說。

老頭子「哼」了一聲。

「我不走，陪著你。」七七說。

七七是快十點鐘才走的。

自老頭子澈底癱了以後，曲阿英一直是和女兒一起睡在原先四美的屋子裡的，半夜時她會起來看一看老頭子。可這一天夜裡，也不知怎麼的，她特別地睏，眼皮上壓了塊石頭似的，半夜裡聽得堂屋裡有重物落地的聲音，迷糊中想，可能是老頭子碰翻了床邊的椅子吧，隨他去吧，反正他也下不了床，磕不著的。邊想著，邊又睡沉了。

早上她一向醒得很早，從床上坐起，頭目還有一點昏沉著。猛地想起夜裡那一陣悶響，好像有人提了桶冰水兜頭澆了她一身，她一下子全醒了，火急火燎地扯了衣服過來穿好，趺趺撞撞地拉開門，一腳跨進堂屋，就嚇得魂飛魄散，好半天好半天，才拉長了聲音哀號了一聲，一屁股就坐到了地上。

曲阿英的兒子媳婦聽到動靜趕出來，她兒子一看情形便往裡趕自家的老婆：「妳不要看，去看著兒子，媽別叫小妹出來！」

喬老頭子下半身還掛在床上，上半身卻撲在床前的地上，腦袋觸地，頭撞破了，一地的血，厚厚地，凝住了，一汪血紅膠質似的東西，撲鼻的血腥氣。

曲阿英兒子大著膽子上前一摸，人是早就冷透了。

曲阿英一直坐在地上，地上冷，屁股與大腿一片冰涼，她忘了哭，直到兒子來拉她，說：「媽，老頭子過去了。您快著一點，我要通知派出所，還有他們喬家人。」

說著飛快跑了出去。

派出所很快來了人，一番檢查，證實的確是意外死亡，可能是半夜裡老頭子想挪下床時卻摔了下來。

老頭子被抬回床上，派出所民警說：「給死者穿上老衣吧，怕是遲了，人都僵透了，不好穿了。」

曲阿英回裡屋，打開一口小皮箱子，裡頭有齊齊整整的一套壽衣，從帽子到布襪，她一樣一樣地拿出來。

有一天老頭子忽地說，怕死了沒有衣服，曲阿英記得自己安慰過老頭子：「放心，我給你備好。都用好料子，一點也不含糊的。」她說到做到，果真替他準備下了一整套的衣服。

曲阿英低低地說：「我待你是憑良心的，衣服是用我自己的錢做的。想不到你這樣狠心！」

老頭子手腳已然僵化，硬如頑石，褲子還好些，勉強算是套上了，可是上衣，曲阿英和她兒子完全沒有辦法替他穿上兩隻袖子，兩下裡錯了勁，喬老頭子的遺體直直地摔到床上，頭磕在床欄上發出老大的「砰」的一聲，曲阿英和她兒子都嚇了一大跳。曲阿英下意識地伸手摸一摸喬老頭子的腦袋，想要替他揉一揉傷處似的，手上傳來的那一陣冰涼讓曲阿英恍然大悟，突然地，她的眼淚嘩地就下來了。

喬家的兒女們接到了消息，一個一個趕來了。

最先到的二強。

二強跨進門的一瞬覺得有一點奇怪，堂屋裡這麼安靜，二強叫了一聲：「爸！」

曲阿英回過頭來，二強看到她滿面的淚。

二強看著窄床上的喬老頭子，他面目略有些腫脹起來，上身的深藍色老衣竟然是半裹在身上的。二強慢慢脫下他身上裹著的衣服，耐心地從各種角度嘗試替老爸穿好這衣服。

三麗與四美在這個時候也來了，王一丁過來幫著二強，兩個大男人廢了好大的力氣，終於替喬老頭子把衣服穿妥了。

三麗立在床腳，呆看著死了的父親，四美緊緊地挨著她，捏著她的手。

三麗想，他死了麼？那麼我現在是一個沒有父母的人了。

四美用力地掐著姊姊的手，在她的概念裡，老頭子是世上這樣一個頑固的存在，再可惡、再下作、再沒有感情，他終是存在著的。

她腦子裡是木木的，一時怎麼也想不明白，這個人是不在了。不在了。

一成與七七、齊唯民夫婦倆是前後腳到的。

人到了差不多後，曲阿英在老頭子的臉上覆上一塊白布。

七七總是有一點怕著一成似的，離他遠遠地站著。

因為堂屋裡圍了不少的人，七七站的那個角落，只看得見喬老頭子腳上的一雙雪白底黑幫子的嶄新布鞋，沒穿上去，只套在老頭子的腳上。

七七想起老頭子病重的那些日子，他來看他，跟他有一搭、沒一搭說的話，在最後的那一天，他叫他到床前，摸他的頭，說了兩次：「像，像。」

七七無聲地流起淚，淚流得猛了，抽泣壓不住了，從嗓子眼兒裡衝出來。

喬一成聽見了，非常奇怪地轉頭看了七七一眼。

這個與老頭子最疏離的孩子，為什麼會這麼傷心，反倒襯得他們幾個全無心肝似的。

喬一成是看起來最平靜的一個。

然而其實並不。

這麼許多年，他恨毒了這個老東西，他從來都覺得自己是一個孤兒的。

但是無論如何，他沒有想到過要咒他死，吵得最凶時，甚至動手的時候，他也沒想到過要他死。

從來沒有。

這一刻喬一成忽地認識到，他與他的弟弟、妹妹們，是真的，成了孤兒了。

老頭子過去於他們，不過是一個父親的名分，可是他的死，卻成就了他作為一個父親的實質。

屋子裡那樣地靜，只聽得七七低低、斷續的幾聲抽泣。

喪事在喬一成來了之後有條不紊地展開了。

有件事犯了難。

喬家的幾個兒女們竟然找不到喬老頭子的一張近照來做遺像，三麗與四美翻箱倒櫃，把老頭子那幾個木箱子找了個遍，在最破最舊的箱子底夾層裡，總算找到了一張。

那是半個世紀以前，老頭子年輕時的照片。照片上，老頭子不過二十歲左右。

照片早就泛黃，脆得不像話，拿在手上簌簌作響，似乎隨時要碎成片片。

喬一成小心地把照片托在手裡，只看了一眼，便覺得天靈蓋上一線涼氣直灌下來。

他知道喬七七像誰了。

相比之下，七七的眉目更良善溫軟，但是那眼睛，那鼻子，微微笑著時嘴角的紋路。漫長的歲月有著敦厚的無情，巨掌如同搓橡皮泥似的，竟然可以把一個人毀成這種樣子。

喬一成的心裡真是拔涼一片，那個困擾了他三十年的謎團終於散開了，謎團後面是豁然呈現的真相，這真相藏得這樣久，生生隔離了他和他的親弟弟。

『也罷。』喬一成想，『反正現在也彌補不了了，來不及了吧。』

來不及了。

殯儀館的車來了，工作人員把遺體抬了出去。

喬一成走在最前面。

有風，忽地吹開喬老頭子臉上蓋著的白布，別人都沒有理會，只有喬一成一人，看見了白布下喬老頭子的臉。一成伸手替他掩上臉上的那白布，指尖觸到他冰涼石頭一般僵硬了的臉。

這是這父子倆最後最私密的一次接觸。

殯儀館的車子開走了，揚起一團細灰，在窄細的巷口緩了速度，慢慢地，一寸一寸地終於挪了出去。

一下子就遠了。

曲阿英這一會兒，才放聲痛哭起來。

老頭子兩天以後火化。

喬一成帶著弟妹們出來的時候，有人迎上來。

那人說：「我、我開車來的，來接你們。這裡叫車不大容易。」是戚成鋼。

四美過於訝異，竟然失去了反應，還是三麗寒暄道：「多承你費心。你，現在又開出租了嗎？」

戚成鋼巴巴結結地拉開車門，邊說：「啊，沒有，書店裡我請了人看著，閒時開開車。跟人家合開，我是白班，不累。」

葬禮過後，四美還是跟三麗回了家。

有一個晚上，那麼晚了，三麗看四美屋子裡還亮著燈，走過去看，四美呆坐在床上，披了條薄絨毯在身上，她的小姑娘戚巧巧早倚著床裡側睡著了。

三麗說：「妳怎麼還不睡？」

四美忽地道：「姊，我怎麼心裡老覺得有一點怪。老頭子，說沒就沒了。我最後一次去看他，那個樣子，好像還是可以拖得一時的，哪曉得第二天就沒了。」

「姊。」四美隔了一會兒接著說，「我是聽說，曲老太，那些天一直在催著老頭子辦結婚手續呢。老頭子好像也答應了的。怎麼就說沒就沒了呢？」

三麗的臉藏在燈光的陰影裡，半晌才答：「人哪，哪裡說得准呢？別想了，睡吧。都過去了。」

三麗長長地嘆了一聲：「都過去了。」

四美熄了燈，在黑暗裡睜著眼想了半夜。

不知怎麼的，想起來久遠久遠的一件事。

老頭子那個時候賭了錢回來，是習慣帶一份夜宵來給自己吃的。有時是一碗辣油小餛飩，有時候是一份豆芽回鹵乾，有時是一個五香茶葉蛋，從來都是他一個人自己吃的。就有那麼一夜，四美起夜，拖了鞋子，睡眼朦朧，小狗似的聞著香尋到老頭子的屋門前，從半掩的門向裡張望了一下。

老頭子怕是手氣好，這一晚特別地和氣，招了手叫四美進屋，拿小碗撥了幾塊回鹵乾讓四美吃，四美一下子喜得覺頭都飛了，呼呼地吃起來，老頭子對著她笑。

四美忽然地，就想明白了。

這個沒有父母心腸的老頭子，自私了一輩子，突然地，就這樣，賠上了自己的老命，無私了一回。

四美在一片黑暗裡突然捶打著床板壓著聲音，哭將起來。

5

喬老頭子死後兩個月，曲阿英等來了喬家的老大。

從給老頭子穿上老衣的那一刻起，曲阿英便知道會有這麼一天。

不過她以為這一天會來得更早，然而並沒有。

她等了一天又一天。

她緊繃著的那根神經被一隻無形的手拉緊又放鬆，再拉緊，再鬆開。她積聚了滿腔的憤懣，胸口脹得如一面鼓，她得為自己個爭一點響動。可是，日子一天天地過，這股子積在腔子裡的氣一絲絲地溜走了，曲阿英覺得自己活像一只開始漏氣的氣球。

曲阿英越發地覺得喬家的那個大兒子不簡單。他讓她自己先耗上這麼一場，耗得失了志氣與鬥志，然後再來對付她，她不能讓他稱了心。

所以，終於面對面地跟這喬家的大兒子坐在一起時，曲阿英是打起了十二萬分的精神的。

她甚至還替老頭子戴著孝，把一朵白毛線紮成的小花別在鬢邊，直挺著背，聳了肩。

她想起多年以前，丈夫死了，也是這樣，團團的一屋子婆家人，一雙雙急紅了的眼，一副副窮凶極惡的心肝，她的身邊只得八歲的兒子與抱在手上的小女兒，那個時候她都沒有怕過，現在，她也不怕。

不過，喬家的兒女們似乎並沒有怎樣的來勢洶洶，只來了一個老大，和原先便住在這房子裡的老四。

老大一成，坐了她的對面，四美坐在一張矮矮的小木凳子上。

曲阿英閉緊了嘴，打定主意後發制人。

果然是一成先開的口，出乎曲阿英的意料，他語調平和，老頭子活著時反倒沒有這麼溫和過。

喬一成說：「對不住了，曲阿姨，要麻煩您搬個家了。我妹妹要住回來，總不成她在她姊姊家住一輩子。」

曲阿英微微笑了說：「四美要搬回來是不？這裡原本就是她的家，我哪會做那種刻薄事，我今天就叫我家女兒收拾屋子搬出來，叫四美還住她原先的屋。我女兒可以跟我在堂屋裡搭床。」

一成神情有一點疲憊，也笑了笑，繼續溫暾暾地說：「不是這個意思，曲阿姨您沒有弄清楚。我是說，這老屋，房產屬於我小妹喬四美，您以及您的家人住在這裡，是不合適的。」

曲阿英覺得自己聲音微微發著抖，不是不怕的，但是也由不得她怕了。

曲阿英說：「我跟你父親沒有辦手續，但我們終歸是事實婚姻。我們是鄉下人，但是我們也是懂法的，我是有權利繼承喬大哥的遺產的。」

一成捏捏鼻樑，又笑了一下，說：「曲阿姨您說得對，您是有頭腦的老人家，您是有權利繼承老頭子的財產，所以，老頭子有多少錢，您儘管拿走，我們做兒女的，從小到大沒有受過這個父親多少的恩典，現在當然也不會爭這筆錢。但是，這房子，房產證與土地證上是我妹妹喬四美的名字，不是老頭子的財產，您當然就沒有權利繼承。」

曲阿英這一次真的笑了出來：「哎呀，一成，你會不會記錯了呢？你看，這房產證、土地證，上面明明白白寫的是喬祖望的名字。」

她拿出兩張紙，推到一成面前：「當然，這個是副本，正本在我這裡。一成，我一個寡婦人家，背井離鄉，侍候你父親一場，也不容易，沒有功勞也還有苦勞，特別是後來，你們跟老頭子嘔氣，一撒手把他全推給我，不是一天、兩天啊。我為他做的，就算是他原配，你們的媽，也不一定能做到。」

一成一個手指頭又把那兩張紙推回曲阿英的面前：「所以我說，您可以拿走老頭子的錢，那個我們幾個兒女完全沒有意見。可是，您還是沒有弄明白，我手裡的這份證書才是真的，老頭子那裡的那份不是。如果您不信，我們可以找權威部門來鑒定。」

曲阿英冷冷地笑：「哦，老頭子的證書是假的？他當時可親口跟我說過，這房子是他的。人嘴兩塊皮，這個時候，人已死了，死無對證，你說什麼都是可以的。你在電視臺做事，見得多識得多，想要騙我一個鄉下來的老太婆還不是一句話。」

四美插嘴道：「妳不要糊塗，老頭子的嘴裡，有幾句真話？妳跟他不算久可也不算短了，妳是真不明白還是揣著明白裝糊塗？」

「老頭子嘴裡有幾句真話」，這話可是正正地撞在曲阿英的胸口。

老頭子說過幾句真話呢？她想，她還真不清楚。人就是這麼個不是東西的東西，誰知道誰的心裡放了幾句真話，這真話從嘴巴的兩塊皮裡翻攪一通出來後又剩了幾句是真的。一成接著說：「我會陪著您一起去鑒定，我的話您不信，公家的話您總該要信。等事情弄明白了，咱們再談搬家的事。這件事，不急。您看，您是孤兒寡母的，我妹妹也是單身帶一個孩子，這種苦處，您最能體會，還希望您能體諒，我得替我妹妹打算打算。」

曲阿英握了一手的冷汗，她知道她是輸了。但是輸也要輸得有個架子在，她想著，她一個寡婦人家，拉扯兩個孩子長大，自然有一點斤兩也自然有一點擔當。

「那我們就去找公家人鑒定一下。」她說，「要是我的那份是假的，二話不說，我捲鋪蓋走人，要是真的，對不住，誰也別想把我趕走。」

曲阿英說著，慢慢地直了腰站起來，一步一步地走出去。她知道她是輸了，她得端著架子把這兩步走完，別叫人看笑話看得太得了意。

喬一成在辦完這件事之後，在家裡休息了兩天沒有去上班。第三天，他去上班了。他想，無論如何，這一天他得去單位。

原本喬一成是新一任副臺長的候選人之一，因為上一次的嫖妓事件，一成與這個機會失之交臂。

這一天，是新任臺長、副臺長宣布就任的日子，喬一成坐在寬闊的電視臺演播大廳的一個角落裡，與眾人一起鼓掌，心下一片坦然與寬慰。

就在臺領導競聘全部結束的那一天，臺裡鄭重地發布了一個公告，替喬一成同志正名，洗清了有關他嫖妓的聲名，並將此公告發布在西祠記者論壇裡。

一個月以後，曲阿英一家子搬離了喬家老屋。

曲阿英的兒子還要拚著鬧上一場，曲阿英說：「兒子，你還記不記得我們在鄉下時，愛打的那種麻雀牌？兒子，輸了就是輸了。洗一把牌我們重新打，賴皮算怎麼回事？」

曲家母子們搬離了喬家，臨走，喬一成又交給曲阿英一筆錢，說是喬家子女們湊給她的，為了她曾為喬祖望做的一切，表示感謝。

二強跟曲阿英的兒子說：「要是你還想做下去，自然可以在我的店裡繼續做。」

喬四美搬回了老屋，兄弟與姊姊幫著她搬家。

三麗說：「這屋子如今寬了，四美妳不怕吧？一個人帶著孩子。」

四美說：「我不怕。我從小在這裡，怎麼會怕？小時候怕鬼啊怪的，一把年紀了哪會怕？」

而且，四美想，在這屋裡過世的人，好也罷歹也罷，總是自家的親人，是媽，是爸。

一道到這老屋來的，還有一個人。

南方。

南方是回來給老頭子上墳的。

葬禮那時候，南方正在外地出差，一直都忙得不可開交，這次回來，是參加喬老頭子骨灰入土儀式的。

喬家的幾個兒女們商量了，還是將父親與母親合葬在一處。

這一天的午飯是在喬家老屋吃的。

這堂屋的頂上原本有一塊一米見方的玻璃天窗，多少年了，那玻璃被一層足有半寸厚的泥灰給糊得一點光也透不進來，二強在早兩天裡架了梯子上去把那天窗換了一塊玻璃，濾了一層蜜色的暖陽直照進來，堂屋裡一下子亮堂了起來。

三麗快活地說：「虧你還記得這扇窗，二哥。」

一成笑道：「他怎麼會不記得？小時候，他晚上起來在桌上的紗罩子裡偷東西吃，不敢開燈，全靠這一扇窗透著的一點星光來照亮。」

一屋子的人都笑了。

才吃了飯，三麗便推著喬一成，叫他跟南方姊出去逛逛，「不是說南方姊的新房子弄好了嗎，不去看看嗎？」

南方與一成沿著街道緩緩地走，南方說：「聽說你們臺裡換了新的領導班子？」

一成笑說：「是的。」

南方說：「不必遺憾一成，你不適合那個。」

一成忽地起了玩笑的心笑問：「為什麼？」

南方也用輕快的玩笑的調子說：「你的氣場太正。」

一成朗聲笑起來：「這是宋清遠同志的口氣。」

南方也大笑起來：「小遠是位好同志。」

一成說：「好同志遇上了新問題。前段日子老宋去教育系統做一專題，準備衝擊今年新聞出版總署的大獎，採訪了若干學校，有一天忽被一小學老師收服，如今正在通往二十一世紀新好男人的光明大道上不斷前行。」

南方笑得直不起腰來，馬上打電話給宋清遠以示祝賀，說：「加油，做一架愛情天空裡的戰鬥機！」

兩個人在大街上笑得如同兩個孩子。

一成忽地說：「謝謝妳，南方。」

南方回過頭來的時候，頭髮被風吹得遮住了眉眼，她把頭髮撩到耳後，露出一張恬靜的笑臉來：「清者自清。一成，這世上總有黑白是非。」

一成「啊」了一聲，別過頭去，好半天問：「這麼相信我？」

南方說：「我是信我自己。項南方別的沒有，眼力還是有的。喬一成是什麼樣的人，項南方豈會不知道？」

秋末初冬，天色暗得早，兩個人不知不覺地就走到了秦淮河畔。

河水渾濁，帶著鹹濕氣，隔岸有燈光亮起，光亮散落在河面上，在河水波漾間碎鑽一樣地閃著。

一成問南方：「冷不冷？」

南方答非所問，說：「一成你看這河，治理了這麼多年，還是不理想。不過，到底是好得多了，依稀有了當年槳聲燈影的韻味了。」

一成伸手攬住南方的肩，沒有作聲。

「一成。」南方又說，「生命再痛苦，再無望，總還是有一點光明的東西，值得我們為之掙扎，拚了命似的伸手抓住。」

一成與南方緊緊擁抱在一起。

南方輕聲說：「以後你要有什麼事，要記得第一個讓我知道。」

二強在這一年的年底終於去了東北，說是要把馬素芹帶回來過年，跟智勇一起去。

四美的女兒戚巧巧，被市小紅花藝術團錄取。

這小姑娘烏髮明眸，身姿輕盈，容顏美麗，雙臂伸展來比身高長出不少，雙腿併攏來沒有一絲縫隙，天生的舞者，還特別地安靜，總微笑著，即便是站在角落裡，也一樣光彩照人。

四美打她四歲起便送她去學跳舞，她的樂感與肢體感覺特別的好，說起來，這還是常星宇的弟弟常有有次無意間發現的。

女兒住校以後，四美一下子變得無比清閒。於是她拿了大假，跟三麗說她要去一趟西藏，現在去拉薩的火車通了，比當年不知方便了多少倍，年前去走一走，趕回來過年。

三麗詫異地看她一眼，四美笑起來：「姊，我曉得妳是什麼意思。妳放心，我不會再糊塗一回。」

三麗沉吟半天說：「其實，也不是不可以，孩子現在前途好，他也年紀不小了，也應該改過了。」

四美笑了：「姊，人一輩子傻一次就很夠了。我只是去看看那地方。」

看看曾經為了一個人所走過的，千山萬水。

這是二〇〇七年的年底。

就那麼巧，等二強與四美先後回到南京的第二天，便開始下雪。

二〇〇八年的年頭，南方下了百年不遇的大雪。

這座城市，一片銀白。

6

二〇〇八年開始，喬家的孩子們過了這麼些年來最安穩、最踏實的一段日子。

二強自馬素芹回來以後，便將自己的那家小餐館重新裝修了一下。本來二強說，弄得高檔一點，換上一色的西餐檯面，小小的方桌子，上面鋪上桌布，弄個小花瓶，再點上蠟燭什麼的。

馬素芹不同意，說，我們這個店靠近學校，學生娃來吃飯就是圖個便宜、口味好，弄得不土不洋的，把客人嚇跑了，不如乾脆家常到底。

於是小店的裝修便走了極平民的路子，桌椅凳子做舊，四壁青磚的牆，紙燈籠，屋樑上掛幾串辣椒蒜頭，且是乾淨，全是家常菜色，還給學生包飯，生意越發地好了。

二強留下了曲阿英的兒子在店裡幫忙，這兩人倒正經做起朋友來。本來二強也是願意讓曲阿英的兒媳婦在店裡做的，可是那年輕女人死活不肯，自己找到一個活，在一家賣汽車的店裡擦玻璃。

四美有一次在街上碰見她，她紅潤的臉上慚慚的笑一晃而過，大方地與四美打招呼，告訴四美，曲阿英現在包下一間報亭賣報紙雜誌，日子還是不錯的。

曲阿英兒媳婦又說：「四美姊，妳替我謝謝喬大哥。是他找人幫我媽包下報亭的，我們一家子謝謝他。」

四美微微吃驚，料不到大哥背著他們竟然這麼做。

四美覺得大哥這個人哪，活像一個熱水瓶，外頭涼，裡頭燙。話又說回來，這種人，不討好的，這年頭，你看還有多少人在用熱水瓶？全改喝純淨水了。

四美把這番話說給三麗聽，三麗笑她現在竟然開始哲學思考了，姊妹兩個人哈哈大笑。

最近有人跟四美說了個對象，對方年過五十，兒女都在國外，自己開了一個工廠，專接外單服裝和運動鞋的加工，做得相當不錯，竟然稱得上是一個大款。

本人長得也不寒磣，五十多了，背不駝，肚子也沒有脹大如鼓，收拾收拾也是像像樣樣的一個男人。他對四美十分滿意，四美只一個小女兒，孩子又漂亮又省心，無父母，兄姊們各自有家有工作，無拖累。可是四美見了人家一、兩次之後，竟然回絕了這門親。

兄姊們頗有一點不解，二強開玩笑地說：「大款哎，妳是開玩笑的嗎？一套『別野』

在郊區，出門就是小汽車，想買什麼好衣服也不用算計來、算計去，眼睛眨都不眨就買了。」

四美咯咯地笑，說：「二哥你從小就把『別墅』讀成『別野』，到今天也不改。我跟你們說，嫁大款，就像搶銀行，錢來得快，可是後患無窮。我現在這樣一個人有什麼不好？女兒由國家培養，我每年存一點錢就出去旅行一下，看山看水比成天看著一個男人強得多了。」

這話笑倒了一屋子的人。

喬一成想，料不到喬四美有一天成了喬家幾個兒女中最為豁達的人，可見人傻不要緊，只要不傻一輩子就行。

三麗與王一丁住的那片老房子被政府征收了地，他們拿到了一筆房貼，加上積蓄，兩人買了新房子，現在正在裝修。夫妻倆帶著孩子，在老屋裡臨時過渡，跟四美做伴。喬一成奇怪的是，三麗他們挑的房子，竟然與南方新買的房子在同一個社區裡，隔了三幢樓。

喬家幾個孩子中，現在最不順心的，是喬七七。

七七的女兒，那個叫喬韻芝的小姑娘，得了一種怪病。

其實早兩年，七七就發現了她的這個毛病，小姑娘跟她媽媽去超市，偶爾會在口袋裡塞一點小東西回來，有時是一塊小橡皮，有時是一包小頭繩。那個時候夫妻兩人只罵了女兒幾句也沒太在意，小姑娘被嚇了兩次，也就沒再亂拿東西。

鈴子走後，小姑娘的這個毛病開始發作，有一次在超市被當場抓住，七七賠錢道歉，可沒過多久，她竟在學校裡犯了事，趁著全校學生在操場上開慶祝會的機會，一氣偷了六個班級的東西，其中有一些挺值錢的數位用品還有現金，統共算起來，有幾千塊錢。

學校把家長找了去，由校長親自出面，跟喬七七鄭重地談了，希望他能好好地重視孩子的這個毛病，必要的話，可以帶孩子去看一看心理醫生。不然，學校考慮要將喬韻芝除名。

這件事過了沒兩天，喬七七在一天下午接到了學校打來的一個電話，嚇得魂飛魄散，腿抖得走不得路，叫了輛車趕到學校。

喬七七看見他的女兒，十二歲的小姑娘喬韻芝，坐在學校頂樓平臺的邊沿上，雙腿掛在外面，一把長髮散了，在風裡吹得四下飛散，裹了一頭一臉。

喬七七看不清女兒的樣子，只聽見她尖厲的，帶著哭音的叫聲：「你們誰都別過來！誰過來我就跳下去！我跳下去！」

在那一剎那，喬七七回憶起，喬祖望死前的那一夜，他冰冷的，乾而硬的手在自己臉上撫過去的感覺，那腐的、溫的、臭的、死的氣味撲在自己的臉上，那是喬七七頭一次離死亡那麼近。

喬七七才過三十，他從來沒有想到過死，那個東西遠遠的、遠遠的，在長路的盡頭，他得走多久才走得到那裡，他不清楚，也不想清楚。喬七七活到這麼大，似乎從來沒有專心地想過什麼事，他只是活著，頂了個活人的腦袋，可從來不想。

這一天，喬七七正有一點感冒，渾身火燙的，腦子卻在這一刻格外地清明起來，他對著女兒走過去，叫著女兒的小名：「芝芝，芝芝，妳下來，到爸爸這邊來。」

他張著手，「爸爸」這個詞從他的口裡冒出來，好像是個實在的東西，骨碌著在他的嘴裡打著轉。他嘗著這兩個字的味道，想起他多少年裡都一陣一陣地發著懵，不明白家裡的這個小東西，打著辮子，穿著花衣，在屋子裡來來去去的小姑娘是打哪來的，是怎麼回事。

喬韻芝並不理她的爸爸，往下探探腦袋，引來一陣壓抑的驚呼。

忽地，有一道人影從喬七七身邊掠過去，一個人衝到平臺的邊沿，坐在喬韻芝身邊。

風很大，喬七七耳邊呼呼地灌滿了聲音，轟鳴著，他聽不見那人跟他的女兒說了什麼，只看見他的嘴在動，然後，他看見那個年輕的男孩子抓了喬韻芝的手腕，把她拉了下來。

身邊的人蜂擁而上，抱住跌倒在地的小姑娘喬韻芝，有人低低地哭。

喬七七僵在原地沒有動彈，他覺得，他身體裡像是有什麼東西，悠悠地衝著那青白的一片冬日天空飛了過去，他身上的一部分消失了，可身體卻奇怪地變得更加沉重，就像他過往的三十年的日子，「嗖」地一下子晃過，剩下的日子卻更長得沒有了盡頭。可更怪的是，他卻好像看到了那個盡頭，他的小女兒在剛才的一剎那裡，就站在那個盡頭上，他清楚地看見她飄飛的長頭髮，和冷冽冽的眼神。

救下喬韻芝的是她年輕的班主任老師，喬七七認識，非常年輕的一個人。這小老師也是嚇得不輕，可還撐著陪著喬七七處理完了事情，送他們父女倆回了家。

這件事情，喬七七沒有告訴齊唯民，這是他頭一次有事瞞著他。

齊唯民的母親，喬七七的二姨去世了。

她得了糖尿病，拖了好多年，在醫院裡搶救了兩天之後，老太太突然清醒，看著身邊的兒子兒媳與小孫子，問了聲：「七七呢？」

沒有等到回答，也沒有看到趕過來的喬七七，就那麼閉了眼。

齊唯民的繼父，那個與二姨生活了二十來年的老頭，守在醫院太平間前，他說要再陪一會兒二姨再回去。

等齊唯民和常星宇辦好了手續過來找他時，發現他坐在長椅上，已經沒有了呼吸。

齊唯民足有兩天兩夜沒有睡，終於下決心，將母親與繼父合葬在一處。

工人用蓋板蓋嚴兩只並排放著的骨灰盒，用水泥抹嚴邊隙，齊唯民看著墓碑上黑色新鮮的兩個名字，再看向遠遠的東南角，他的親生父親就埋在那裡。

他覺得父親在看著他們，看著這一個雪白的嶄新的墓碑，父親愛過和一起生活過的兩個女人，都離他遠遠的、遠遠的。

他們經歷的那一段歲月，灰飛煙滅，永不回來了。

等齊唯民忙完了一切，喬七七才告訴他，他把遊戲室包給別人做了。

喬七七把女兒留在家裡待了一週的時間，父女兩人連大門也沒有出，飯菜都是打電話叫外賣的。

小姑娘坐在自己臥室的地板上安靜地繡著十字繡，繡了七天，繡成了一個靠枕套。喬七七枕著這個枕頭，枕在女兒細密的針腳上一夜未睡，第二天開始，他每天陪著女兒一起上學，坐在教室的一個角落裡，跟女兒一起聽課、一起放學，陪著女兒一起做功課，一直到這一個學期的結束。

春節過了，眼看著十五元宵就要到了。

二強跑去找喬七七，說是叫他十五這一天一定要回老屋跟哥姊們一起吃個飯。

那一天，喬一成喝了不少的酒，也許實在是喝得多了一點，喬一成覺得坐在身邊的弟妹們的身影都飄飄忽忽的，跟映在水裡的倒影似的。

四美不放心他一個人回去，硬留他在老屋住了一晚。

喬一成睡在熟悉的屋子裡，這一覺特別地沉，夢都沒有一個，一片單純的漆黑，濃厚得化不開。第二天一早，喬一成睜開眼，看見一個女人的身影在屋子裡晃，聽得她說：

「起來了，太陽曬著屁股了。」

很輕柔的聲音，道地的土腔。

喬一成微笑起來，喊了一聲：「媽。」

他想起，這好像是一個週日，他睡到很晚，媽媽叫他起床，他呆呆地坐在床上，想著這一夜的長夢，夢見他長大了，上了大學，寒窗苦讀，范進中舉似的考上了研究生；夢見他結婚了，還不止一次；夢見他的弟妹們，一個個，長手長腳，都添了歲數，面目不復他所熟悉的少年的青澀稚嫩。夢裡頭，他們哭，他們也笑，他們過著日子，日子裡有人來了，後來又去了。他還夢見自己與一個女子在河邊走，河水拍岸，溫膩的水氣，河面上散落的燈光；還夢見一場又一場的葬禮，有人痛哭，但是他一點也不悲傷，因為他相信那是夢境，有一種置身事外的從容，一切都不與他相干，不過是一個夢而已。很長很長的一個夢，醒來，卻是一個週日，他不用上學，作業也做完了，母親一定在忙著燒早飯，身邊的兄弟也還在睡，一條腿搭在他的肚皮上，他的妹妹們睡在旁邊的小床上，駢頭抵足。

喬一成滿足地往被子的更深處縮一縮，又叫一聲：「媽。」

有小姑娘的聲音響起：「大舅舅。」

一張美麗的小臉出現在喬一成的視線裡，細軟的頭髮掃在喬一成的臉上。

小姑娘乖巧地問：「大舅舅，我媽問你早飯想吃什麼？稀飯還是豆漿，油條要不要？」

喬一成慢慢地對準目光，看了又看，認出是難得放假在家的外甥女戚巧巧。

喬一成慢慢坐起身來，好半天，終於笑出來。

「都要。」他對戚巧巧說。

這一天是週日，喬一成午後去了南方的新房子。

裝修已做好了，大方舒服的風格，一切嶄新卻又帶一分塵世的親切，倒像是人離家了一段日子，拎了行李重又回來了。

南方看過，很是滿意。

喬一成一間屋子一間屋子地走過，快樂裡頭有一種深切的疲憊。大約還是宿醉的緣故。

喬一成到衛生間裡方便。

有一點頭暈，他把頭抵在牆上，下身忽地一陣尖銳的刺痛。

接著，他看見抽水馬桶裡一片血紅。

7

喬一成用了一週的時間，處理了一些事情。

事情辦好了之後，他在中國銀行裡租了一個保險櫃，把所有的重要文件收進去。那只小小的、銀色的鑰匙，喬一成把它捂在手心裡好一陣子，這一段，他的手心總是這樣滾燙的、乾的，手心的紋路淺淡而散亂。

喬一成想著初中的時候，有個同學，神道道的，成天幫人看手相，他還記得那小個子的男生在看了他的手相之後，露一個高深莫測的笑容說：「反正你這個人吧，一輩子會有人疼。」

最終，喬一成把小鑰匙裝進一個信封，封了口，信封上寫了項南方的名字。

喬一成這些天在這座城市的大街小巷裡轉了個遍，他走過、他曾經生活過的一個一個的地方，最初與葉小朗租住的社區，坐落在安靜、濃蔭蔽日的西康路上的項家小院，電視臺的周圍，母親原先工作過的工廠，小時候常玩的地方，完全地步行，一寸一寸地丈量他前半生生命的痕跡，這才真真切切地明白什麼叫滄海桑田。

所有的地方都不復當年的舊貌，拆掉的房子、新起的樓，砍掉的樹樁上甚至新發的枝芽都茂盛蓬勃了。這一年的冬天實在是寒冷，路邊堆著未化的雪汙髒的成了灰黑色，鼻尖全是清冽的雪氣，板結的地面，一步一滑，讓人聯想起人生的艱難。

路經曲阿英的報亭時，喬一成看到了她，對著她點一點頭，曲阿英略有一點局促地也點一點頭，彎下腰去。

過一小會兒，有一個一歲多的小孩子，矮墩墩的，步履還不大穩，抱了一大疊報紙，搖搖擺擺地走過來，仰頭看著喬一成。喬一成對著他說：「給我的？」

小孩子手上的報紙大約是拿不動了，差一點落地，喬一成給接過來：「謝謝你啊。」

小娃娃笑起來，口水落下來。

最後，喬一成回到喬家老屋。

家人與鄰居都上班去了，小院冷清幽靜。好像只有這裡無甚大的變化，無非是多出一小間依牆搭建的小廚房或是儲藏室，院牆上濕滑的苔痕，枯的爬山虎枝，院裡一口大缸，半缸水上面漂著極薄的冰，映著一方天，烏澶澶、墨沉沉的。

缸裡的魚在這一個冬天裡全凍死了。

還是變了，老屋原先的花窗換成了推拉式的鋼窗，廊下突出一個空調的室外機，像人頦下起的一個大包，稀髒的，原本的燕子窩早就不見了蹤影。

喬一成在老屋門前站了許久。

時光嗖地從耳邊流過，少年時的喬一成推門而入，進得門來，卻已是年過四旬的男人了。

當時那少年，煢煢獨立，無比惶恐和哀傷，生命裡的障礙這樣多，而日子一望無盡。然而日子也終於走到了這麼一天，他曾以為四十歲久遠得永遠不會來。

在喬一成的記事本上，記下了如下一行：

3月6日　辦妥銀行所有事宜

3月7日　所有文件存入保險箱，鑰匙將來交南方

3月10日　約宋清遠吃飯，品嘗他推崇之東北醬骨頭

3月12日　入院

喬一成得了腎臟病。

確診之後，病情發展得很快，醫生建議透析。

醫生說，越早越好，特別是早期開始腹膜透析，可以充分發揮原有腎功能的作用，效果會更理想一些。

三月中旬，喬一成第一次透析。

過程漫長痛苦，喬一成覺得好像過了一輩子那麼長的時間才結束。

醫生說，怎麼可以沒有個家人在身邊？怎麼可以？

透析過後，效果似乎還不錯。只是日復一日地吃著醫院配給的食物讓喬一成有生不如死的感覺。

喬一成提出出院回家去療養，醫生說再看看吧，過兩天。

喬一成在病房裡迷糊地睡去，朦朧夢裡，他端了杯熱茶站在窗前慢慢地喝，茶杯晃了一下，灑了他一手茶水，濕漉漉的。

醒來發現，手心果然濕潤而溫暖。

有人伏首在他手上，在哭。

喬一成動一動手，那人抬起頭來，一張淚涔涔，眉目間皺起無限哀傷的面孔。

是三麗。

隨後有人進病房來，身架寬大，鞋聲槖槖。是宋清遠。朗朗的聲音，說，跟這裡的主任打了招呼，即刻就搬一個單人病房，並斥責喬一成這麼不聲不響地自己一個人來住院十分愚蠢。

「你當你在演八點檔？」宋清遠說。

弟弟、妹妹們都過來了，團團的一屋子的人，宋清遠不由得又說起自己的英明來，若不是換了病房，哪裡待得下這麼許多人？

從這一天起，陸續有親戚、同事來看一成，來的人無不輕言細語，所以雖是人多，倒也不吵，多半站一小會兒便走了，不想妨礙病人休息。

二強夫妻兩個也不知從哪裡弄來個腎臟病病人的食譜，鄭重地請醫生看了，天天做了送過來。

三麗拿了一張大白紙，細細地排了個時間表，兄弟姊妹幾個輪流來陪著，保證病房一刻也不會空著無人。

七七請三麗把自己也排上。三麗說：「你一個人帶著個孩子，也不容易，我不排你，你有空來看看大哥就行了。」

齊唯民說：「你把七七排上吧，孩子在我家呢。沒事的。」

有天七七來接四美的班，四美不在，一成說她打水去了。七七一個人面對一成時，總有一分尷尬與瑟縮，一成拍拍床叫他坐，他挨著床沿坐了半個屁股，沒過一分鐘便站起來說去幫著四美拎水去。

七七在茶水間門口看見四美，趴在窗臺上，腳下兩個熱水瓶。

四美在哭。大顆的眼淚撲簌簌落在窗臺上，一個一個濕的小圓點子。

七七在她背後站了一會兒，走上去，摟著她的肩，她回過頭，腫得桃似的眼睛看著七七，微微有一點驚，愣了一愣。

七七拍拍她，她的眼中立時又湧了一眶的淚來，伏在七七的肩上，用腦袋在他的肩頭輕輕地磕。

七七拎了兩瓶水，扶了四美一起回病房，在房門口站住，七七說：「四姊，妳別進去了，讓大哥看到妳的眼睛心裡難受，我就說妳接了個電話先走了。」

四美點頭，走兩步回頭，問七七：「你剛叫我什麼？」

七七有一點磕巴：「四……四姊。」

四美臉上忽地透一點笑意出來，說：「小七你回頭也叫大哥一聲，我沒聽你叫過他。」

七七臉上紅了一下，微笑著說：「好。」

七七陪了一成一夜，隔天早上十點多才走，因為項南方回來了。

項南方只見過七七一回，彼此都打了個愣。

七七看看南方又看看一成，「哦」了一聲，說自己先走了。

過了沒半分鐘，七七卻又推門，探了半個腦袋進來，突兀又含糊地說：「我走了，大哥。」

南方微笑著看著七七出去，又笑著轉過身來，說：「你這個弟弟挺可愛的，這麼大個人，看起來還像個孩子。」

一成看著南方，半天才說出一句：「南方，妳來了？」

南方微笑著，也過了半天才答：「一成，你不夠有信用，你答應過的，若是有事，要讓我第一個知道，結果我成了最後一個知道消息的人。」

一成囁嚅著，內心百感交集，不能成言。

南方於是又笑：「小遠人真好，這病房安排得很好。你好好地養病，不會有事的。對了，我幫你聯繫了一個腎臟病專家，最近他會從北京過來，幫你會診。」

一成說：「這可怎麼好意思？」

南方說：「我明白你的意思，一成，你從來都是怕欠別人的情。可是，人這一輩子，哪能真的孤獨到老，誰也不求，誰也不靠的呢？生而為人，本來就是要吃盡千辛萬苦，身邊有人相互幫襯照應，彼此扶持，才是福氣。」

一成不語，拉了椅子，叫南方坐下，剝了一個金燦燦的大橘子，遞到她手裡。

南方低頭半晌，忽地說：「一成，我就快回來了。」

「妳說什麼？」一成問，「回到南京？」

「是的，我申請去教育局。想做一點實在的事。」

「可是妳現在發展得這麼好。」一成說。

南方突地轉移了話題：「我有個大姊你是知道的吧，就是跟我和北方不同母的那個。」

一成點頭。

南方不疾不徐地說：「你可能不清楚，她是一個絕頂聰明的人，那個年代，人們也沒聽說過要測智商，就覺得她學東西特別快，過目不忘。後來我父親認識了一個德國回來的學者，他跟我大姊接觸後說，幫孩子測個智商吧，興許這是個神童。誰知真的測出是神童之後，大人們都覺得我大姊反而慢慢地遲鈍起來。書也讀得一般，上一個一般的大學，做了一份一般的工作。到現在我才明白，我大姊是真正的聰明人。那個時候她才十四歲。她說，她要做一個一般的人，嫁一個一般的人，過一個一般的人生。也許混沌、也許缺少榮耀與光彩，可是比較容易接近幸福。當時我還反駁她說，『一般人可也不容易幸福，她之所以能接近幸福不過因為她有一個不一般的家。』我記得大姊當時笑起來，她說，『可不是。在不一般的家裡過一個一般的人生。誰叫我命好，命好，就可以多一點選擇權，只不過每個命好的人會拿這多出來的選擇權做不同的事，有人拿來掙錢，有人拿去爭權，以便多出更多的一些選擇的權利。而我選擇一種我想過的日子。所以我就幸福了。』」

一成聽南方低緩地說著，午間的陽光直照進病房，因為映了屋頂未化的雪色，格外地明亮，落在南方濃黑的頭髮上，光線亮，可以看見南方眼角細微的魚尾紋，她也老了些，可這一點老態越加柔和了她的五官，眉目裡一派清明。

一成想，這是南方，他曾經的妻。項南方，在他最困苦的時候，她是他永遠的南方。

南方抬起眼笑著繼續道：「那個時候我不懂得大姊，我只覺得工作學業以及一切都要做得最好，證明給所有的人看，靠我自己的能力，我可以做得最好。人生裡沒有什麼比讓自己一天比一天接近真理更有意義的事情了。一直到我遇到你。」

「對了、一成，你知道我最羨慕你什麼？」

一成溫柔地說：「羨慕我享一份世俗的快樂。」

南方點頭，卻又搖頭：「你明白可又不能真正地瞭解呀，我剛認識你那時候，我覺得你真好啊，我最羨慕的就是你跟你弟弟、妹妹之間的那一種相依為命的感覺。從小父親就教育我要獨立、要自強，不靠天、不靠地、不靠任何人，因為誰在最關鍵的時候誰都可能靠不住。我們有家庭之愛也有兄弟姊妹之愛，可是從來沒有覺得誰離了誰就不能活。我們彼此如同四肢，如果斷裂，自然是要痛徹心扉的，可是，還是活得下去，還會慢慢適應。可是，你跟你的弟弟、妹妹們，看起來卻也並不是深情款款，然而分離時便如同從彼此的身上把彼此剝離。你們是精神上的連體兒。當時我想，這真不容易，這有多好啊！」

一成握住南方的手，貼在自己的臉上：「只是這種幸福怕是我再享不了多久，南方，我託一個事……」

南方站起來，打斷他的話：「先不要說這個，我不相信就到了絕望的時候。」

「人總有這麼一天，南方。我一輩子，很走運了。」

「以後的日子會有更多的運氣，相信我一成。運氣、幸福、好日子就在你前頭，可是你得走過去，他不會來接你。你得走過去。」

這一天晚上，南方留下來陪夜。

半夜的時候，一成睡不好，聽得一旁的床上有微泣的聲音，黑暗裡游絲一樣。

一成試探著叫：「南方？」

那邊便安靜了下來。

一成又叫：「南方，南方。」

聽得窸窣之聲，是南方。

一成往一邊讓一讓，空了半張床出來，南方坐上來，靠著一成。

一成說：「現在才明白，我過去錯得有多厲害。」

南方似乎笑了一聲，鼻間一點澀意，低聲說：「都有錯。我錯在不夠堅定，你錯在不夠相信。」

一成捏緊了南方的手，在心裡說：「謝謝妳南方，謝謝妳。」

謝謝妳愛我，雖然過去我真的從來不敢相信。

原來靈魂一直這樣不由自主地卑微著。

一週後一成出院，可是這一年的五月裡，一成的病情進一步惡化。

五月中旬的一天，四川發生八級大地震。

喬一成卻多半在昏睡中，在世界看不到的地方備受折磨，而世界亦在喬一成看不見的地方滿目瘡痍，卻都在疼痛中緩緩地癒合著傷口。

尾聲

喬一成十月初的時候又住院了，急性腎衰竭。

情況不大好。這個，便是不懂醫的人也可以看得出來。

開始時一成不願意再住院，弟妹幾個急得了不得，二強結結巴巴地問一成是不是考慮到了經濟上的問題，一成乾脆說是，不想把自己一輩子的錢往水裡扔，連個響動也聽不見便灰飛煙滅。

四美跺腳說：「那錢我們幾個出好了。大哥你不用捨不得，你養我們一場，我們也該報答你，真是的，你從來不是把錢看得這樣重的人，治病要緊，身體不好，要錢有什麼用？沒有你這個大哥，我們要錢又有什麼用？」

一成面目浮腫著，看起來變了一個人似的，堅持不肯住院：「治是五八，不治是四十。」

「有病就治病，又不算絕症，我就不相信治不好。」二強咬牙說，有一種孩子氣的惡狠狠，像跟一個看不見的盤剝著他們兄弟幾個命運的人較著勁。

一成盯了二強上氣接不了下氣地說：「你敢不聽我的話？」

一樣地惡狠狠，那一層病氣籠罩著他周身，一種絕望的氣色，灰灰地塗抹在他臉上。

七七被兩個人的神氣嚇呆了。

最終是南方送了一成進醫院的。

三麗說：「如今大哥只聽南方姊的話。」

南方私底下找了一成弟妹幾個，拿了一個信封交給三麗。

「這裡面有一把鑰匙。你們的大哥把所有的都留給你們了，你們，別丟下他。」

三麗熱淚滾滾，把那信封攥得稀皺，鑰匙硬硬地硌著她的手心。

四美抱住她的頭，兩個人哭在一處。

二強說：「我不信，我就不信治不好。不是科學發達麼？我是信科學的。我沒有學問，可是我信科學。我信科學。」二強嗚咽起來，「哭什麼呢？有科學怕什麼呢？會治得好的。」

專家又一次會診。

「以現在病者的情況，換腎是最好的。雖說換過的腎也有一定的存活期，換腎過後病也有可能復發，但是，以病者的年紀，換腎是最佳治療方法。換作是年老體弱的，便不支持換腎了。如果腎源也同樣是年輕健壯者的，手術成功率會更高，術後的生存率也很大，生活的品質也是可以保障的。」

弟妹幾個聽了說，好在我們兄弟姊妹多，也都算得上年輕，都健康，跟醫生提出儘早安排檢查，看哪個人換腎給大哥最合適。連著一丁、智勇都過來要求接受檢查。

在一個十月悶而將雨的午後，喬一成從一場長長的昏睡中突然醒來。

『真怪。』一成想，『今天身子輕快很多。』

『姊妹們都不在。』一成隱約地聽得他們說過要接受檢查的事。

一成從床上坐起來，慢慢地走出病房的門。

他覺得步子很輕很飄，彷彿他沉甸甸的肉身不復存在，只得一個空靈的魂魄。

這樣的不能承受的輕。喬一成想，他一生，似乎總忙於掙扎，流光難挨，去日苦多，可也不是沒有快活的。如今得這樣一個結果，其實也沒有什麼不好。

只是，疼痛疲憊的靈魂有權選擇對生命放手，放手後給別人減一副擔子，多留一份念想。

醫院的頂樓平臺上有風，悶氣一下子被掃光。

喬一成的耳畔呼呼的全是風聲，腳下是這個城市繁茂的綠蔭、樓房、長長的道路、奔馳著的車、細小如蟻的人，喬一成微笑起來。

他愛的人們，兄弟姊妹們，南方，還有朋友，他把他們裝在心裡，帶著一起走。

喬一成的耳朵裡突然聽見有人在叫他：「喬一成、喬一成。」

一成回頭，見一年輕男人，文雅清秀，姿態悠閒舒暢，穿舊棉布白襯衫與舊灰色毛背心，藍布褲子，戴著舊式寬邊眼鏡，容顏依稀熟悉卻想不起來哪裡見過，連聲音也是熟悉的。那樣地年輕，比自己年少許多，幾乎還是個孩子，怎麼會認得他的呢？

一成仍在奇怪中，那年輕的男人說：「喬一成、喬一成，你在那做什麼？打了鈴了，上課了！」說著微笑轉身而去。

一成被蠱惑一般「哦」了一聲，尾隨著他走過去，走下平臺，那人回頭望望他，又微笑一下，推開一扇門走出去，一下子便不見了。

一成回到病房，四美早撲上來叫：「大哥你去了哪？急死我們了。」

一成拍拍她肩，安撫她一下，坐回床上。

這一刻突地有陽光破雲而出直照到病房裡來，一瞬間那光便又被雲遮住，屋裡又是一暗。

四美說：「這天哪，要下也不痛快地下，要晴也不痛快地晴。」

一成在那光亮起時的一剎那想起來那人是誰了。

文清華，一個久遠的名字，曾經喬一成生命裡的一束光亮。

很久以後的一個偶然機會，喬一成才知道，文清華老師就在這一年的這一天去世。他住在一成所在的同一所醫院心臟外科，做心臟繞道手術，手術順利恢復良好，本已要出院，卻突然心血管破裂不治。

弟妹幾個檢查結果出來了，竟無一個配型成功。

除了七七。

七七完全同意捐腎，可是喬一成堅決地拒絕。

一成說：「不予，不取。」

喬七七於喬一成拒絕手術的第二天來到一成的病床前，站在那裡淡淡地問：「你不要我的腎是不是？你不要就算了，我給別人，賣給別人，得了錢存起來，以後送我女兒出國念書去。」七七突地微笑起來，笑得挺調皮的：「去美利堅合眾國！」說完微斜了眼看著喬一成。

一成恍然間好像看到，那個坐在太陽窩裡，吃著廉價糖果的小東西，「嘩」的一下就長了這麼大。

這中間好像沒有過程，只現出個結局。

可是喬一成明白，那過程藏在他所不知道的歲月裡，藏在他不曾參與的，喬七七的，一天一天的日子裡。

一成的換腎手術安排在半個月之後。

七七很快地也被安排住進了醫院，就在喬一成樓下的一個單人病房裡。

齊唯民跟常星宇送他過來，常星宇跟七七說：「芝芝我幫你管著，你放心，我鎮得住她。等手術做完了，你出院了，也住過來。」

喬七七說：「謝謝阿姊。」

常星宇只覺喉嚨裡緊了一緊，快步走出去，說：「老齊你陪七七一會兒吧。」

齊唯民問七七：「小七，你、你可想好了？」

喬七七說：「想好了。阿哥，你從小把我抱大，我從來也沒有對你說一聲謝謝。現在補說吧。」

齊唯民說：「說什麼謝呢，你還記得小時候得了腿病的時候，咱們遇到過一位衛醫生吧，後來我還帶你去找過他，想謝謝他，可是醫院的人說，他過世了。你怕是不記得了，那會兒你太小，他說過，能做兄弟姊妹是幾世修來的。」

喬七七說：「所以這輩子要好好地修，下輩子，還跟你做兄弟。」

齊唯民站起來，拍拍七七的頭，轉身拉門要出去，卻在門邊上愣住了，背對著七七，好長好長時間沒有動彈。

七七也不上前，只在站在那裡看著齊唯民寬厚的背。想著躲在這肩背後的，他生命裡的無數的去了的日子。

喬一成的手術進行了整整八個小時。

喬家一大家子在門外足等了八個小時，二強、三麗、四美他們說，隨時準備輸血，別用血庫裡的血。他們排排坐在椅子上，四美的女兒也被從學校裡接了回來，小姑娘低低地唱著一首歌，走廊裡迴響著小姑娘細微單薄的聲音。

手術很順利。

之後是漫長而艱難的恢復期。

喬一成每一次朦朧醒來，便看見弟弟或是妹妹坐在床邊，再一睜開眼，卻又換了一個人。

他聽得他們低低的說話的聲音。

「通氣了沒有？」醫生說，「通氣之後可以進一點流食。」

「要不要做好送來？」

「不用，都是醫院配好的，弄一點好湯來吧。」

「要天天漱口，輕輕地幫他翻翻身。」

一成想問，七七呢，七七怎麼樣？

聲音低得如蚊子哼，三麗把耳朵直湊到他臉上來，輕快溫柔地問：「大哥你說什麼？」

「七七在你樓下的一間病房裡，也已經醒了。四美在那邊，表哥、表嫂也在。」

三麗在水盆裡搓洗著毛巾，替喬一成擦臉和手，再坐下來，用一把銀色的小剪刀替他剪指甲。

她垂著頭，有劉海披散下來遮了半個面孔。

一成想：『所謂親兄弟、熱姊妹啊，就是說，生命中有些痛苦，他們相互給予，卻又相互治癒。』

一成又低聲地說：「妳也去，看看小七去。」

三麗說：「好的。」

忽地笑了，回身從小袋子裡捏出來一點什麼塞進喬一成嘴裡：「給你含著，去去嘴裡的苦味，別嚥下去。」

甜甜的一塊。

「猜是什麼？」三麗問，又笑著自己說：「是玫瑰，糖醃的玫瑰，現在的人，可真會吃。」

「你還記得嗎、哥，小時候，我們那裡街心小花圃裡，種了好多的玫瑰，那個時候那樣餓，也沒想到過偷來吃。」

一成慢慢地吮那甜酸東西，微微笑起來：「去吧，去看小七。回來跟我說。」

七七到底年輕，恢復得比一成快些，他的一個腎如今在喬一成的身體裡。

一成聽得七七的情況，說：「我想看看他去。」

二強說：「你現在最好不要亂動。」

醫生說：「一個星期之後再下床吧。」

「咦？」二強突地說，「要不跟醫生說說，把你們倆乾脆放在同一個病房裡，悶了還可以做個伴，誰也不要掛著誰。七七也說想來看你呢。」

南方聽了說這可真是一個好主意，醫生來查房也方便啊，我們來護理也方便。

當天下午，喬七七便被轉到了喬一成的病房裡。

七七手術前特地去剪短了頭髮，短得貼著頭皮，更顯得歲數小，一成之前並不曉得，所以歪了頭盯著他看了半天，忽地撞上七七的目光，七七咧開嘴笑。

兄弟兩個在一間病房裡，果然熱鬧了起來。

一週過後，一個中午，一成跟七七都沒有睡午覺。睡得太多，雖然身體還是有一點無力，可精神上有一種溫淡的興奮。

一成叫：「七七。」

七七轉過頭：「啊？」

一成卻又覺得不知從何說起。

七七叫：「大哥？」

一成答：「啊？」

七七卻也無話了。

一成終於說：「七七，多謝你。」

七七說：「你是我親大哥嘛。對了，」七七的聲音快活起來，「說個事給你聽大哥。上回你說的那四個字，我沒有聽懂。」

一成細細一想，才明白他說的是哪四個字。

七七接著說：「還是後來阿哥解釋給我聽的。」七七嘆一聲，「你們讀書人，真會說話，四個字、四個字，工工整整的，比唱歌還好聽。」

一成的聲音也輕快了：「七七，說的比唱的還好聽是句罵人話。」

「這個我知道啊，可是我不是那個意思。喲，不能笑。」七七低而快地笑了一聲。

七七對一成說：「我是真的佩服你們呀，像我阿哥說，老天爺關了一扇門，必定會給你打一開扇窗。大哥，」七七轉過頭來看著喬一成，年輕而俊秀，面色略有些蒼白，但是真是英俊。

「大哥，打開窗，興許幸福就進來了。」

一成「哦」了一聲，然後問：「七七，你躺得累了吧？背痛不痛，我們一起起來活動活動吧。」

七七說：「好啊，我們起來吧。」

起來開窗。

——喬家的兒女　完

高寶書版集團
gobooks.com.tw

DN 266
喬家的兒女（下）

作　　者　未夕
責任編輯　高如玫
校　　對　陳凱筠
封面設計　Z設計
內頁排版　賴姵均
企　　劃　方慧娟

發 行 人　朱凱蕾
出　　版　英屬維京群島商高寶國際有限公司台灣分公司
　　　　　Global Group Holdings, Ltd.
地　　址　台北市內湖區洲子街88號3樓
網　　址　gobooks.com.tw
電　　話　(02) 27992788
電　　郵　readers@gobooks.com.tw（讀者服務部）
傳　　真　出版部　(02) 27990909　行銷部 (02) 27993088
郵政劃撥　19394552
戶　　名　英屬維京群島商高寶國際有限公司台灣分公司
發　　行　英屬維京群島商高寶國際有限公司台灣分公司
初版日期　2021年 10 月

國家圖書館出版品預行編目(CIP)資料

喬家的兒女/未夕著. -- 初版. -- 臺北市：高寶國際出版：高寶國際發行, 2021.10
　面；　公分. --（戲非戲；DN266）

ISBN 978-986-506-195-1（上冊：平裝）
ISBN 978-986-506-196-8（下冊：平裝）
ISBN 978-986-506-197-5（全套：平裝）

857.7　　　　110011801